La bibliothèque Gallimard

Source des illustrations
Couverture : d'après photo © Bryan F. Peterson/Corbis.
Bridgeman-Giraudon : 123. Roger Viollet : 9,10, 11, 25, 31, 37.

© Éditions Gallimard, 2005.

Jules Barbey d'Aurevilly

3 Diaboliques

Lecture accompagnée par
Danièle Marin
professeur de lettres modernes

La bibliothèque Gallimard

Florilège

« La veille d'un être humain – ne fût-ce qu'une sentinelle –, quand tous les autres êtres sont plongés dans cet assoupissement qui est l'assoupissement de l'animalité fatiguée, a toujours quelque chose d'imposant. Mais l'ignorance de ce qui fait veiller derrière une fenêtre aux rideaux baissés, où la lumière indique la vie et la pensée, ajoute la poésie du rêve à la poésie de la réalité. » (*Le Rideau cramoisi*)

« Je compris le bonheur de ceux qui se cachent. Je compris la jouissance du mystère dans la complicité, qui, même sans l'espérance de réussir, ferait encore des conspirateurs incorrigibles. » (*Le Rideau cramoisi*)

« [...] cette antique race Juan éternelle, à qui Dieu n'a pas donné le monde, mais a permis au diable de le lui donner. » (*Le Plus Bel Amour de Don Juan*)

« Nous sommes, nous autres prêtres, les chirurgiens des âmes, et il nous faut les accoucher des hontes qu'elles dissimulent, avec des mains qui ne les blessent ni ne les tachent. » (*Le Plus Bel Amour de Don Juan*)

« Ce n'était nullement un misanthrope à l'Alceste. Il ne s'indignait pas vertueusement. Il ne s'encolérait pas. Non ! il méprisait l'homme aussi tranquillement qu'il prenait sa prise de tabac, et même il avait autant de plaisir à le mépriser qu'à la prendre. » (*Le Bonheur dans le crime*)

Ouvertures

Les Diaboliques sont le livre grâce auquel Barbey d'Aurevilly parvint à la gloire, et sa voix jusqu'à la plupart des lecteurs d'aujourd'hui. Cet ouvrage célèbre traîne encore derrière lui le parfum du scandale qui l'éclaboussa à sa première parution et qui, sans doute, ne nous semblera pas – à nous qui sommes habitués à de bien plus noirs effluves –, aussi lourdement capiteux que ne le laisse paraître son titre. Nous découvrirons en revanche dans les replis et les ombres de ses conversations entremêlées toute la finesse aristocratique d'un esprit rare, et le talent envoûtant d'un conteur qui polit et affûta ses armes narratives devant des auditoires mondains autrement plus exigeants que nous.

Les Diaboliques : une longue histoire

Publié une première fois en 1874, immédiatement retiré de la vente, puis réédité en 1882, le recueil des *Diaboliques* est composé de six nouvelles dont nous reproduisons ici les trois premières : « Le Rideau cramoisi », « Le Plus Bel Amour de Don Juan » et « Le Bonheur dans le crime ». Ces trois récits ne sont premiers que selon l'ordre de leur succession au sein du recueil. Tous ont été écrits après « Le Dessous de cartes d'une partie de whist » qui, bien que positionné en quatrième place, avait déjà paru vingt-quatre ans plus tôt dans le journal *La Mode*, précédé du titre de *Ricochets de conversation, I*. Ce simple fait appelle plusieurs constatations. Le projet d'un recueil de nouvelles sur le modèle du « Dessous de cartes » remonte au moins à 1850. Le procédé fédérateur en était les « ricochets de la conversation ». Avant de publier l'ouvrage, Barbey d'Aurevilly en a modifié le titre et conçu la composition sur un mode qui ne tenait pas compte de la date à laquelle avait été écrit chacun de ses récits.

Le projet des « ricochets de conversation »

Le 4 mai 1850, alors que « Le Dessous de cartes » s'apprête à paraître dans *La Mode*, Barbey d'Aurevilly fait part à son éditeur et ami Trébutien de son « intention [...] de donner deux ou trois nouvelles intitulées comme cette première, "Ricochets de conversation", avec des sous-titres différents ». Le projet de composer des récits qui obéiraient aux caprices de la conversation lui serait venu de l'exemple de Balzac, dont il est, depuis longtemps, un fervent lecteur. Du créateur de *La Comédie humaine*, il cite ainsi *Le Réquisitionnaire*, mais on pense aujourd'hui que son modèle serait plutôt à chercher du côté des *Contes bruns* et, plus spécifiquement, d'« Une conversation entre onze heures et minuit ». Qu'importe, au fond! Le procédé que Balzac n'emploie qu'occasionnellement se prête on ne peut mieux à Barbey, auquel il offre l'opportunité d'exploiter ses talents – légendaires – de « conversationniste ». L'auteur des *Diaboliques* le portera d'ailleurs à un degré de raffinement inédit, dépassant la simple mise en scène d'une conversation initiale pour en faire le principe générateur d'une succession étourdissante de récits enchâssés les uns dans les autres.

Un livre scandaleux

Le projet de recueil ne voit pas le jour avant quelque vingt-cinq ans, interrompu par un long cycle de romans normands – *L'Ensorcelée* (1852), *Le Chevalier Des Touches* (1863) et *Un prêtre marié* (1864) – qui se plaisent à dévider, eux aussi, à des degrés divers, le fil de la conversation. C'est donc près d'un quart de siècle que met l'idée à cheminer jusqu'aux devantures des librairies! Le temps, sans doute, d'en peaufiner les contours et, peut-être, d'instiller au cœur des nouvelles ce venin maléfique qui conduit l'auteur à en modifier, courant 1866, le titre d'ensemble. Seize ans plus tôt déjà, prévoyant le caractère scandaleux des futures *Diaboliques*, Barbey écrivait à Trébutien que toutes ces nouvelles ne paraîtraient pas chez leur premier éditeur « car il y en [avait] de trop fortement alcoolisées pour les liseuses blanches et roses de *La*

Mode ». « Le Dessous de cartes », en fait d'alcool doux, distillait déjà sous les yeux de ces innocentes lectrices une sordide histoire d'infanticide. À quoi ressemblerait donc l'alcool fort des nouvelles suivantes ? Mort *post coïtum* et revenant, adultère et empoisonnement, infanticide et excision-cachetage, meurtre barbare, profanation et prostitution… Tous les ingrédients sataniques du vice et de l'abjection : de quoi rendre malades les âmes délicates… si, du moins, on se laissait aller à résumer de façon aussi brutale – et injuste – ce qui, dans l'ouvrage, n'est que suggéré, avec d'infinis raffinements et l'ambition modeste de ne faire qu'entrouvrir une faille dans l'abîme impénétrable du Mal.

Un procès avorté

Quand, sous la IIe République, la première des *Diaboliques* paraît sous le titre « Le Dessous de cartes d'une partie de whist », le public et la presse n'y trouvent rien à redire. Vingt-quatre ans plus tard, la censure de la IIIe République, sans doute à la fois moins scrupuleuse et plus chatouilleuse, condamne Barbey d'Aurevilly à retirer immédiatement *Les Diaboliques* de la vente pour cause d'« outrage à la morale publique et aux bonnes mœurs ». La convocation de l'auteur et de l'éditeur devant la justice est précédée d'un article assassin du *Charivari*, dont voici un extrait :

« L'écœurement nous a fait tomber le livre des mains. Hein ! Si c'était un libre-penseur qui eût écrit ces monstruosités ! quel déchaînement ! Mais, je le répète, M. Barbey d'Aurevilly se pique de vivre dans l'intimité de la sacristie.

M. Barbey d'Aurevilly est de ceux à qui M. Louis Veuillot donne l'accolade. – Et les ordre-moralistes, ainsi que les confits en dévotion, se garderont bien de souffler mot. Que dites-vous des bons livres qu'enfante un des champions du trône et de l'autel ? »

Ceux que Barbey appelle le « gros bataillon des imbéciles » sont en marche, reprochant surtout, semble-t-il, à l'auteur une contradiction dont on lui fera grief dans tous les camps, y compris le sien : celle qu'il y a, pour un défenseur de l'ordre moral comme lui, à décrire les « crimes civilisés » de la société de son temps (le mot est de lui) comme le ferait un libre-penseur.

De sa prétendue immoralité, Barbey s'explique devant la justice, reprenant et développant les arguments de sa préface. L'avertissement liminaire (que nous analyserons plus loin en détail) n'avait apparemment pas convaincu ou peut-être avait-il paru contenir trop de contradictions pour être accepté aveuglément. Barbey doit recommencer son explication de texte devant la justice et obtenir l'intervention de Gambetta en sa faveur pour que toute poursuite soit abandonnée, à la condition que l'ouvrage ne soit ni vendu ni réédité. Le contrevenant s'empresse de promettre : le procès est évité.

À qui dédier « cela » ?

Comprenant qu'elles n'étaient pas faites pour « les liseuses blanches et roses de *La Mode* », Barbey prévoyait que la publication de ses *Diaboliques* n'irait pas sans problèmes. Les circonvolutions de sa préface en témoignent. Sa dédicace aussi qui, par la question qu'elle pose, a tout, en fait, d'une anti-dédicace : « À qui dédier cela ? » Qui voudrait assumer le fait d'être associé à cet ouvrage sulfureux et si inqualifiable qu'il en apparaît ici impossible à désigner autrement que par ce pronom démonstratif ? Le caractère sinon novateur, du moins inhabituel, du contenu du livre est indirectement signifié à travers cet astucieux « cela ». Et qui nous dit que cette fausse dédicace n'est pas comme un appel déguisé à qui saurait s'en montrer digne ?

Un auteur en rupture avec son siècle

Lorsque paraissent *Les Diaboliques* en 1874, Barbey d'Aurevilly a soixante-six ans, soixante-quatorze lorsque l'ouvrage retrouvera le droit de figurer en librairie. Il a depuis longtemps « passé [...] la ligne fatale, plus formidable que celle de l'équateur, qu'une fois passée on ne repasse plus sur les mers de la vie » et la gloire n'est pas encore venue satisfaire des ambitions nourries depuis plus de quarante ans. Les régimes politiques se sont succédé, révélant leur incapacité à consacrer le retour au pouvoir de cette monarchie absolue d'Ancien Régime, seule apte à restaurer une société aristocratique selon son cœur. La république triomphe et, avec elle, l'optimisme béat du positivisme qui

Ouvertures

Jules Barbey d'Aurevilly.

relègue la ferveur catholique dans les annales de l'Histoire. Tout ce à quoi croit Barbey, tout ce qu'il défend avec une ardeur polémique réactionnaire dans les tribunes des journaux auxquels il collabore a désormais, pour la majorité de ses contemporains, l'éclat terni des vieilles lunes. Le Tout-Paris littéraire, en dehors de quelques rares admirateurs, s'est brouillé avec ce critique acerbe qui a éreinté plus d'une gloire nationale – Sainte-Beuve, Hugo, Zola – dans ses articles virulents. Dépassé, le dandy de la littérature fin de siècle n'est plus pour le grand nombre que « Barbey d'or vieilli », un vieil énergumène dont se méfient jusqu'aux membres de son propre clan, royalistes et catholiques.

Faire revivre l'esprit du passé
Devant le grand désert de ce « siècle individuel et sceptique » pour lequel il n'éprouve que mépris et dégoût, Barbey n'a plus qu'un recours : faire revivre le passé depuis son fief natal de Normandie où il retrouve ses souvenirs d'enfance et qu'il pare de toutes les vertus d'un

Ouvertures

Le château de Saint-Sauveur-le-Vicomte dans la Manche, village natal de Barbey. On y visite aujourd'hui un musée qui lui est consacré.

paysage consolateur. De Valognes, dans le Cotentin, il ranime l'esprit hautement aristocratique du passé à travers les conversations mondaines de ses *Diaboliques*. L'aristocratie qu'il décrit dans son recueil est, certes, sur le déclin. Ses devisants* sont vieillissants et leur splendeur appartient à un passé qu'ils savent révolu. Pourtant, fiers jusque dans la conscience d'incarner un mode de vie condamné à périr, ils ne se rendent pas. Et « l'âme pleine des choses [...] et des personnes mortes » (*Memoranda*), Barbey parvient, par le souvenir, à redonner de la couleur et du piquant à l'univers crépusculaire qu'il dépeint.

Résister à travers le dandysme

Le dandysme offre à ses héros une forme de résistance à la médiocrité d'une époque qui a aboli toute distinction. Le vicomte de Brassard dans

* Les mots signalés par un astérisque sont définis dans le glossaire (p. 262).

Ouvertures

Le plus français des dandys anglais : Brummell, représenté sur cette gravure à son arrivée à Caen.

« Le Rideau cramoisi », le comte de Savigny dans « Le Bonheur dans le crime » témoignent, comme Barbey dans la vie, un souci très féminin de leurs toilettes. Et quand leur excentricité ne se manifeste pas dans leurs tenues, c'est du côté de leur attitude que s'exprime l'élégance raffinée du dandy. L'auteur l'expliquait dans son essai, *Du Dandysme et de George Brummell*, publié en 1845 :

« Le Dandysme est toute une manière d'être, et l'on n'est pas que par le côté matériellement visible. C'est une manière d'être, entièrement composée de nuances, comme il arrive toujours dans les sociétés très vieilles et très civilisées, où la comédie devient si rare et où la convenance triomphe à peine de l'ennui.

[…]

Ce n'est pas un habit qui marche tout seul ! Au contraire ! c'est une certaine manière de le porter qui crée le Dandysme. On peut être Dandy avec un habit chiffonné. »

Il n'y a pas jusqu'au docteur Torty lui-même («Le Bonheur dans le crime») qui, dans son refus d'adopter le vêtement des médecins de son temps, ne fasse preuve d'une forme de provocation propre à tous les émules du «beau Brummell». «Ce matois de fine et forte race» s'en approche, également, par la tournure naturellement hardie de son esprit cynique «qui ne chauss[e] point de mitaines». Car, arme privilégiée du dandy, «l'ironie est un génie qui dispense de tous les autres. Elle jette sur un homme l'air de sphinx qui préoccupe comme un mystère et qui inquiète comme un danger».

Un catholicisme qui n'a rien de prude

Barbey, qui aime à en doter ses personnages, a lui aussi cultivé cette indépendance d'esprit confinant à l'impertinence et menant, parfois, au blasphème. Républicain et anticlérical dans sa jeunesse, comme l'était son cher oncle médecin Pontas-Duméril, modèle du docteur Torty, il a peut-être conservé, des années passées à ses côtés, un certain goût pour la plaisanterie sacrilège. Toujours est-il que revenu, à trente-huit ans, au catholicisme fervent de sa plus tendre enfance et le clamant haut et fort dans la *Revue du monde catholique*, il ne se départ pas, dans *Les Diaboliques*, d'une tendance certaine à la profanation. «Pour un catholique, je vous trouve profanant», fait remarquer, «un peu crispée», son interlocutrice au narrateur du «Plus Bel Amour de Don Juan». Le fait est que le porte-parole de Barbey s'amuse ainsi plusieurs fois à «chahuter» la religion, prenant le risque de semer le doute sur l'authenticité de sa foi dans l'esprit de ses amis partisans du retour à l'ordre moral. Qu'on ne s'y trompe pas : bien réelle, sa ferveur catholique ne veut rien avoir de «prude, de bégueule, de pédant, d'inquiet», comme il s'en explique dans une lettre à Trébutien. Éloigné de toute bigoterie, son catholicisme «large, compréhensif, immense» ne doit ni l'accabler de gravité ni l'empêcher «d'éclairer un gouffre dans le cœur humain quand même il y aurait au fond du sang ou de la fange». Au contraire, semble-t-il signifier. La dénonciation des formes du mal ne répond-elle pas à la mission évangélisatrice du chrétien ? Et la déchristianisation contemporaine des esprits n'est-elle pas responsable de ces «crimes civilisés» décrits dans *Les Diaboliques* ?

Ouvertures

Des nouvelles du XIXe siècle

Des récits qui composent *Les Diaboliques*, Barbey dit lui-même qu'ils sont des nouvelles. Il opte ainsi pour un vocable que concurrence fortement, à son époque, le terme de «contes» : Honoré de Balzac a publié, en 1832, les *Contes bruns* en collaboration avec deux autres auteurs, Alphonse Daudet *Les Contes du lundi* en 1873 et Guy de Maupassant éditera, en 1883, *Les Contes de la bécasse*. Or, en dépit du terme retenu par leur titre, ces «contes» n'ont rien de merveilleux. Même lorsqu'ils flirtent avec le surréel, ils restent fortement ancrés dans le réel – le fantastique étant précisément défini par le surgissement de l'étrange au sein du familier. Finalement, le plus souvent, si ces histoires sont des «contes», c'est parce qu'on les a *contées* à l'occasion d'une veillée ou d'une quelconque autre réunion de devisants*. Contes, nouvelles, histoires apparaissent donc comme autant d'appellations équivalentes en un siècle qui, à travers l'essor de la presse, consacre le succès du récit court sans parvenir pourtant à délimiter avec précision les contours du genre qu'il met ainsi à l'honneur. Car sous quelque vocable qu'ils se rangent, tous ces récits sont bien, à proprement parler, des «nouvelles».

Les traits distinctifs de la nouvelle

Qu'est-ce qui définit le genre de la nouvelle ? Par rapport au roman, c'est sa brièveté et sa concentration sur un événement unique. Par rapport au genre voisin du conte, philosophique ou merveilleux, c'est sa prétention à la véridicité : comme l'information contenue dans un journal, la «nouvelle» prétend informer d'un fait réel, son objectif étant le plus souvent d'étonner. On résumera en disant que le genre est constitué de nouvelles du monde qui permettent d'approcher la réalité, fût-elle étrange, à travers un fait unique, à la révélation duquel concourt l'ensemble des éléments narratifs. *Les Diaboliques* correspondent bien à cette définition, en dépit de leur relative longueur et d'une lenteur d'approche qui est le sceau de Barbey d'Aurevilly et la marque d'un sens, très particulier, du suspense.

Histoire et littérature au temps de Barbey

	Histoire	Littérature	Vie et œuvre de Barbey
1808	Depuis 1804, Napoléon Bonaparte gouverne le Premier Empire (> 1814).		Naît à Saint-Sauveur-Le-Vicomte, dans une famille monarchiste, récemment anoblie.
1811-1816	Abdication de Napoléon Ier. Première restauration (Louis XVIII). 1815 – Napoléon Ier tente de rétablir l'Empire durant les Cent-Jours : défaite à Waterloo et exil à Sainte-Hélène. Deuxième restauration de la monarchie, plus réactionnaire.	*Le Chevalier Harold*, Byron. (1812-1818)	Vit une enfance austère au sein de sa famille confite en dévotion et repliée sur sa nostalgie de l'Ancien Régime.
1816-1825	Mort de Louis XVIII. Charles X lui succède : politique réactionnaire et autoritaire.	*Adolphe*, B. Constant (1816). *Ivanhoé*, W. Scott (1819).	Vit chez son oncle qui servira de modèle au docteur Torty du « Bonheur dans le crime ».
1827		*Armance*, Stendhal. *Cromwell*, Hugo.	Entre en rhétorique au collège Stanislas, à Paris.
1830-1832	L'insurrection des Trois Glorieuses (27, 28, 29 juillet) met fin au règne de Charles X. Avènement de Louis-Philippe : début de la monarchie de Juillet (> 1848).	*Le Rouge et le Noir*, Stendhal (1830). *Hernani*, Hugo (1830).	Écrit ses premières nouvelles, « Le Cachet d'onyx » et « Léa » (1831). Études de droit à Caen. Professe des idées libérales et entretient des relations orageuses avec sa famille.
1833-1837		*Lorenzaccio*, Musset (1834).	S'installe à Paris. Ses ambitions sont mondaines, politiques et littéraires (dans cet ordre). *Germaine ou la Pitié*, roman (1835). Premier *Memorandum* (1836). Rupture avec sa famille (1837).
1838-1846		*Les Illusions perdues* (1837-1843) et *Splendeurs et misères des courtisanes*, Balzac (1839-1847). *La Chartreuse de Parme*, Stendhal (1839).	Mène une vie de dandy. Signe désormais sous le nom de Barbey d'Aurevilly ses contributions à diverses revues. Deuxième *Memorandum* (1838). *L'Amour impossible* (1841). *Du Dandysme et de George Brummell* (1845).
1846-1848	Insurrection de février 1848 : fin de la monarchie de Juillet. La IIe République (> 1852) proclamée, Louis-Napoléon Bonaparte président.	*Mémoires d'outre-tombe*, Chateaubriand (1848).	Crise spirituelle : engage une lutte catholique et monarchiste militante dans les tribunes de la *Revue du monde catholique* (1847).

1849-1851		Causeries du lundi, Sainte-Beuve (1851).	Collabore à *La Mode* où il fait paraître « Ricochets de conversation, I. Le Dessous de cartes d'une partie de whist » (1850). *Une vieille maîtresse*, roman (1851).
1852-1861	Coup d'état de Louis-Napoléon Bonaparte (2 décembre 1852), qui se fait couronner empereur et, sous le nom de Napoléon III, institue le second Empire.	*Les Châtiments*, Hugo (1853). Procès des *Fleurs du mal*, Baudelaire et de *Madame Bovary*, Flaubert (1857).	Se rallie à l'ordre et à l'autorité incarnés par Napoléon III. Écrit des articles dans *Le Public* et *Le Pays*, journal bonapartiste (1852-1862). Se lie avec Baudelaire. *L'Ensorcelée* (roman). Troisième (1856) et quatrième (1858) *Memorandum*.
1862-1863		*Les Misérables*, Hugo. *Petits Poèmes en prose*, Baudelaire.	Article contre *Les Misérables* auxquels il reproche leur optimisme humaniste et contre Sainte-Beuve : rupture avec *Le Pays*. Entre au *Figaro* et au *Nain jaune* qui publie *Le Chevalier Des Touches* (1863).
1864-1865		*Germinie Lacerteux*, frères Goncourt (1865).	*Un prêtre marié* (1864). Débute son cinquième *Memorandum*.
1866-1870	Guerre franco-allemande et défaite française à Sedan. Chute de Napoléon III et proclamation de la IIIe République (1870-1940).	*Le Capital*, Marx (1866). *Thérèse Raquin*, Zola (1867).	**« Le Rideau Cramoisi »** (1866). **« Le Plus Bel Amour de Don Juan »** (1867) **« Le Bonheur dans le crime »** (1870).
1871	Commune de Paris.	*La Fortune des Rougon*, Zola.	Quitte Paris pour Saint-Sauveur, puis Valognes, où il termine la rédaction des ***Diaboliques***.
1874		*Quatre-vingt-treize*, Hugo.	***Les Diaboliques*** poursuivis pour outrage aux bonnes mœurs. L'œuvre est retirée de la vente.
1876-1880		*Le Roman expérimental*, Zola (1880). *Boule de suif*, Maupassant (1880).	Essai sur *Goethe et Diderot* (1876). *Les Œuvres et les Hommes* (1878).
1882			*Une histoire sans nom* (roman), et « Une page d'Histoire » (nouvelle). Deuxième édition des *Diaboliques*.
1887			Dernier voyage en Normandie.
1889	Exposition universelle à Paris.		Meurt le 23 avril.

Ouvertures

Le «fantastique de la réalité»

« Quel aimable dessous de cartes ont vos parties de whist! dit la baronne de Saint-Albin, joueuse comme une vieille ambassadrice. – C'est très vrai ce que vous disiez. À moitié montré, il fait plus d'impression que si l'on avait retourné toutes les cartes, et que l'on eût vu tout ce qu'il y avait dans le jeu.
– C'est le fantastique de la réalité, fit gravement de docteur. »

Le Dessous de cartes d'une partie de whist

Baudelaire, frappé par la condensation des *Histoires extraordinaires* d'Edgar Poe dont il fut le traducteur français, déclarait que les meilleures nouvelles étaient les plus courtes. Le narrateur anonyme des *Diaboliques*, pas plus qu'aucun des conteurs auxquels il passe le relais, n'obéit en rien à ce conseil déguisé. Ses récits s'étirent en digressions, se complaisent en détours, épousent des méandres qui en ralentissent le cours. Tout son art est dans cette douloureuse attente qu'il inflige à ses auditeurs et dans les obstacles qu'il oppose malicieusement à leur curiosité. Car, contrairement au nouvelliste américain, son objectif n'est pas tant de préparer, par une construction rigoureuse, l'effet à produire au moment du dénouement que de maintenir la tension de son auditoire tout au long du récit. Pour Barbey d'Aurevilly, le plus important est le chemin, non la ligne d'arrivée. La nature particulière de son fantastique tient à cette préférence. Non pas surgissement soudain d'un événement inconciliable avec la réalité mais dévoilement lent et progressif de la monstruosité du réel. C'est là sa façon de nous donner des nouvelles d'un siècle haï. Avec son lecteur, Barbey a la patience sadique du chat avec la souris, et le premier «diabolisme» de son recueil de nouvelles réside dans cette cruauté narrative.

3 Diaboliques

À qui dédier cela?
J. B. d'A.

PRÉFACE

Voici les six premières[1] !

Si le public y mord, et les trouve à son goût, on publiera prochainement les six autres ; car elles sont douze – comme une douzaine de pêches –, ces pécheresses !

Bien entendu qu'avec leur titre de *Diaboliques,* elles n'ont pas la prétention d'être un livre de prières ou d'*Imitation chrétienne*… Elles ont pourtant été écrites par un moraliste chrétien, mais qui se pique d'observation vraie, quoique très hardie, et qui croit – c'est sa poétique, à lui – que les peintres puissants peuvent tout peindre et que leur peinture est toujours assez *morale* quand elle est *tragique* et qu'elle donne l'*horreur des choses qu'elle retrace*. Il n'y a d'immoral que les Impassibles et les Ricaneurs. Or, l'auteur de ceci, qui croit au Diable et à ses influences dans le monde, n'en rit pas, et il ne les raconte aux âmes pures que pour les en épouvanter.

Quand on aura lu ces *Diaboliques,* je ne crois pas qu'il y ait personne en disposition de les recommencer en fait, et toute la moralité d'un livre est là…

---

1. *Les Diaboliques* rassemblent six nouvelles parmi lesquelles nous avons choisi les trois proposées à votre lecture.

Cela dit pour l'honneur de la chose, une autre question. Pourquoi l'auteur a-t-il donné à ces petites tragédies de plain-pied ce nom bien sonore – peut-être trop – de *Diaboliques*?... Est-ce pour les histoires elles-mêmes qui sont ici? ou pour les femmes de ces histoires?...

Ces histoires sont malheureusement vraies. Rien n'en a été inventé. On n'en a pas nommé les personnages : voilà tout! On les a masqués, et on a démarqué leur linge. «L'alphabet m'appartient», disait Casanova, quand on lui reprochait de ne pas porter son nom. L'alphabet des romanciers, c'est la vie de tous ceux qui eurent des passions et des aventures, et il ne s'agit que de combiner, avec la discrétion d'un art profond, les lettres de cet alphabet-là. D'ailleurs, malgré le vif de ces histoires à précautions nécessaires, il y aura certainement des têtes vives, montées par ce titre de *Diaboliques,* qui ne les trouveront pas aussi *diaboliques* qu'elles ont l'air de s'en vanter. Elles s'attendront à des inventions, à des complications, à des recherches, à des raffinements, à tout le *tremblement* du mélodrame moderne, qui se fourre partout, même dans le roman. Elles se tromperont, ces âmes charmantes!... *Les Diaboliques* ne sont pas des diableries : ce sont des *Diaboliques* – des histoires réelles de ce temps de progrès et d'une civilisation si délicieuse et si *divine,* que, quand on s'avise de les écrire, il semble toujours que ce soit le Diable qui ait dicté!... Le Diable est comme Dieu. Le Manichéisme, qui fut la source des grandes hérésies du Moyen Âge, le Manichéisme n'est pas si bête. Malebranche disait que Dieu se reconnaissait *à l'emploi des moyens les plus simples*. Le Diable aussi.

Quant aux femmes de ces histoires, pourquoi ne seraient-elles pas les *Diaboliques*? N'ont-elles pas assez de diabolisme en leur personne pour mériter ce doux nom?

Diaboliques! il n'y en a pas une seule ici qui ne le soit à quelque degré. Il n'y en a pas une seule à qui on puisse dire sérieusement le mot de «*Mon ange!*» sans exagérer. Comme le Diable, qui était un ange aussi, mais qui a culbuté – si elles sont des anges, c'est comme lui –, la tête en bas, le... reste en haut! Pas une ici qui soit pure, vertueuse, innocente. Monstres même à part, elles présentent un effectif de bons sentiments et de moralité bien peu considérable. Elles pourraient donc s'appeler aussi «les *Diaboliques*», sans l'avoir volé... On a voulu faire un petit musée de ces dames – en attendant qu'on fasse le musée, encore plus petit, des dames qui leur font pendant et contraste dans la société, car toutes choses sont doubles! L'art a deux lobes, comme le cerveau. La nature ressemble à ces femmes qui ont un œil bleu et un œil noir. Voici l'œil noir dessiné à l'encre – à l'encre de la *petite vertu*.

On donnera peut-être l'œil bleu plus tard.

Après les *Diaboliques*, les *Célestes*... si on trouve du bleu assez pur...

Mais y en a-t-il?

Jules Barbey d'Aurevilly.

Paris, 1er mai 1874.

Arrêt sur lecture 1

Pour un décryptage linéaire de la préface

Périphérique, comme le titre, les sous-titres, les dédicaces et les épigraphes, la préface fait partie de l'appareil paratextuel* qui délimite les frontières d'un texte, en éclaire le contenu et en précise les intentions. À travers cet appareil, une relation se noue directement entre le scripteur et le lecteur, et un contrat s'établit qui permettra à la lecture de se poursuivre.

La préface que donne Barbey, en mai 1874, à ces six nouvelles réunies sous le titre de *Diaboliques* reflète à bien des égards l'art très singulier de conteur grâce auquel leur auteur s'est rendu célèbre dans les salons avant même de donner une version littéraire à son talent. Brillant causeur, polémiste acerbe dont on craint la plume acérée de critique, Barbey offre ici une illustration des ressources variées qu'il sait utiliser pour capter et convaincre un auditoire. Sous une apparence de désinvolture, ce métadiscours* savamment élaboré, sophistiqué et complexe, assume avec la savoureuse perversité qu'on reconnaît à ses récits – et peut-être aussi un peu de mauvaise foi – les fonctions les plus diverses qu'il est possible de confier à une préface auctoriale*.

Un début *ex abrupto*

Un référent non explicite – « Voici les six premières ! » C'est par cette exclamation déconcertante que Barbey choisit de commencer sa préface. Qu'y trouvons-nous ? Un déictique* (le présentatif « voici ») qui, pour être compris, manque de renvoyer à une situation d'énonciation* limpide. Une expression allusive (« les six premières ») qui n'indique pas clairement ce dont il est question. Une forme exclamative dont on ne sait si elle exprime l'exaltation, la surprise, le soulagement ou quelque autre sentiment à partager avec le lecteur. Avant même que débutent les récits, un certain goût du mystère se manifeste déjà dans le discours d'un auteur qui en imprégnera ses *Diaboliques*. Mais hors l'effet de suspense produit, ce qui importe surtout, ici, c'est le caractère fortement oralisé de ce début *ex abrupto**, privé de toute précaution introductive. Grâce à lui, un dialogue s'engage (mais comme s'il se poursuivait) avec le lecteur dans une atmosphère émotionnelle familière et dynamique.

Une tonalité désinvolte – Au deuxième paragraphe, le voile n'est toujours pas levé sur le référent du discours. À quoi le peu explicite pronom « elles » renvoie-t-il ? Le lecteur devra attendre le troisième paragraphe pour l'apprendre. Le ton est badin, et plus que désinvolte la métaphore gourmande – fondée sur la polysémie* contextuelle du verbe mordre (mordre à l'hameçon, être captivé/capturé par les récits) et sur l'homonymie* de « pêcher » et « péché ». Le scripteur de la préface joue sur les mots avec une légèreté de libertin dans laquelle on aura un peu de mal à reconnaître le « moraliste chrétien » présenté au paragraphe suivant.

Un contrat de lecture implicite – Problématique, elle aussi, l'inscription du destinataire dans le texte : le scripteur s'adresse indirectement au lecteur sous la dénomination générique de « public » au moment même où il l'implique habilement dans le succès de son projet éditorial. Une suite aux six *Diaboliques* est, en effet, promise en même temps que conditionnée à l'accueil que leur réserveront les lecteurs. C'est solliciter de manière détournée une qualité de lecture qui rendrait justice à l'ouvrage. Subtilement, le contrat de lecture voit énoncer là sa première clause.

Qui parle ? – À l'indétermination initiale du sujet du discours, à la façon détournée dont s'initie le contrat de lecture s'ajoute l'ambiguïté attachée à l'identité du scripteur. Qui doit-on reconnaître sous le pronom indéfini «on» qui porte le deuxième paragraphe ? l'éditeur ? l'auteur ? une autre instance ? Il y a fort à parier que derrière ce pronom se cache une manœuvre dont nous tenterons d'analyser plus loin la visée.

Vade retro Satanas !

Rupture de ton – Après la «mise en bouche» des deux premiers paragraphes (pour filer plus avant la métaphore de Barbey), le plat de résistance de la préface est servi au lecteur. Le troisième paragraphe se départ de la légèreté de l'ouverture pour assumer avec sérieux une des fonctions essentielles de toute préface auctoriale* : la justification du titre. Le lecteur se voit ainsi confirmer ce qu'il avait deviné : le pronom «elles» du début s'applique bien aux nouvelles réunies dans *Les Diaboliques*. La formulation demeure néanmoins ambiguë : qualifiées plus haut de «pécheresses», ces nouvelles paraissent, en effet, personnifiées et comme confondues avec leurs héroïnes.

Une apparence d'objectivité – À la légèreté du début succède l'ironie dont la présence, discrète dans «bien entendu», deviendra toujours plus marquée au fil du texte. Ce procédé constitue, comme la plaisanterie et les jeux de mots, une manière de solliciter la complicité du lecteur, et cette précaution a peut-être son utilité avant la rupture de ton produite par la déclaration de moralisme chrétien. Reste que cette proclamation contribue à épaissir encore le mystère qui planait déjà sur l'identité du scripteur. Comme le pronom «on» au paragraphe précédent, la tournure passive adoptée («elles ont pourtant été écrites par un moraliste chrétien…») a pour effet de mettre à distance un auteur, qui ne semble plus ici pouvoir être confondu avec le scripteur de la préface. S'attend-on, en effet, à entendre quelqu'un parler de lui à la troisième personne et un «moraliste chrétien» plaisanter sur les qualités gustatives du péché ? Déguisée en préface allographe*, cette préface d'auteur ne se donne pas pour ce qu'elle est. Quel est le but de la manœuvre ? En éludant le «je» et en parlant de lui-même comme d'un autre, Barbey confère une apparence d'objectivité au portrait qu'il dresse. Il peut ainsi déployer une stratégie de valorisation de l'auteur et de sa poétique, rendue plus acceptable par le subterfuge de la mise à distance (très sensible dans l'incise : «c'est sa poétique, à lui»).

Les nouvelles des *Diaboliques* ont rencontré du succès auprès des écrivains qui leur sont contemporains et auprès des peintres et illustrateurs qui y ont trouvé des motifs d'inspiration variés. Parmi eux, Félicien Rops qui, avec ce *Vice suprême*, évoque le climat du recueil de Barbey, le mélange des registres, le fantastique…

Moraliser ses semblables – Dans l'exposé de cette poétique se devine aussi une tactique visant à prévenir toute condamnation morale de l'ouvrage. La volonté d'anticiper sur les éventuelles accusations du public détermine la logique tortueuse de la phrase (c'est nous qui soulignons) :

> Elles ont <u>pourtant</u> été écrites par un moraliste chrétien, <u>mais</u> qui se pique d'observation vraie, <u>quoique</u> très hardie, et qui croit – c'est sa poétique, à lui – que les peintres puissants peuvent tout peindre et que leur peinture est toujours assez morale quand elle est tragique et qu'elle donne l'horreur des choses qu'elle retrace.

Les articulations « pourtant », « mais », « quoique » témoignent d'une tentative malaisée de concilier une éthique et une poétique en apparence contradictoires.

Chrétien irréprochable, connu pour ses fervents plaidoyers en faveur d'un catholicisme auquel il se convertit aux alentours de 1846, Barbey entend donc faire œuvre de moraliste. C'est l'argument dont notre auteur se servira pour sa défense, six mois après la rédaction de sa préface, lors de l'instruction du procès des *Diaboliques* :

« Le but de mon œuvre a été de moraliser mes semblables en leur donnant l'horreur du vice. L'immoralité, quand elle est cauteleuse, pénètre dans les masses, elles la rejettent au contraire, quand elle est terrible. Il est certaines œuvres où se produit une réelle confusion entre le mal et le bien, et cela, parce que les teintes pâles qui les entourent ne permettent pas de les discerner. Le mal que j'ai peint dans mon œuvre, au contraire, je lui ai donné exprès un relief d'autant plus énergique, que je voulais qu'on ne pût le confondre, et qu'il puisse servir pour tous, d'épouvantail et d'horreur. »

Le lecteur actuel du recueil peut-il croire sans réserve à cette argumentation ? Et si oui, quel sens donner alors à l'évidente fascination, mêlée d'admiration, dont le narrateur des nouvelles fera preuve envers les plus démoniaques personnages ? Barbey avait d'abord opté pour le titre plus technique, mais moins offensif, de « Ricochets de conversation », trace de la quatrième nouvelle du recueil, « Le Dessous de cartes d'une partie de whist », publiée dans *La Mode* en 1850. L'adoption définitive d'un titre aussi « sonore » que *Les Diaboliques* ne pouvait relever que d'une provocation ; provocation certes « vendeuse » auprès du public, mais imprudente face à une censure armée depuis 1819 d'une loi sanctionnant tout outrage à la morale publique. Barbey le sait bien, qui tentera plus loin de justifier son choix en se démarquant des deux horizons de lecture antinomiques que ce titre accrocheur pouvait logiquement dessiner : attirance malsaine ou rejet pour suspicion d'immoralité.

Gardons-nous de prendre les déclarations de la préface pour argent comptant. Barbey s'y prête à l'exercice difficile de déjouer la censure tout en indiquant, au lecteur averti, des pistes pour comprendre les vraies intentions de son œuvre.

Impassibles et Ricaneurs – Se retranchant derrière l'autorité du réel, face auquel il lui semble injustifiable de fermer les yeux, fût-ce au nom de la morale chrétienne, Barbey déplace l'accusation d'immoralité sur une catégorie du public : les «Impassibles et les Ricaneurs» – gratifiés d'une majuscule qui les rapprochent du Diable... Corrompus sont donc, aux yeux de Barbey, les «Impassibles», incapables d'éprouver une émotion qui les transporterait, et les «Ricaneurs» qui, armés de leur scepticisme religieux, se gausseraient à la seule évocation du couple Dieu-Diable. Les deux attitudes ici fustigées évoquent irrésistiblement les libres-penseurs, libertins affranchis des superstitions religieuses et héritiers d'un esprit révolutionnaire que Barbey abhorre. Indirectement, «l'auteur de ceci» se voit ainsi désigner comme le défenseur d'une époque révolue (l'Ancien Régime) où la crainte du Diable garantissait le maintien de la morale. Quoi qu'il en soit, reporter sur une catégorie du public l'accusation qui pourrait viser le recueil de nouvelles, c'est responsabiliser le lecteur et l'impliquer en le contraignant à se positionner, soit au sein soit hors du cercle de ces «réprouvés».

L'«auteur de ceci»... Une fois de plus, qu'est-ce que «ceci» ? la préface ou l'ouvrage ? et, partant, qui le mot «auteur» désigne-t-il ? Nous retrouvons, jusque dans la ferme prise de position exposée ici, cette volonté, chez le préfacier, de se distancier de l'auteur du livre, qu'il désigne exclusivement à la troisième personne. Nous voyons là une preuve supplémentaire que, scindé en deux instances, Barbey s'applique à brouiller les pistes pour mieux tromper les censeurs et «ficeler» un lecteur qui, tenu à un incessant travail de décryptage, se retrouve en quelque sorte co-auteur d'une préface dont il est invité à reconstruire le sens.

Immoralité du rire ? Prenons nous-mêmes quelques distances avec la lettre du texte pour mieux en percevoir l'esprit.

> [...] L'auteur de ceci, qui croit au Diable et à ses influences dans le monde, n'en rit pas [...]

Que penser de l'exclusion du rire qui, peint comme une attitude immorale, conforte le caractère sérieux de cet instant de la préface ? On découvrira, en lisant *Les Diaboliques*, que Barbey conteur ne dédaigne pas de recourir à cet outil de séduction narratif, quitte à jouer alors, non sans délectation, avec le mot «diable» qui perd ainsi – superficiellement du moins – tout pouvoir terrifiant !

Retour sur l'ambiguïté de l'énonciation

Qui est « je » ? – Nous l'avons déjà signalé, l'énonciation, dans la préface, est problématique. Le « je » qui intervient au quatrième paragraphe, après le « on » du premier et les périphrases désignant l'auteur à la troisième personne, lève tout doute sur l'identité du préfacier. Jusqu'ici éludé, « je » se donne pour le garant de l'efficacité de cette prétendue entreprise d'édification morale que sont *Les Diaboliques*. Ce faisant, il invite les lecteurs à le créditer de toutes les opinions qu'il n'attribue pas explicitement au nouvelliste. La dissociation fictive du préfacier et de l'auteur des *Diaboliques* est révélée.

La stratégie discursive cachée derrière cet étrange dédoublement permet à Barbey de s'exprimer avec le détachement auquel il est accoutumé en tant que critique littéraire. Le voilà prêt à assumer, avec une pleine efficacité, ses fonctions de présentateur du livre, sans être suspecté de complaisance. Ni envers l'auteur, auquel il prend bien soin de laisser la responsabilité de ses choix et prises de position. Ni envers l'ouvrage et le diabolisme de ses héroïnes. Lui octroyant une plus grande crédibilité, cette astucieuse « déclaration d'indépendance » lui permet de faire admettre comme de simples informations les assertions jugeant de la moralité, de l'efficacité et, comme nous le verrons, de la véridicité des nouvelles du recueil.

Les procédés de la distanciation – Un emploi subtil des pronoms personnels sujets ne constitue qu'un des moyens de marquer cette distance entre deux instances autonomes. Un autre consiste, pour le préfacier, à mettre en scène sa propre énonciation afin de mieux révéler aux lecteurs tout l'implicite contenu dans son texte. D'incessantes variations intonatives sont ainsi suggérées à travers l'abondance des tournures interrogatives, négatives et exclamatives. L'introduction de formules ironiques joue le même rôle. Le découpage du texte en courts paragraphes, en début et en fin de préface, crée des blancs et marque des ruptures. Les nombreux tirets, points de suspension et mises en relief que constituent italique, majuscules et guillemets, signalent soit des changements de débit, soit des pauses surprenantes ou inhabituelles. La prose du scripteur est tout sauf blanche. Ses multiples jeux sur le signifiant donnent à entendre, par-delà le contenu, une voix particulière dont le scripteur fait un spectacle.

Un titre inadéquat? – Marque de distanciation elle aussi, l'incise du cinquième paragraphe : « peut-être trop ». Le préfacier émet ici un doute sur le choix d'un titre aussi tapageur (« bien sonore »), prédisant ainsi celui de futurs lecteurs. « Diaboliques » ne serait-il pas un qualificatif excessif pour des histoires définies comme de « <u>petites</u> tragédies de plain-pied », simples faits de la vie ordinaire sans grand retentissement ? Peut-être, je vous le concède, semble dire le locuteur qui, par cette concession, affecte de faire sienne une opinion qui n'est pas de lui. Nous touchons ici du doigt une autre tactique employée dans la préface : envisager toutes les positions et donner place à toutes les opinions... afin de mieux les réfuter ensuite. Les paragraphes 6 et 7 sont entièrement consacrés au déploiement de cette stratégie et feront entrer dans la préface quantité de voix extérieures.

Véridicité des *Diaboliques*

Le préfacier diffère sa réponse aux questions posées :

> Pourquoi l'auteur a-t-il donné à ces petites tragédies de plain-pied ce nom bien sonore – peut-être trop – de *Diaboliques* ?... Est-ce pour les histoires elles-mêmes qui sont ici ? ou pour les femmes de ces histoires ?...

...et revient sur l'authenticité des *Diaboliques*. Ces histoires, issues du réel que l'auteur se piquait d'observer avec hardiesse (paragraphe 3), sont « malheureusement vraies ». Voilà qui devrait éveiller la curiosité des amateurs de secrets et attirer ceux que rebutent les fantaisies de l'imagination littéraire ! On remarquera au passage que le scripteur entend faire la preuve de sa familiarité avec une œuvre et un écrivain dont il apparaît comme un spécialiste. Fondée sur les connaissances dont il fait étalage, l'autorité d'expert dont il bénéficie – parce qu'elle est associée à un constant souci de distanciation – lui permettra d'obtenir le crédit du lecteur et la possibilité d'amener subtilement celui-ci aux conclusions qu'il souhaite lui voir adopter.

Sus aux futurs détracteurs ! – La véridicité des histoires du recueil est l'occasion, pour le préfacier, de poursuivre son exposé sur la poétique de l'auteur, entamé au troisième paragraphe. Le véritable romancier, celui qui possède la maîtrise d'« un art profond », n'invente pas à proprement parler mais, s'appuyant sur un sens aigu de l'observation, compose à partir de l'alphabet des passions qui s'illustrent dans la vie réelle. Parce qu'elles ont réellement existé et qu'elles se nourrissent donc du vivant (c'est ici le sens du mot « vif »), elles exigent, « précaution nécessaire », le respect de l'anonymat des personnages... Quel talent pour aiguiser la curiosité naturelle du public ! Sous couvert de respecter la vie privée des personnes qui ont inspiré ses personnages, Barbey suggère au Tout-Paris qu'il pourrait avec un peu de perspicacité reconnaître dans l'ouvrage des figures de sa connaissance.

Un glissement de « vif » à « vives », un jeu de mots, et la question de l'adéquation du titre revient, sous une forme nettement polémique, pour faire entendre la voix d'éventuels détracteurs que Barbey s'empresse de discréditer. La manœuvre consiste, d'une part, à prévoir la possibilité d'une lecture déceptive des nouvelles et, d'autre part, à disqualifier par l'ironie la catégorie des lecteurs qui ne trouveraient pas ces récits (ou leurs héroïnes) assez « diaboliques ». Terriblement mordante est l'assimilation dépréciative de ces futurs ennemis à des « têtes vives », promptes à s'imaginer un univers de « diableries » sur la seule foi d'un titre accrocheur. L'image, burlesque parce que mécaniste, de têtes « montées » sur un titre ridiculise à l'avance tous les écervelés qui se « monteront » ainsi la tête. On voit que la concession faite plus haut à ceux qui estimeraient le titre trop prometteur trouve ici sa réfutation. Le coup de griffe à ces lecteurs indignes permet au préfacier de poursuivre sa justification du titre mais, cette fois, à travers la détermination générique de l'œuvre : celle-ci ne relève ni du genre de la diablerie, ni du genre du mélodrame, deux termes sur lesquels il nous faut nous arrêter un instant.

Ni diablerie, ni mélodrame – Faute de dire vraiment ce que sont ses nouvelles et pourquoi le titre qui les réunit leur correspond si bien, le préfacier prévient le lecteur de ce qu'elles ne sont pas. Deux genres littéraires sont mentionnés comme repoussoirs : la diablerie et le mélodrame moderne. La diablerie, apparue dans la littérature française au

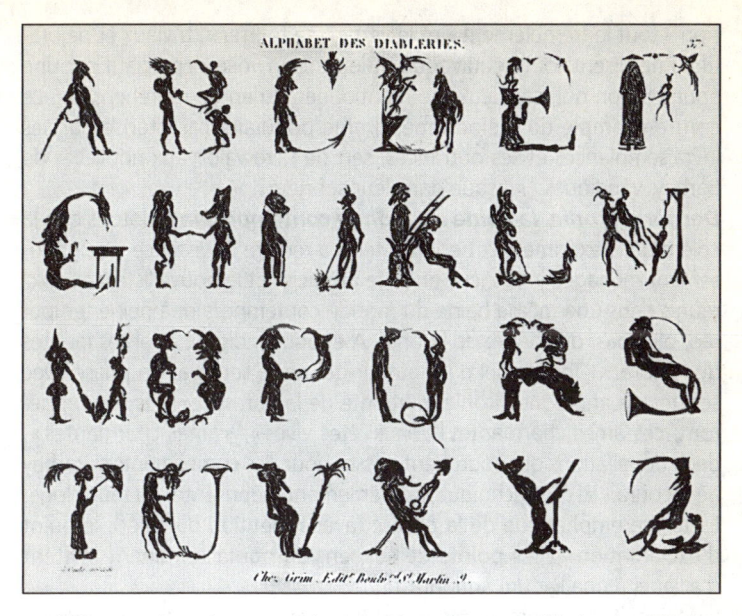

Les diables sont à la mode au XIXᵉ siècle et Antonin Caulo crée cet *Alphabet des diableries*.

Moyen Âge, est la forme « satanique » du mystère, pièce de théâtre traitant de sujets religieux empruntés aux Vies de saints ou à la Bible. Elle met en scène des diables, entités surnaturelles. Dans le langage courant, la diablerie est, par ailleurs, assimilée à la sorcellerie et à l'usage de maléfices. Il est probable que Barbey ait également eu à l'esprit cette acception commune du terme – qui paraît sous sa plume, après l'énumération des mièvreries sophistiquées du mélodrame, entachée d'une connotation péjorative.

Bien loin du Moyen Âge, c'est la littérature contemporaine qui attire les foudres du préfacier. « Inventions », « complications », « recherches », « raffinements », autant de tarabiscotages qui relèguent le mélodrame moderne au rang d'une sous-littérature artificielle et peu réaliste dont Barbey s'afflige qu'elle contamine la production de son temps. L'expression « tout le tremblement » et le verbe « se fourrer », triviaux et péjoratifs, interdisent toute équivoque et jettent un voile dépréciatif sur une énumération qui, sans eux, ne mentionnerait rien de répréhensible. Le contre-exemple du mélodrame, drame populaire caractérisé par ses invraisemblances et ses outrances, sert de faire-valoir aux nouvelles de Barbey, véridiques… jusque dans leur sobriété ?

Derrière l'ironie, la haine du monde contemporain – Notons que la colère qui s'exprime à cet endroit tend à réduire la distance – soigneusement ménagée jusqu'ici – entre le préfacier et le nouvelliste. Les voici réunis dans une même haine du monde contemporain, à peine tempérée, plus bas, du sourire de l'ironie. À époque indigne, attentes ineptes du lectorat… Tout le fiel d'un auteur qui ne se sent pas en phase avec son temps imprègne l'ironie mordante de la phrase : « Elles se tromperont, ces âmes charmantes !… » « Têtes vives », « âmes charmantes », deux appellations qui pourraient passer pour des compliments si Barbey ne recourait ici à la technique, suprêmement méprisante, du faux éloge. La forme emphatique de la phrase (avec répétition du sujet), le point d'exclamation et les points de suspension qui la terminent invitent d'ailleurs à une lecture antiphrastique*.

Mais si l'on comprend que ces « têtes vives » n'ont aucun charme aux yeux du préfacier, pourquoi les qualifier du terme spiritualiste d'âmes ? Par la porte d'un angélisme exprimé ici par antiphrase, nous voici invités à entrer dans le vif du sujet – et à avancer, à travers les champs sémantiques* antithétiques* Dieu/Diable, sur le terrain du débat entre le bien et le mal. Ces « âmes charmantes » évoquent les « âmes pures » du troisième paragraphe et appellent les « Célestes » de l'avant-dernier, sur l'existence desquelles le scripteur émettra de sérieux doutes ! En quête d'un diabolisme plus patent et d'histoires plus corsées, ces âmes ne se penseraient-elles pas naïvement (d'où le terme « charmantes ») à l'abri des offensives du diable ?

C'est, en tout cas, l'illusion à laquelle cède le temps. Reflet des faiseurs de mélodrames et des lecteurs qu'il a forgés, il commet l'erreur de voir dans son prétendu degré de civilisation un rempart efficace contre toute pénétration du mal :

> [...] des histoires réelles de ce temps de progrès et de civilisation si délicieuse et si *divine*, que, quand on s'avise de les écrire, il semble toujours que ce soit le Diable qui ait dicté!...

Le sarcasme poursuit son œuvre de sape dans un piquant mélange de termes antithétiques*, évoquant tout à la fois le ciel et l'enfer, « ce ciel en creux » comme l'écrit Barbey dans « Le Dessous de cartes d'une partie de whist ». Du côté du ciel, « délicieuse » (écho à « charmantes ») et « *divine* » dont l'ironie est soulignée par l'adverbe intensif « si » ; du côté de l'enfer, « le Diable » qui, avec son constant attribut de majesté (la majuscule), clôt la phrase pour mettre fin à toute illusion d'angélisme et plonger l'époque dans les ténèbres du mal. Le progrès est un vain mot. En dépit de l'optimisme positiviste de cette fin de XIXe siècle éloignée des préoccupations religieuses, les œuvres du diable se manifestent dans le réel. C'est ce qu'affirme Barbey, rejetant cette fois-ci le péché d'immoralité sur son époque, qu'il déteste. Cette idée lui est si chère qu'il la reproduira, presque mot pour mot, en épigraphe* à la troisième *Diabolique*, « Le Bonheur dans le crime ».

Des références pas très catholiques – Si le préfacier donne ici la parole à l'opinion publique, c'est, une fois de plus, pour mieux en réfuter les croyances par la raillerie. À travers son discours, d'autres voix se font entendre, littéraires et philosophiques. Casanova, d'abord, qui, libertin bien connu, n'est sans doute pas la référence idéale pour soutenir la moralité de l'auteur... Le philosophe Malebranche, dont le rattachement à l'Église compense peut-être l'odeur de soufre exhalée par le seul nom du Don Juan vénitien. Le manichéisme, enfin, religion ancienne qui, jugée hérétique par les chrétiens, croyait en une division dualiste de l'univers où le royaume de Lumière (l'esprit, le bien) s'opposait en une lutte éternelle au royaume des Ténèbres (la matière, le mal) gouverné par Satan. Les cautions qu'invoque Barbey à l'appui de son discours sont, dans l'ensemble, fort peu conformes à l'orthodoxie chrétienne. Et on comprend que ce provocateur invétéré ait été tenu en défiance par les gens mêmes du parti catholique auquel il s'était rallié. Mais il est vrai que ce n'est pas lui qui est censé tenir la plume... Autre avantage de la constitutive duplicité de la préface !

Le Diable et Barbey aussi – La conclusion du sixième paragraphe rapproche Dieu et diable d'une manière qui pourrait sans doute passer pour blasphématoire chez les « diables de vertus » (comme Barbey appellera ceux qu'effarouchera son recueil). Mais si « le Diable est *comme* Dieu », c'est uniquement dans l'emploi des moyens les plus simples. L'évocation de la simplicité de moyens renvoie le lecteur aux considérations littéraires du début de paragraphe et aux « complications » du mélodrame moderne. Nul besoin d'effets appuyés : le surnaturel n'est pas spectaculaire et sait fort bien s'accommoder des situations réelles les plus prosaïques. L'équivalence établie entre Dieu et diable sur le plan de la simplicité concerne aussi Barbey. N'a-t-il pas su se passer de l'attirail traditionnel des diableries pour suggérer l'action souterraine de Satan ? Subtilement le préfacier impose l'idée implicite d'un auteur à placer, pour son talent, sur le même plan que Dieu et le diable. Et le paragraphe pourrait se terminer par : « Barbey aussi »…

Diabolique et féminin

Un préfacier misogyne ? – Le septième paragraphe s'ouvre sur une reprise de la dernière question du cinquième : pourquoi l'auteur a-t-il donné à son recueil le titre de *Diaboliques* ? Pour les histoires « ou pour les femmes de ces histoires » ? La question a pourtant changé de forme. L'interro-négative : « pourquoi [les femmes de ces histoires] ne seraient-elles pas les *Diaboliques* ? » appelle une réponse qui confirmerait les héroïnes dans ce rôle. Le développement qui suit va dans ce sens. Et introduit une ambiguïté sur laquelle jouera le préfacier. Un simple déictique*, l'adverbe « ici », produit l'équivoque :

> Diaboliques ! il n'y en a pas une seule ici qui ne le soit à quelque degré. Il n'y en a pas une seule à qui on puisse dire sérieusement le mot de « *Mon ange !* » sans exagérer.

Il est probable que l'adverbe renvoie aux histoires du recueil mais il n'est pas impossible qu'il renvoie aussi, dans le même temps, à ici-bas. La conclusion de la préface invite d'ailleurs le lecteur à l'envisager… Quoi qu'il en soit, ce qui frappe dans l'argumentation du préfacier, c'est que, à aucun moment, l'adjectif ou le substantif « diabolique » n'est pensé au masculin. Il est vrai que les nouvelles du recueil mettent majoritairement en scène des personnages féminins, mais pas seulement : les hommes y occupent aussi leur place et tous ne sont pas, loin s'en faut, des exemples de vertu ! Ce sont notamment l'homme et la femme d'un couple que « Le Bonheur dans le crime » associe dans une complicité coupable. Que penser alors d'un tel parti pris misogyne, sinon qu'il est conforme à la tradition, religieuse et populaire, selon laquelle la femme entretiendrait une relation de connivence « naturelle » avec le diable ? Les préjugés ont la vie dure ! Mais – serait-ce un effet particulier de la psychologie aurevillienne ? – les personnages masculins les plus machiavéliques du recueil semblent toujours bénéficier de la circonstance atténuante d'avoir été manipulés par une femme d'une puissance démoniaque supérieure à leur simple et humaine malfaisance. Ce sont des victimes, des Adam perdus par des Ève !

De l'adjectif au substantif – Des *Diaboliques*, le préfacier faisait précédemment un genre défini par sa thématique et sa forme. Il les opposait ainsi au genre du mélodrame, dont les nouvelles de Barbey prétendent s'écarter par leur forme radicalement différente, et au genre de la diablerie, qui aurait pu donner l'apparence de traiter du même sujet. À travers ces deux contre-exemples, la préface visait donc à conférer au recueil une unité formelle et thématique. Un pas supplémentaire est ici franchi : l'unité thématique de l'ouvrage est doublement assurée puisque ses héroïnes pourraient être également qualifiées de diaboliques « sans l'avoir volé ». Diaboliques, c'est-à-dire « inspirées par le diable » selon le sens du latin ecclésiastique *diabolicus* dont l'adjectif est issu. Une « Diabolique » serait donc à la fois ce type particulier de nouvelles (dont Barbey a fixé les contours thématiques et formels par l'écriture de son recueil) et un genre de personnage (très répandu dans la réalité mais dont Barbey a eu le mérite de fixer littérairement les traits). Voici comment naît un substantif…

Anges déchus – Le préfacier, dans ce septième paragraphe, reprend son badinage du début et s'amuse à approfondir le système d'oppositions lexicales mis en place au paragraphe précédent. Un ironique « doux nom » devient ce mot doux de « mon ange ». Le terme d'ange appliqué à des figures diaboliques amène l'image de l'ange déchu. Et l'évocation de la chute du diable, envisagée au sens littéral, conduit à la comparaison burlesque et grivoise de la culbute où le diabolisme des héroïnes du recueil est ramené au seul péché de chair :

> Comme le Diable, qui était un ange aussi, mais qui a culbuté – si elles sont des anges, c'est comme lui –, la tête en bas, le… reste en haut !

Le mot manquant, éludé pour son inconvenance et remplacé finalement par le mot « reste », renseigne le lecteur sur la tonalité érotique des nouvelles. Mais si c'est par luxure que pèchent les héroïnes – comme le suggère encore « la petite vertu » évoquée plus bas –, toutes ne semblent pas totalement impures, dépravées, coupables. Car aux phrases : « Diaboliques ! il n'y en a pas une seule ici qui ne le soit à quelque degré » et : « Pas une ici qui soit pure, vertueuse, innocente », le lecteur comprend que tout sera affaire de nuances dans ce recueil. « L'effectif de bons sentiments et de moralité » qu'elles « présentent » n'est d'ailleurs pas inexistant, simplement « bien peu considérable ».

Dualité et duplicité – La préface tire à sa fin et il est cocasse de voir son rédacteur justifier le dessein de l'auteur (faire un petit musée des Diaboliques puis des Célestes) par le concept de dualité. Et ce au moment où, adoptant à nouveau l'emploi de l'indéfini « on » (« On a voulu faire… »), il confirme la duplicité d'un texte, le sien, fondé sur la séparation fictive entre préfacier et auteur du livre.

« Toutes choses sont doubles », « l'art a deux lobes », « la nature ressemble à ces femmes qui ont un œil bleu et un œil noir »… Et pour cette raison, dit « on » (qui semble ici remplacer un « nous » d'auteur), le projet est né de donner une seconde pièce au « petit musée de ces dames » qui fasse « pendant » à la première. La préface assume ici une dernière fonction qui est d'inscrire l'ouvrage dans une œuvre à venir de plus vaste dimension. *Les Diaboliques* se donnent dès lors pour un simple fragment dont il ne sera pas possible de juger valablement avant lecture de son complément en gestation. Voilà qui devrait inciter à la circonspection tous ceux qui pourraient être tentés de procéder à une critique arrêtée des nouvelles et à une évaluation définitive de leur moralité… La tactique est astucieuse même si la sincérité du projet

Le diable est un ange déchu… Villain exécute cette lithographie, d'après Eugène Delacroix, pour illustrer un autre sommet littéraire où le diable est convoqué : *Faust* de Goethe.

d'écriture semble mise en doute par la prévision d'une impossibilité : sera-t-il réalisable de composer un musée des « Célestes » ?

Le bleu du Ciel

***Des* Diaboliques *aux* Célestes** – La vision manichéenne exposée à la fin du septième paragraphe englobe tout : la nature, l'art qui s'en inspire et… le naturel des femmes. Car ce qui finalement transparaît dans cette évocation, c'est non pas tant qu'à chaque élément de l'univers en correspond un autre, diamétralement opposé, mais que toute chose est duelle, que la dualité des choses est interne. L'image du cerveau à deux lobes, celle des yeux pers suggèrent cette interprétation. De même que l'œil bleu et l'œil noir constituent un seul et même regard, « diabolique » et « céleste » cohabitent au sein de chaque femme. On a déjà souligné d'après les formulations mêmes du préfacier que, « monstres […] à part », aucune héroïne de Barbey n'incarnait totalement et à elle seule le diabolisme. Il est donc à prévoir que dans son futur et hypothétique petit musée d'âmes, aucune ne pourrait totalement incarner la vertu.

La partition que dessine la préface entre Dieu et Diable, ciel et enfer, Diaboliques et Célestes, noir et bleu est purement rhétorique et le préfacier multiplie les indices montrant qu'il n'y croit pas : la modalisation introduite par « peut-être » et l'imprécision de « plus tard » dans « On donnera peut-être l'œil bleu plus tard ». Et la condition, énoncée dans l'avant-dernier paragraphe et suivie de points de suspension qui en disent long sur la possibilité qu'elle soit remplie :

> Après les *Diaboliques*, les *Célestes*… si on trouve du bleu assez pur…

C'est que le bleu du Ciel n'est probablement pas de ce monde.
Le Ciel peut attendre – La dernière phrase de la préface enchérit sur l'incertitude ; une fausse incertitude mettant *a posteriori* en évidence la manipulation à laquelle s'est prêté le scripteur sur le lecteur : « Mais y en a-t-il ? » La réponse attendue, même si elle ne se veut pas explicite, est « non ». Le préfacier ne prenant pas la responsabilité de l'assumer clairement, il laisse au lecteur le soin – et le risque – de la formuler pour lui-même. Le Ciel peut attendre… indéfiniment. Il n'y aura pas de *Célestes* car, de célestes, ici-bas n'en contient pas. Mais s'il n'y a pas de célestes, leurs contraires – les diaboliques – existent-elles en ce monde où « toutes choses sont doubles » ? Une dédicace privée tendrait à prouver qu'en dépit des déclarations de la préface, Barbey ne croyait pas davantage à leur existence : « il n'y a ici des diaboliques que pour les sots », écrit-il en substance. « Vous et moi savons qu'il n'y en a pas. » Lui qui détestait les tièdes méprisait aussi les mesquineries des catholiques et la morale exiguë des bien-pensants et des censeurs.

Ce qui compte surtout pour Barbey en rédigeant cette préface, c'est qu'un dialogue s'instaure avec son lecteur. Et que, scellant une complicité créée par le jeu habile des questions-réponses, il se poursuive jusqu'au seuil de l'ouvrage, maintenu tout au long d'une course savamment orchestrée où les éventuelles objections font figure d'obstacles vite écartés. Comment le destinataire de cette préface se déroberait-il à la découverte d'une œuvre dont il a déjà débattu ? S'il n'a pas été arrêté par les provocations de la préface, c'est certain, il continuera sa lecture.

A. S. L. 1

Texte à l'appui : Léon Bloy

Voici, concernant les « Célestes », un extrait d'un texte de Léon Bloy consacré à Barbey d'Aurevilly et publié dans *Un brelan d'excommuniés* (1888).

« Barbey d'Aurevilly n'ignore pas plus qu'un autre qu'il peut exister des Célestes, immergées dans un bleu très pur, qu'il en existe certainement. Mais voilà, il n'en connaît pas assez et, surtout, elles ne vont pas à la nature de son esprit. Il est de ceux qui viennent au monde pour être les iconographes et les historiens du Mal et il porte cette vocation dans ses facultés d'observation.

Aussi ne faut-il pas trop compter sur la promesse vague de la préface des *Diaboliques*. L'auteur, assurément fort capable d'enthousiasme pour la vertu et même d'un enthousiasme du lyrisme le plus éclatant, n'a pas l'égalité d'humeur tendre qu'il faudrait pour s'attarder à la contempler sans fin. Puis, je le répète, la structure de son cerveau, le mécanisme très spécial de sa pensée lui font une loi rigoureuse d'être surtout attentif aux arcanes de ténèbres et de damnation.

Il voit mieux qu'aucune autre chose l'âme humaine dans les avanies et les retroussements de sa Chute. C'est un maître imagier de la désobéissance et il fait beaucoup penser à ces grands sculpteurs inconnus, du Moyen Âge, qui mentionnaient innocemment toutes les hontes des réprouvés sur les murs de leurs cathédrales. »

à vous...

1 – Dans sa préface, Barbey d'Aurevilly recourt à l'adjectif « tragique » (paragraphe 3) et au substantif « tragédies » (paragraphe 5). À quelle définition du tragique se réfère-t-il ?

2 – Établissez une liste complète des termes relevant des champs sémantiques* antithétiques* Dieu/Diable.

3 – Quelles sont les fonctions traditionnelles assumées par cette préface auctoriale* maquillée en préface allographe* ?

4 – Vers le commentaire composé. À partir des éléments fournis par cette lecture analytique, réalisez un commentaire composé de la préface.

Le rideau cramoisi

Really.

Il y a terriblement d'années, je m'en allais chasser le gibier d'eau dans les marais de l'Ouest, et comme il n'y avait pas alors de chemins de fer dans le pays où il me fallait voyager, je prenais la diligence de *** qui passait à la patte d'oie du château de Rueil et qui, pour le moment, n'avait dans son coupé[1] qu'une seule personne. Cette personne, très remarquable à tous égards, et que je connaissais pour l'avoir beaucoup rencontrée dans le monde, était un homme que je vous demanderai la permission d'appeler le vicomte de Brassard. Précaution probablement inutile ! Les quelques centaines de personnes qui se nomment le monde à Paris sont bien capables de mettre ici son nom véritable… Il était environ cinq heures du soir. Le soleil éclairait de ses feux alentis une route poudreuse, bordée de peupliers et de prairies, sur laquelle nous nous élançâmes au galop de quatre vigoureux chevaux dont nous voyions les croupes musclées se soulever lourdement à chaque coup de fouet du postillon

---

1. Coupé : compartiment avant de la diligence.

– du postillon, image de la vie, qui fait toujours trop claquer son fouet au départ!

Le vicomte de Brassard était à cet instant de l'existence où l'on ne fait plus guère claquer le sien... Mais c'est un de ces tempéraments dignes d'être Anglais (il a été élevé en Angleterre), qui, blessés à mort, n'en conviendraient jamais et mourraient en soutenant qu'ils vivent. On a dans le monde, et même dans les livres, l'habitude de se moquer des prétentions à la jeunesse de ceux qui ont dépassé cet âge heureux de l'inexpérience et de la sottise, et on a raison, quand la forme de ces prétentions est ridicule; mais quand elle ne l'est pas, quand, au contraire, elle est imposante comme la fierté qui ne veut pas déchoir et qui l'inspire, je ne dis pas que cela n'est point insensé, puisque cela est inutile, mais c'est beau comme tant de choses insensées!... Si le sentiment de la Garde qui *meurt et ne se rend pas* est héroïque à Waterloo, il ne l'est pas moins en face de la vieillesse, qui n'a pas, elle, la poésie des baïonnettes pour nous frapper. Or, pour des têtes construites d'une certaine façon militaire, ne jamais se rendre est, à propos de tout, toujours *toute la question,* comme à Waterloo!

Le vicomte de Brassard, qui ne s'est pas rendu (il vit encore, et je dirai comment, plus tard, car il vaut la peine de le savoir), le vicomte de Brassard était donc, à la minute où je montais dans la diligence de ***, ce que le monde, féroce comme une jeune femme, appelle malhonnêtement «un vieux beau». Il est vrai que pour qui ne se paie pas de mots ou de chiffres dans cette question d'âge, où l'on n'a jamais que celui qu'on paraît avoir, le vicomte de Brassard pouvait passer pour un «beau» tout court. Du moins, à cette époque, la marquise de V..., qui se connaissait en jeunes gens et qui en aurait tondu une douzaine, comme Dalila tondit Samson[1], portait avec assez de faste, sur un fond bleu, dans un bracelet très large, en damier, or et noir, un bout de moustache du vicomte que le diable avait encore plus roussie que le temps... Seulement, vieux ou non, ne mettez sous cette expression de « beau », que le monde a faite, rien du frivole, du mince et de l'exigu qu'il y met, car vous n'auriez pas la notion juste de mon vicomte de Brassard, chez qui, esprit, manières, physionomie, tout était large, étoffé, opulent, plein de lenteur patricienne, comme il convenait au plus magnifique dandy que j'aie connu, moi qui ai vu Brummell[2] devenir fou, et d'Orsay[3] mourir !

C'était, en effet, un dandy que le vicomte de Brassard. S'il l'eût été moins, il serait devenu certainement maréchal de France. Il avait été dès sa jeunesse un des plus brillants officiers de la fin du premier Empire. J'ai ouï dire, bien des fois, à ses camarades de régiment, qu'il se distinguait par une bravoure à la Murat[4], compliquée de Marmont[5]. Avec cela – et avec une tête très carrée et très froide, quand le tambour ne battait pas –, il aurait pu, en très peu de temps, s'élancer aux premiers rangs de la hiérarchie militaire, mais le dandysme !... Si vous combinez le dandysme avec les qualités qui font l'officier : le sentiment de la discipline, la régularité dans le service, etc., etc., vous verrez ce qui restera de l'officier dans la combinaison et s'il ne saute pas

---

1. Samson et Dalila : allusion à un épisode biblique. Homme de Dieu, Samson tire de sa longue chevelure une force herculéenne dont il se sert contre les Philistins. Il est trahi par Dalila, Judéenne dont il s'est épris, et qui profite de son sommeil pour lui raser la tête et le livrer aux Philistins.
2. George Brummell : célèbre dandy britannique (1778-1840).
3. Le comte d'Orsay : autre célèbre dandy, lieutenant de la garde de Louis XVIII et mort en 1852.
4. Joachim Murat : maréchal de France et roi de Naples (1767-1815), qui s'est illustré par son courage lors des guerres napoléoniennes.
5. Marmont : aide de camp de Bonaparte (1774-1852), connu pour sa ruse et son sens de la stratégie.

comme une poudrière! Pour qu'à vingt instants de sa vie l'officier de Brassard n'eût pas sauté, c'est que, comme tous les dandys, il était heureux. Mazarin l'aurait employé – ses nièces aussi, mais pour une autre raison: il était superbe.

Il avait eu cette beauté nécessaire au soldat plus qu'à personne, car il n'y a pas de jeunesse sans la beauté, et l'armée, c'est la jeunesse de la France! Cette beauté, du reste, qui ne séduit pas que les femmes, mais les circonstances elles-mêmes – ces coquines –, n'avait pas été la seule protection qui se fût étendue sur la tête du capitaine de Brassard. Il était, je crois, de race normande, de la race de Guillaume le Conquérant, et il avait, dit-on, beaucoup conquis... Après l'abdication de l'Empereur, il était naturellement passé aux Bourbons[1], et, pendant les Cent-Jours, surnaturellement leur était demeuré fidèle. Aussi, quand les Bourbons furent revenus, la seconde fois, le vicomte fut-il armé chevalier de Saint-Louis de la propre main de Charles X (alors Monsieur[2]). Pendant tout le temps de la Restauration, le beau de Brassard ne montait pas une seule fois la garde aux Tuileries, que la duchesse d'Angoulême[3] ne lui adressât, en passant, quelques mots gracieux. Elle, chez qui le malheur avait tué la grâce, savait en retrouver pour lui. Le ministre, voyant cette faveur, aurait tout fait pour l'avancement de l'homme que Madame distinguait ainsi; mais, avec la meilleure volonté du monde, que faire pour cet enragé dandy qui – un jour de revue – avait mis l'épée à la main,

---

1. Les Bourbons: famille princière et royale d'origine française à laquelle appartiennent Louis XVIII et Charles X.
2. Monsieur: nom donné à l'aîné des frères du roi.
3. Duchesse d'Angoulême: épouse du fils aîné de Charles X. Fille de Louis XVI et de Marie-Antoinette, elle est appelée «Madame Royale».

sur le front de bandière[1] de son régiment, contre son inspecteur général, pour une observation de service ?... C'était assez que de lui sauver le conseil de guerre. Ce mépris insouciant de la discipline, le vicomte de Brassard l'avait porté partout. Excepté en campagne, où l'officier se retrouvait tout entier, il ne s'était jamais astreint aux obligations militaires. Maintes fois, on l'avait vu, par exemple, au risque de se faire mettre à des arrêts infiniment prolongés, quitter furtivement sa garnison pour aller s'amuser dans une ville voisine et n'y revenir que les jours de parade ou de revue, averti par quelque soldat qui l'aimait, car si ses chefs ne se souciaient pas d'avoir sous leurs ordres un homme dont la nature répugnait à toute espèce de discipline et de routine, ses soldats, en revanche, l'adoraient. Il était excellent pour eux. Il n'en exigeait rien que d'être très braves, très pointilleux et très coquets, réalisant enfin le type de l'ancien soldat français, dont la *Permission de dix heures* et trois à quatre vieilles chansons, qui sont des chefs-d'œuvre, nous ont conservé une si exacte et si charmante image. Il les poussait peut-être un peu trop au duel, mais il prétendait que c'était là le meilleur moyen qu'il connût de développer en eux l'esprit militaire. « Je ne suis pas un gouvernement, disait-il, et je n'ai point de décorations à leur donner quand ils se battent bravement entre eux ; mais les décorations dont je suis le grand-maître (il était fort riche de sa fortune personnelle), ce sont des gants, des buffleteries[2] de rechange, et tout ce qui peut les pomponner, sans que l'ordonnance s'y oppose. » Aussi, la compagnie qu'il commandait effa-

---

1. Front de bandière : expression militaire désignant la rangée de drapeaux alignés en tête d'une armée.
2. Buffleteries : de buffle, désigne la partie de l'équipement en cuir qui soutient les armes.

çait-elle, par la beauté de la tenue, toutes les autres compagnies de grenadiers des régiments de la Garde, si brillante déjà. C'est ainsi qu'il exaltait à outrance la personnalité du soldat, toujours prête, en France, à la fatuité et à la coquetterie, ces deux provocations permanentes, l'une par le ton qu'elle prend, l'autre par l'envie qu'elle excite. On comprendra, après cela, que les autres compagnies de son régiment fussent jalouses de la sienne. On se serait battu pour entrer dans celle-là, et battu encore pour n'en pas sortir.

Telle avait été, sous la Restauration, la position tout exceptionnelle du capitaine vicomte de Brassard. Et comme il n'y avait pas alors, tous les matins, comme sous l'Empire, la ressource de l'héroïsme en action qui fait tout pardonner, personne n'aurait certainement pu prévoir ou deviner combien de temps aurait duré cette martingale d'insubordination[1] qui étonnait ses camarades, et qu'il jouait contre ses chefs avec la même audace qu'il aurait joué sa vie s'il fût allé au feu, lorsque la révolution de 1830 leur ôta, s'ils l'avaient, le souci, et à lui, l'imprudent capitaine, l'humiliation d'une destitution qui le menaçait chaque jour davantage. Blessé grièvement aux Trois Jours, il avait dédaigné de prendre du service sous la nouvelle dynastie des d'Orléans qu'il méprisait. Quand la révolution de Juillet les fit maîtres d'un pays qu'ils n'ont pas su garder, elle avait trouvé le capitaine dans son lit, malade d'une blessure qu'il s'était faite au pied en dansant – comme il aurait chargé – au dernier bal de la duchesse de Berry[2]. Mais au premier roulement de tambour, il ne s'en était pas moins levé pour rejoindre sa compagnie, et comme il ne lui avait pas été

---

1. Martingale d'insubordination : redoublement d'insubordination.
2. Duchesse de Berry : bru de Charles X. En 1832, elle tenta en vain de soulever la Vendée contre Louis-Philippe.

possible de mettre des bottes, à cause de sa blessure, il s'en était allé à l'émeute comme il s'en serait allé au bal, en chaussons vernis et en bas de soie, et c'est ainsi qu'il avait pris la tête de ses grenadiers sur la place de la Bastille, chargé qu'il était de balayer dans toute sa longueur le boulevard. Paris, où les barricades n'étaient pas dressées encore, avait un aspect sinistre et redoutable. Il était désert. Le soleil y tombait d'aplomb, comme une première pluie de feu qu'une autre devait suivre, puisque toutes ces fenêtres, masquées de leurs persiennes, allaient, tout à l'heure, cracher la mort... Le capitaine de Brassard rangea ses soldats sur deux lignes, le long et le plus près possible des maisons, de manière que chaque file de soldats ne fût exposée qu'aux coups de fusil qui lui venaient d'en face – et lui, plus dandy que jamais, prit le milieu de la chaussée. Ajusté des deux côtés par des milliers de fusils, de pistolets et de carabines, depuis la Bastille jusqu'à la rue de Richelieu, il n'avait pas été atteint, malgré la largeur d'une poitrine dont il était peut-être un peu trop fier, car le capitaine de Brassard *poitrinait* au feu, comme une belle femme, au bal, qui veut mettre sa gorge en valeur, quand, arrivé devant Frascati[1], à l'angle de la rue de Richelieu, et au moment où il commandait à sa troupe de se masser derrière lui pour emporter la première barricade qu'il trouva dressée sur son chemin, il reçut une balle dans sa magnifique poitrine, deux fois provocatrice, et par sa largeur, et par les longs brandebourgs[2] d'argent qui y étincelaient d'une épaule à l'autre, et il eut le bras cassé d'une pierre – ce qui ne l'empêcha pas d'enlever la barricade et d'aller jusqu'à la Madeleine, à la

---

1. Frascati : célèbre hôtel restaurant sous le Directoire.
2. Brandebourgs : ornements en broderie ou en galon sur un vêtement.

tête de ses hommes enthousiasmés. Là, deux femmes en calèche, qui fuyaient Paris insurgé, voyant un officier de la Garde blessé, couvert de sang et couché sur les blocs de pierre qui entouraient, à cette époque-là, l'église de la Madeleine à laquelle on travaillait encore, mirent leur voiture à sa disposition, et il se fit mener par elles au Gros-Caillou[1], où se trouvait alors le maréchal de Raguse[2], à qui il dit militairement : « Maréchal, j'en ai peut-être pour deux heures ; mais pendant ces deux heures-là, mettez-moi partout où vous voudrez ! » Seulement il se trompait... Il en avait pour plus de deux heures. La balle qui l'avait traversé ne le tua pas. C'est plus de quinze ans après que je l'avais connu, et il prétendait alors, au mépris de la médecine et de son médecin, qui lui avait expressément défendu de boire tout le temps qu'avait duré la fièvre de sa blessure, qu'il ne s'était sauvé d'une mort certaine qu'en buvant du vin de Bordeaux.

Et en en buvant, comme il en buvait ! car, dandy en tout, il l'était dans sa manière de boire comme dans tout le reste... il buvait comme un Polonais. Il s'était fait faire un splendide verre en cristal de Bohême, qui jaugeait, Dieu me damne ! une bouteille de bordeaux tout entière, et il le buvait d'une haleine ! Il ajoutait même, après avoir bu, qu'il faisait tout dans ces proportions-là, et c'était vrai ! Mais dans un temps où la force, sous toutes les formes, s'en va diminuant, on trouvera peut-être qu'il n'y a pas de quoi être fat. Il l'était à la façon de Bassompierre[3], et il portait le vin comme lui. Je l'ai vu sabler douze coups de son verre de

---

1. Gros-Caillou : quartier de Paris sur la rive gauche de la Seine.
2. Maréchal de Raguse : maréchal de Marmont, duc de Raguse.
3. François de Bassompierre : maréchal de France (1579-1646), apprécié à la Cour pour son esprit et son goût du faste.

Bohême, et il n'y paraissait même pas! Je l'ai vu souvent encore, dans ces repas que les gens décents traitent «d'orgies», et jamais il ne dépassait, après les plus brûlantes lampées, cette nuance de griserie qu'il appelait, avec une grâce légèrement soldatesque, «*être un peu pompette*», en faisant le geste militaire de mettre un pompon à son bonnet. Moi, qui voudrais vous faire bien comprendre le genre d'homme qu'il était, dans l'intérêt de l'histoire qui va suivre, pourquoi ne vous dirais-je pas que je lui ai connu sept maîtresses, en pied[1], à la fois, à ce bon *braguard*[2] du XIXe siècle; comme l'aurait appelé le XVIe en sa langue pittoresque. Il les intitulait poétiquement «les sept cordes de sa lyre», et, certes, je n'approuve pas cette manière musicale et légère de parler de sa propre immoralité! Mais, que voulez-vous? Si le capitaine vicomte de Brassard n'avait pas été tout ce que je viens d'avoir l'honneur de vous dire, mon histoire serait moins piquante, et probablement n'eussé-je pas pensé à vous la conter.

Il est certain que je ne m'attendais guère à le trouver là, quand je montai dans la diligence de *** à la patte d'oie du château de Rueil. Il y avait longtemps que nous ne nous étions vus, et j'eus du plaisir à rencontrer, avec la perspective de passer quelques heures ensemble, un homme qui était encore de nos jours, et qui différait déjà tant des hommes de nos jours. Le vicomte de Brassard, qui aurait pu entrer dans l'armure de François Ier et s'y mouvoir avec autant d'aisance que dans son svelte frac bleu d'officier de la Garde royale, ne ressemblait, ni par la tournure, ni par les proportions, aux plus vantés des jeunes gens d'à présent. Ce soleil couchant d'une élégance grandiose et si longtemps

1. En pied : en titre.
2. Braguard : terme archaïque désignant un homme élégant et mondain.

radieuse, aurait fait paraître bien maigrelets et bien pâlots tous ces petits croissants de la mode, qui se lèvent maintenant à l'horizon ! Beau de la beauté de l'empereur Nicolas[1], qu'il rappelait par le torse, mais moins idéal de visage et moins grec de profil, il portait une courte barbe, restée noire, ainsi que ses cheveux, par un mystère d'organisation ou de toilette... impénétrable, et cette barbe envahissait très haut ses joues, d'un coloris animé et mâle. Sous un front de la plus haute noblesse – un front bombé, sans aucune ride, blanc comme le bras d'une femme –, et que le bonnet à poil du grenadier, qui fait tomber les cheveux, comme le casque, en le dégarnissant un peu au sommet, avait rendu plus vaste et plus fier, le vicomte de Brassard cachait presque, tant ils étaient enfoncés sous l'arcade sourcilière, deux yeux étincelants, d'un bleu très sombre, mais très brillants dans leur enfoncement, et y piquant comme deux saphirs taillés en pointe ! Ces yeux-là ne se donnaient pas la peine de scruter, et ils pénétraient. Nous nous prîmes la main, et nous causâmes. Le capitaine de Brassard parlait lentement, d'une voix vibrante qu'on sentait capable de remplir un Champ-de-Mars[2] de son commandement. Élevé dès son enfance, comme je vous l'ai dit, en Angleterre, il pensait peut-être en anglais ; mais cette lenteur, sans embarras du reste, donnait un tour très particulier à ce qu'il disait, et même à sa plaisanterie, car le capitaine aimait la plaisanterie, et il l'aimait même un peu risquée. Il avait ce qu'on appelle le propos vif. Le capitaine de Brassard allait toujours *trop loin*, disait la comtesse de F..., cette jolie veuve, qui ne porte plus que trois couleurs depuis son veuvage : du noir, du violet et du blanc. Il fallait qu'il fût trouvé de très

---

1. L'empereur Nicolas : Nicolas Ier, empereur de Russie de 1825 à 1855.
2. Champ-de-Mars : terrain d'exercices militaires.

bonne compagnie pour ne pas être souvent trouvé de la mauvaise. Mais quand on en est réellement, vous savez bien qu'on se passe tout, au faubourg Saint-Germain[1] !

Un des avantages de la causerie en voiture, c'est qu'elle peut cesser quand on n'a plus rien à se dire, et cela sans embarras pour personne. Dans un salon, on n'a point cette liberté. La politesse vous fait un devoir de parler quand même, et on est souvent puni de cette hypocrisie innocente par le vide et l'ennui de ces conversations où les sots, même nés silencieux (il y en a), se travaillent et se détirent pour dire quelque chose et être aimables. En voiture publique, tout le monde est chez soi autant que chez les autres, et on peut sans inconvenance rentrer dans le silence qui plaît et faire succéder à la conversation la rêverie... Malheureusement, les hasards de la vie sont affreusement plats, et jadis (car c'est jadis déjà) on montait vingt fois en voiture publique – comme aujourd'hui vingt fois en wagon – sans rencontrer un causeur animé et intéressant... Le vicomte de Brassard échangea d'abord avec moi quelques idées que les accidents de la route, les détails du paysage et quelques souvenirs du monde où nous nous étions rencontrés autrefois avaient fait naître, puis, le jour déclinant nous versa son silence dans son crépuscule. La nuit, qui, en automne, semble tomber à pic du ciel, tant elle vient vite ! nous saisit de sa fraîcheur, et nous nous roulâmes dans nos manteaux, cherchant de la tempe le dur coin qui est l'oreiller de ceux qui voyagent. Je ne sais si mon compagnon s'endormit dans son angle de coupé ; mais moi, je restai éveillé dans le mien. J'étais si blasé sur la route que nous faisions là et que j'avais tant de fois faite, que je prenais à peine garde aux objets

---

1. Le Faubourg Saint-Germain : quartier de Paris, habité par la haute bourgeoisie et l'aristocratie et servant de référence pour les codes mondains.

extérieurs, qui disparaissaient dans le mouvement de la voiture, et qui semblaient courir dans la nuit, en sens opposé à celui dans lequel nous courions. Nous traversâmes plusieurs petites villes, semées, çà et là, sur cette longue route que les postillons appelaient encore : un fier « ruban de queue[1] », en souvenir de la leur, pourtant coupée depuis longtemps. La nuit devint noire comme un four éteint – et, dans cette obscurité, ces villes inconnues par lesquelles nous passions avaient d'étranges physionomies et donnaient l'illusion que nous étions au bout du monde… Ces sortes de sensations que je note ici, comme le souvenir des impressions dernières d'un état de choses disparu, n'existent plus et ne reviendront jamais pour personne. À présent, les chemins de fer, avec leurs gares à l'entrée des villes, ne permettent plus au voyageur d'embrasser, en un rapide coup d'œil, le panorama fuyant de leurs rues, au galop des chevaux d'une diligence qui va, tout à l'heure, relayer pour repartir. Dans la plupart de ces petites villes que nous traversâmes, les réverbères, ce luxe tardif, étaient rares, et on y voyait certainement bien moins que sur les routes que nous venions de quitter. Là, du moins, le ciel avait sa largeur, et la grandeur de l'espace faisait une vague lumière, tandis qu'ici le rapprochement des maisons qui semblaient se baiser, leurs ombres portées dans ces rues étroites, le peu de ciel et d'étoiles qu'on apercevait entre les deux rangées des toits, tout ajoutait au mystère de ces villes endormies, où le seul homme qu'on rencontrât était – à la porte de quelque auberge – un garçon d'écurie avec sa lanterne, qui amenait les chevaux de relais, et qui bouclait les ardillons[2] de leur

---

1. Ruban de queue : au XVIIIe siècle, les postillons portaient une perruque à queue-de-cheval ornée d'un ruban.
2. Ardillon : pointe d'une boucle métallique.

attelage, en sifflant ou en jurant contre ses chevaux récalcitrants ou trop vifs... Hors cela et l'éternelle interpellation, toujours la même, de quelque voyageur, ahuri de sommeil, qui baissait une glace et criait dans la nuit, rendue plus sonore à force de silence : « Où sommes-nous donc, postillon ?... » rien de vivant ne s'entendait et ne se voyait autour et dans cette voiture pleine de gens qui dormaient, en cette ville endormie, où peut-être quelque rêveur, comme moi, cherchait, à travers la vitre de son compartiment, à discerner la façade des maisons estompée par la nuit, ou suspendait son regard et sa pensée à quelque fenêtre éclairée encore à cette heure avancée, en ces petites villes aux mœurs réglées et simples, pour qui la nuit était faite surtout pour dormir. La veille d'un être humain – ne fût-ce qu'une sentinelle –, quand tous les autres êtres sont plongés dans cet assoupissement qui est l'assoupissement de l'animalité fatiguée, a toujours quelque chose d'imposant. Mais l'ignorance de ce qui fait veiller derrière une fenêtre aux rideaux baissés, où la lumière indique la vie et la pensée, ajoute la poésie du rêve à la poésie de la réalité. Du moins, pour moi, je n'ai jamais pu voir une fenêtre, éclairée la nuit, dans une ville couchée, par laquelle je passais, sans accrocher à ce cadre de lumière un monde de pensées, sans imaginer derrière ces rideaux des intimités et des drames... Et maintenant, oui, au bout de tant d'années, j'ai encore dans la tête de ces fenêtres qui y sont restées éternellement et mélancoliquement lumineuses, et qui me font dire souvent, lorsqu'en y pensant, je les revois dans mes songeries :

« Qu'y avait-il donc derrière ces rideaux ? »

Eh bien ! une de celles qui me sont restées le plus dans la mémoire (mais tout à l'heure vous en comprendrez la raison) est une fenêtre d'une des rues de la ville de ***, par laquelle nous passions cette nuit-là. C'était à trois maisons – vous voyez si mon souvenir est précis – au-dessus de l'hôtel devant lequel nous relayions ; mais cette fenêtre, j'eus le loisir de la considérer plus de temps que le temps d'un simple relais. Un accident venait d'arriver à une des roues de notre voiture, et on avait envoyé chercher le charron qu'il fallut réveiller. Or, réveiller un charron dans une ville de province endormie, et le faire lever pour resserrer un écrou à une diligence qui n'avait pas de *concurrence* sur cette ligne-là, n'était pas une petite affaire de quelques minutes... Que si le charron était aussi endormi dans son lit qu'on l'était dans notre voiture, il ne devait pas être facile de le réveiller... De mon coupé, j'entendais à travers la cloison les ronflements des voyageurs de l'intérieur, et pas un des voyageurs de l'impériale[1], qui, comme on le sait, ont la manie de toujours descendre dès que la diligence arrête, probablement (car la vanité se fourre partout en France, même sur l'impériale des voitures) pour montrer leur adresse à remonter, n'était descendu... Il est vrai que l'hôtel devant lequel nous nous étions arrêtés était fermé. On n'y soupait point. On avait soupé au relais précédent. L'hôtel sommeillait, comme nous. Rien n'y trahissait la vie. Nul bruit n'en troublait le profond silence... si ce n'est le coup de balai, monotone et lassé, de quelqu'un (homme ou femme... on ne savait ; il faisait trop nuit pour bien s'en rendre compte) qui balayait alors la grande cour de cet hôtel muet, dont la porte cochère restait habituellement ouverte. Ce coup de balai traînard, sur le pavé, avait aussi l'air de dormir, ou du moins d'en avoir diablement envie ! La façade de l'hôtel était noire comme les autres maisons de la rue où

---

1. Impériale : partie supérieure d'une diligence.

il n'y avait de lumière qu'à une seule fenêtre... cette fenêtre que précisément j'ai emportée dans ma mémoire et que j'ai là, toujours, sous le front!... La maison, dans laquelle on ne pouvait pas dire que cette lumière brillait, car elle était tamisée par un double rideau cramoisi[1] dont elle traversait mystérieusement l'épaisseur, était une grande maison qui n'avait qu'un étage, mais placé très haut...

« C'est singulier! fit le comte de Brassard, comme s'il se parlait à lui-même, on dirait que c'est toujours le même rideau! »

Je me retournai vers lui, comme si j'avais pu le voir dans notre obscur compartiment de voiture; mais la lampe, placée sous le siège du cocher, et qui est destinée à éclairer les chevaux et la route, venait justement de s'éteindre... Je croyais qu'il dormait, et il ne dormait pas, et il était frappé comme moi de l'air qu'avait cette fenêtre; mais, plus avancé que moi, il savait, lui, pourquoi il l'était!

Or, le ton qu'il mit à dire cela – une chose d'une telle simplicité! – était si peu dans la voix de mondit vicomte de Brassard et m'étonna si fort, que je voulus avoir le cœur net de la curiosité qui me prit tout à coup de voir son visage, et que je fis partir une allumette comme si j'avais voulu allumer mon cigare. L'éclair bleuâtre de l'allumette coupa l'obscurité.

Il était pâle, non pas comme un mort... mais comme la Mort elle-même.

Pourquoi pâlissait-il?... Cette fenêtre, d'un aspect si particulier, cette réflexion et cette pâleur d'un homme qui pâlissait très peu d'ordinaire, car il était sanguin, et l'émotion, lorsqu'il était ému, devait l'empourprer jusqu'au

---

1. Cramoisi : rouge foncé, tirant sur le violet.

crâne, le frémissement que je sentis courir dans les muscles de son puissant biceps, touchant alors contre mon bras dans le rapprochement de la voiture, tout cela me produisit l'effet de cacher quelque chose... que moi, le chasseur aux histoires, je pourrais peut-être savoir en m'y prenant bien.

« Vous regardiez donc aussi cette fenêtre, capitaine, et même vous la reconnaissiez? lui dis-je de ce ton détaché qui semble ne pas tenir du tout à la réponse et qui est l'hypocrisie de la curiosité.

— Parbleu! si je la reconnais! » fit-il de sa voix ordinaire, richement timbrée et qui appuyait sur les mots.

Le calme était déjà revenu dans ce dandy, le plus carré et le plus majestueux des dandys, lesquels – vous le savez! – méprisent toute émotion, comme inférieure, et ne croient pas, comme ce niais de Goethe, que l'étonnement puisse jamais être une position honorable pour l'esprit humain.

« Je ne passe pas par ici souvent, continua donc, très tranquillement, le vicomte de Brassard, et même j'évite d'y passer. Mais il est des choses qu'on n'oublie point. Il n'y en a pas beaucoup, mais il y en a. J'en connais trois : le premier uniforme qu'on a mis, la première bataille où l'on a donné, et la première femme qu'on a eue. Eh bien! pour moi, cette fenêtre est la quatrième chose que je ne puisse pas oublier. »

Il s'arrêta, baissa la glace qu'il avait devant lui... Était-ce pour mieux voir cette fenêtre dont il me parlait?... Le conducteur était allé chercher le charron et ne revenait pas. Les chevaux de relais, en retard, n'étaient pas encore arrivés de la poste. Ceux qui nous avaient traînés, immobiles de fatigue, harassés, non dételés, la tête pendant dans leurs jambes, ne donnaient pas même sur le pavé silencieux le coup de pied de l'impatience, en rêvant de leur écurie. Notre diligence endormie ressemblait à une voiture enchantée, figée par la baguette des fées, à quelque carrefour de clairière, dans la forêt de la Belle au Bois dormant.

« Le fait est, dis-je, que pour un homme d'imagination, cette fenêtre a de la physionomie.

— Je ne sais pas ce qu'elle a pour vous, reprit le vicomte de Brassard, mais je sais ce qu'elle a pour moi. C'est la fenêtre de la chambre qui a été ma première chambre de garnison. J'ai habité là... Diable! il y a tout à l'heure trente-cinq ans! derrière ce rideau... qui semble n'avoir pas été changé depuis tant d'années, et que je trouve éclairé, absolument éclairé, comme il l'était quand... »

Il s'arrêta encore, réprimant sa pensée; mais je tenais à la faire sortir.

« Quand vous étudiiez votre tactique, capitaine, dans vos premières veilles de sous-lieutenant?

— Vous me faites beaucoup trop d'honneur, répondit-il. J'étais, il est vrai, sous-lieutenant dans ce moment-là, mais les nuits que je passais alors, je ne les passais pas sur ma tactique, et si j'avais ma lampe allumée, à ces heures indues, comme disent les gens rangés, ce n'était pas pour lire le maréchal de Saxe[1].

— Mais, fis-je, preste comme un coup de raquette, c'était, peut-être, tout de même, pour l'imiter? »

Il me renvoya mon volant.

« Oh! dit-il, ce n'était pas alors que j'imitais le maréchal de Saxe, comme vous l'entendez... Ça n'a été que bien plus tard. Alors, je n'étais qu'un bambin de sous-lieutenant, fort épinglé dans ses uniformes, mais très gauche et très timide avec les femmes, quoiqu'elles n'aient jamais voulu le

---

1. Le maréchal de Saxe : général et maréchal français (1696-1750). Grand capitaine, célèbre pour ses aventures galantes, il expose dans *Lettres et Mémoires* ses conceptions sur l'art militaire.

croire, probablement à cause de ma diable de figure... je n'ai jamais eu avec elles les profits de ma timidité. D'ailleurs, je n'avais que dix-sept ans dans ce beau temps-là. Je sortais de l'École militaire. On en sortait à l'heure où vous y entrez à présent, car si l'Empereur, ce terrible consommateur d'hommes, avait duré, il aurait fini par avoir des soldats de douze ans, comme les sultans d'Asie ont des odalisques[1] de neuf. »

« S'il se met à parler de l'Empereur et des odalisques, pensé-je, je ne saurai rien. »

« Et pourtant, vicomte, repartis-je, je parierais bien que vous n'avez gardé si présent le souvenir de cette fenêtre, qui luit là-haut, que parce qu'il y a eu pour vous une femme derrière son rideau !

— Et vous gagneriez votre pari, Monsieur, fit-il gravement.

— Ah ! parbleu ! repris-je, j'en étais bien sûr ! Pour un homme comme vous, dans une petite ville de province où vous n'avez peut-être pas passé dix fois depuis votre première garnison, il n'y a qu'un siège que vous y auriez soutenu ou quelque femme que vous y auriez prise, par escalade, qui puisse vous consacrer si vivement la fenêtre d'une maison que vous retrouvez aujourd'hui éclairée d'une certaine manière, dans l'obscurité !

— Je n'y ai cependant pas soutenu de siège... du moins militairement, répondit-il, toujours grave ; mais être grave, c'était souvent sa manière de plaisanter, et, d'un autre côté, quand on se rend si vite la chose peut-elle s'appeler un siège ?... Mais quant à prendre une femme avec ou sans escalade, je vous l'ai dit, en ce temps-là, j'en étais parfaite-

---

1. Odalisques : dans la Turquie ottomane, esclaves féminins des femmes d'un harem ou femmes de harem elles-mêmes.

ment incapable... Aussi ne fut-ce pas une femme qui fut prise ici : ce fut moi ! »

Je le saluai ; le vit-il dans ce coupé sombre ?

« On a pris Berg-op-Zoom, lui dis-je.

— Et les sous-lieutenants de dix-sept ans, ajouta-t-il, ne sont ordinairement pas des Berg-op-Zoom[1] de sagesse et de continence imprenables !

— Ainsi, fis-je gaiement, encore une madame ou une demoiselle Putiphar[2]...

— C'était une demoiselle, interrompit-il avec une bonhomie assez comique.

— À mettre à la pile de toutes les autres, capitaine ! Seulement, ici, le Joseph était militaire... un Joseph qui n'aura pas fui...

— Qui a parfaitement fui, au contraire, repartit-il, du plus grand sang-froid, quoique trop tard et avec une peur !!! Avec une peur à me faire comprendre la phrase du maréchal Ney[3] que j'ai entendue de mes deux oreilles et qui, venant d'un pareil homme, m'a, je l'avoue, un peu soulagé : "Je voudrais bien savoir quel est le Jean-f... (il lâcha le mot tout au long) qui dit n'avoir jamais eu peur !..."

— Une histoire dans laquelle vous avez eu cette sensation-là doit être fameusement intéressante, capitaine !

— Pardieu ! fit-il brusquement, je puis bien, si vous en êtes curieux, vous la raconter, cette histoire, qui a été un événement mordant sur ma vie comme un acide sur de l'acier, et qui a marqué à jamais d'une tache noire tous mes plaisirs de

---

1. Berg-op-Zoom (Bergen op Zoom) : ville des Pays-Bas, célèbre pour avoir soutenu de longs sièges.
2. Putiphar : officier égyptien évoqué dans la Genèse. Sa femme tente vainement de séduire son intendant Joseph et, vexée de son refus, l'accuse auprès de Putiphar, qui l'emprisonne.
3. Maréchal Ney : maréchal de France (1769-1815) surnommé « le Brave des braves ».

mauvais sujet... Ah! ce n'est pas toujours profit que d'être un mauvais sujet!» ajouta-t-il, avec une mélancolie qui me frappa dans ce luron formidable que je croyais doublé de cuivre comme un brick[1] grec.

Et il releva la glace qu'il avait baissée, soit qu'il craignît que les sons de sa voix ne s'en allassent par là, et qu'on n'entendît, du dehors, ce qu'il allait raconter, quoiqu'il n'y eût personne autour de cette voiture, immobile et comme abandonnée ; soit que ce régulier coup de balai, qui allait et revenait, et qui raclait avec tant d'appesantissement le pavé de la grande cour de l'hôtel, lui semblât un accompagnement importun de son histoire ; et je l'écoutai, attentif à sa voix seule, aux moindres nuances de sa voix, puisque je ne pouvais voir son visage, dans ce noir compartiment fermé, et les yeux fixés plus que jamais sur cette fenêtre, au rideau cramoisi, qui brillait toujours de la même fascinante lumière, et dont il allait me parler :

«J'avais donc dix-sept ans, et je sortais de l'École militaire, reprit-il. Nommé sous-lieutenant dans un simple régiment d'infanterie de ligne[2], qui attendait, avec l'impatience qu'on avait dans ce temps-là, l'ordre de partir pour l'Allemagne, où l'Empereur faisait cette campagne que l'histoire a nommée la campagne de 1813[3], je n'avais pris que le temps d'embrasser mon vieux père au fond de sa province, avant de rejoindre dans la ville où nous voici, ce soir, le bataillon dont je faisais partie ; car cette mince ville, de quelques milliers d'habitants tout au plus, n'avait en garnison que nos deux premiers bataillons... Les deux autres

---

1. Brick : voilier à deux mâts.
2. Infanterie de ligne : troupe de soldats à pied, avançant en ligne.
3. Campagne de 1813 : campagne d'Allemagne terminée par la défaite de Leipzig et qui annonça le déclin de l'Empire.

LE RIDEAU CRAMOISI

avaient été répartis dans les bourgades voisines. Vous qui probablement n'avez fait que passer dans cette ville-ci, quand vous retournez dans votre Ouest, vous ne pouvez pas vous douter de ce qu'elle est – ou du moins de ce qu'elle était il y a trente ans – pour qui est obligé, comme je l'étais alors, d'y demeurer. C'était certainement la pire garnison où le hasard – que je crois le diable toujours, à ce moment-là ministre de la guerre – pût m'envoyer pour mon début. Tonnerre de Dieu! quelle platitude! Je ne me souviens pas d'avoir fait nulle part, depuis, de plus maussade et de plus ennuyeux séjour. Seulement, avec l'âge que j'avais, et avec la première ivresse de l'uniforme – une sensation que vous ne connaissez pas, mais que connaissent tous ceux qui l'ont porté –, je ne souffrais guère de ce qui, plus tard, m'aurait paru insupportable. Au fond, que me faisait cette morne ville de province?... Je l'habitais, après tout, beaucoup moins que mon uniforme, – un chef-d'œuvre de Thomassin et Pied[1], qui me ravissait! Cet uniforme, dont j'étais fou, me voilait et m'embellissait toutes choses; et c'était – cela va vous sembler fort, mais c'est la vérité! – cet uniforme qui était, à la lettre, ma véritable garnison! Quand je m'ennuyais par trop dans cette ville sans mouvement, sans intérêt et sans vie, je me mettais en grande tenue, toutes aiguillettes[2] dehors, et l'ennui fuyait devant mon hausse-col[3]! J'étais comme ces femmes qui n'en font pas moins leur toilette quand elles sont seules et qu'elles n'attendent personne. Je m'habillais... pour moi. Je jouissais solitairement de mes épaulettes et de la dragonne[4] de mon sabre,

---

1. Thomassin et Pied : couturiers.
2. Aiguillettes : ornements militaires en cordons tressés attachés à l'épaule.
3. Hausse-col : petit croissant métallique servant, chez les officiers, à protéger la base du cou.
4. Dragonne : cordon qui orne la poignée d'un sabre ou d'une épée.

brillant au soleil, dans quelque coin de Cours désert où, vers quatre heures, j'avais l'habitude de me promener, sans chercher personne pour être heureux, et j'avais là des gonflements dans la poitrine, tout autant que, plus tard, au boulevard de Gand[1], lorsque j'entendais dire derrière moi, en donnant le bras à quelque femme : "Il faut convenir que voilà une fière tournure d'officier!" Il n'existait, d'ailleurs, dans cette petite ville très peu riche, et qui n'avait de commerce et d'activité d'aucune sorte, que d'anciennes familles à peu près ruinées, qui boudaient l'Empereur, parce qu'il n'avait pas, comme elles disaient, fait rendre gorge aux voleurs de la Révolution, et qui pour cette raison ne fêtaient guère ses officiers. Donc, ni réunions, ni bals, ni soirées, ni redoutes[2]. Tout au plus, le dimanche, un pauvre bout de Cours où, après la messe de midi, quand il faisait beau temps, les mères allaient promener et exhiber leurs filles jusqu'à deux heures, l'heure des vêpres, qui, dès qu'elle sonnait son premier coup, raflait toutes les jupes et vidait ce malheureux Cours. Cette messe de midi où nous n'allions jamais, du reste, je l'ai vue devenir, sous la Restauration, une messe militaire à laquelle l'état-major des régiments était obligé d'assister, et c'était au moins un événement vivant dans ce néant de garnisons mortes! Pour des gaillards qui étaient, comme nous, à l'âge de la vie où l'amour, la passion des femmes, tient une si grande place, cette messe militaire était une ressource. Excepté ceux d'entre nous qui faisaient partie du détachement de service sous les armes, tout le corps d'officiers s'éparpillait et se plaçait à l'église, comme il lui plaisait, dans la nef. Presque

1. Boulevard de Gand : boulevard des Italiens, appelé ainsi en 1815 parce qu'il était fréquenté par les royalistes, Louis XVIII s'étant réfugié à Gand pendant les Cent-Jours.
2. Redoutes : lieux accueillant bals et fêtes.

toujours nous nous campions derrière les plus jolies femmes qui venaient à cette messe, où elles étaient sûres d'être regardées, et nous leur donnions le plus de distractions possible en parlant, entre nous, à mi-voix, de manière à pouvoir être entendus d'elles, de ce qu'elles avaient de plus charmant dans le visage ou dans la tournure. Ah! la messe militaire! J'y ai vu commencer bien des romans. J'y ai vu fourrer dans les manchons que les jeunes filles laissaient sur leurs chaises, quand elles s'agenouillaient près de leurs mères, bien des billets doux, dont elles nous rapportaient la réponse, dans les mêmes manchons, le dimanche suivant! Mais, sous l'Empereur, il n'y avait point de messe militaire. Aucun moyen par conséquent d'approcher des filles *comme il faut* de cette petite ville où elles n'étaient pour nous que des rêves cachés, plus ou moins, sous des voiles, de loin aperçus! Des dédommagements à cette perte sèche de la population la plus intéressante de la ville de ***, il n'y en avait pas... Les caravansérails[1] que vous savez, et dont on ne parle point en bonne compagnie, étaient des horreurs. Les cafés où l'on noie tant de nostalgies, en ces oisivetés terribles des garnisons, étaient tels, qu'il était impossible d'y mettre le pied, pour peu qu'on respectât ses épaulettes... Il n'y avait pas non plus, dans cette petite ville où le luxe s'est accru maintenant comme partout, un seul hôtel où nous puissions avoir une table passable d'officiers, sans être volés comme dans un bois, si bien que beaucoup d'entre nous avaient renoncé à la vie collective et s'étaient dispersés dans des pensions particulières, chez des bourgeois peu riches, qui leur louaient des appartements le plus cher possible, et ajoutaient ainsi quelque chose à la mai-

1. Caravansérails : vastes cours orientales où les caravanes faisaient halte. Il s'agit ici de maisons closes.

greur ordinaire de leurs tables et à la médiocrité de leurs revenus.

» J'étais de ceux-là. Un de mes camarades qui demeurait ici, à la *Poste aux chevaux,* où il avait une chambre, car la *Poste aux chevaux* était dans cette rue en ce temps-là – tenez ! à quelques portes derrière nous, et peut-être, s'il faisait jour, verriez-vous encore sur la façade de cette *Poste aux chevaux* le vieux soleil d'or à moitié sorti de son fond de céruse, et qui faisait cadran avec son inscription : "AU SOLEIL LEVANT !" – un de mes camarades m'avait découvert un appartement dans son voisinage – à cette fenêtre qui est perchée si haut, et qui me fait l'effet, ce soir, d'être la mienne toujours, comme si c'était hier ! Je m'étais laissé loger par lui. Il était plus âgé que moi, depuis plus longtemps au régiment, et il aimait à piloter dans ces premiers moments et ces premiers détails de ma vie d'officier, mon inexpérience, qui était aussi de l'insouciance ! Je vous l'ai dit, excepté la sensation de l'uniforme sur laquelle j'appuie, parce que c'est encore là une sensation dont votre génération à congrès de la paix et à pantalonnades philosophiques et humanitaires n'aura bientôt plus la moindre idée, et l'espoir d'entendre ronfler le canon dans la première bataille où je devais perdre (passez-moi cette expression soldatesque !) mon pucelage militaire, tout m'était égal ! Je ne vivais que dans ces deux idées, dans la seconde surtout, parce qu'elle était une espérance, et qu'on vit plus dans la vie qu'on n'a pas que dans la vie qu'on a. Je m'aimais pour demain, comme l'avare, et je comprenais très bien les dévots qui s'arrangent sur cette terre comme on s'arrange dans un coupe-gorge où l'on n'a qu'à passer une nuit. Rien ne ressemble plus à un moine qu'un soldat, et j'étais soldat ! C'est ainsi que je m'arrangeais de ma garnison. Hors les heures

LE RIDEAU CRAMOISI

des repas que je prenais avec les personnes qui me louaient mon appartement et dont je vous parlerai tout à l'heure, et celles du service et des manœuvres de chaque jour, je vivais la plus grande partie de mon temps chez moi, couché sur un grand diable de canapé de maroquin[1] bleu sombre, dont la fraîcheur me faisait l'effet d'un bain froid après l'exercice, et je ne m'en relevais que pour aller faire des armes et quelques parties d'impériale chez mon ami d'en face : Louis de Meung, lequel était moins oisif que moi, car il avait ramassé parmi les grisettes[2] de la ville une assez jolie petite fille, qu'il avait prise pour maîtresse, et qui lui servait, disait-il, à tuer le temps... Mais ce que je connaissais de la femme ne me poussait pas beaucoup à imiter mon ami Louis. Ce que j'en savais, je l'avais vulgairement appris, là où les élèves de Saint-Cyr l'apprennent les jours de sortie... Et puis, il y a des tempéraments qui s'éveillent tard... Est-ce que vous n'avez pas connu Saint-Rémy, le plus mauvais sujet de toute une ville, célèbre par ses mauvais sujets, que nous appelions "le Minotaure", non pas au point de vue des cornes, quoiqu'il en portât, puisqu'il avait tué l'amant de sa femme, mais au point de vue de la consommation ?...

– Oui, je l'ai connu, répondis-je, mais vieux, incorrigible, se débauchant de plus en plus à chaque année qui lui tombait sur la tête. Pardieu ! si je l'ai connu, ce grand *rompu* de Saint-Rémy, comme on dit dans Brantôme !

– C'était en effet un homme de Brantôme[3], reprit le vicomte. Eh bien ! Saint-Rémy, à vingt-sept ans sonnés,

---

1. Maroquin : cuir de chèvre ou de mouton.
2. Grisettes : jeunes filles de modeste condition et réputées pour leurs mœurs légères.
3. Brantôme : écrivain, soldat et homme d'Église français (v. 1540?-1614), connu pour ses *Mémoires* comportant de nombreuses anecdotes licencieuses sur les personnages qu'il côtoya à la cour.

n'avait encore touché ni à un verre ni à une jupe. Il vous le dira, si vous voulez! À vingt-sept ans, il était, en fait de femmes, aussi innocent que l'enfant qui vient de naître, et quoiqu'il ne tétât plus sa nourrice, il n'avait pourtant jamais bu que du lait et de l'eau,

— Il a joliment rattrapé le temps perdu! fis-je.

— Oui, dit le vicomte, et moi aussi! Mais j'ai eu moins de peine à le rattraper! Ma première période de sagesse, à moi, ne dépassa guère le temps que je passai dans cette ville de ***; et quoique je n'y eusse pas la virginité absolue dont parle Saint-Rémy, j'y vivais cependant, ma foi! comme un vrai chevalier de Malte[1], que j'étais, attendu que je le suis *de berceau...* Saviez-vous cela? J'aurais même succédé à un de mes oncles dans sa commanderie, sans la Révolution qui abolit l'Ordre, dont, tout aboli qu'il fût, je me suis quelquefois permis de porter le ruban. Une fatuité!

» Quant aux hôtes que je m'étais donnés, en louant leur appartement, continua le vicomte de Brassard, c'était bien tout ce que vous pouvez imaginer de plus bourgeois. Ils n'étaient que deux, le mari et la femme, tous deux âgés, n'ayant pas mauvais ton, au contraire. Dans leurs relations avec moi, ils avaient même cette politesse qu'on ne trouve plus, surtout dans leur classe, et qui est comme le parfum d'un temps évanoui. Je n'étais pas dans l'âge où l'on observe pour observer, et ils m'intéressaient trop peu pour que je pensasse à pénétrer dans le passé de ces deux vieilles gens à la vie desquels je me mêlais de la façon la plus superficielle deux heures par jour, le midi et le soir, pour dîner et souper avec eux. Rien ne transpirait de ce passé dans leurs conversations devant moi, lesquelles conversations trot-

---

1. Chevalier de Malte : militaire appartenant à l'ordre religieux de Malte et qui faisait vœu de chasteté, d'obéissance et de pauvreté.

taient d'ordinaire sur les choses et les personnes de la ville, qu'elles m'apprenaient à connaître et dont ils parlaient, le mari avec une pointe de médisance gaie, et la femme, très pieuse, avec plus de réserve, mais certainement non moins de plaisir. Je crois cependant avoir entendu dire au mari qu'il avait voyagé dans sa jeunesse pour le compte de je ne sais qui et de je ne sais quoi, et qu'il était revenu tard épouser sa femme... qui l'avait attendu. C'étaient, au demeurant, de très braves gens, aux mœurs très douces, et de très calmes destinées. La femme passait sa vie à tricoter des bas à côtes pour son mari, et le mari, timbré de musique, à racler sur son violon de l'ancienne musique de Viotti[1], dans une chambre à galetas au-dessus de la mienne... Plus riches, peut-être, l'avaient-ils été. Peut-être quelque perte de fortune qu'ils voulaient cacher les avait-elle forcés à prendre chez eux un pensionnaire ; mais autrement que par le pensionnaire, on ne s'en apercevait pas. Tout dans leur logis respirait l'aisance de ces maisons de l'ancien temps, abondantes en linge qui sent bon, en argenterie bien pesante, et dont les meubles semblent des immeubles, tant on se met peu en peine de les renouveler ! Je m'y trouvais bien. La table était bonne, et je jouissais largement de la permission de la quitter dès que j'avais, comme disait la vieille Olive qui nous servait, "*les barbes torchées*", ce qui faisait bien de l'honneur de les appeler "*des barbes*" aux trois poils de chat de la moustache d'un gamin de sous-lieutenant, qui n'avait pas encore fini de grandir !

» J'étais donc là environ depuis un semestre, tout aussi tranquille que mes hôtes, auxquels je n'avais jamais entendu dire un seul mot ayant trait à l'existence de la per-

---

1. Viotti : compositeur italien (1755-1824), considéré comme le plus grand violoniste classique.

sonne que j'allais rencontrer chez eux, quand un jour, en descendant pour dîner à l'heure accoutumée, j'aperçus dans un coin de la salle à manger une grande personne qui, debout et sur la pointe des pieds, suspendait par les rubans son chapeau à une patère, comme une femme parfaitement chez elle et qui vient de rentrer. Cambrée à outrance, comme elle l'était, pour accrocher son chapeau à cette patère placée très haut, elle déployait la taille superbe d'une danseuse qui se renverse, et cette taille était prise (c'est le mot, tant elle était lacée!) dans le corselet luisant d'un spencer de soie verte à franges qui retombaient sur sa robe blanche, une de ces robes du temps d'alors, qui serraient aux hanches et qui n'avaient pas peur de les montrer, quand on en avait... Les bras encore en l'air, elle se retourna en m'entendant entrer, et elle imprima à sa nuque une torsion qui me fit voir son visage; mais elle acheva son mouvement comme si je n'eusse pas été là, regarda si les rubans du chapeau n'avaient pas été froissés par elle en le suspendant, et cela accompli lentement, attentivement et presque impertinemment, car, après tout, j'étais là, debout, attendant, pour la saluer, qu'elle prît garde à moi, elle me fit enfin l'honneur de me regarder avec deux yeux noirs, très froids, auxquels ses cheveux, coupés à la Titus[1] et ramassés en boucles sur le front, donnaient l'espèce de profondeur que cette coiffure donne au regard... Je ne savais qui ce pouvait être, à cette heure et à cette place. Il n'y avait jamais personne à dîner chez mes hôtes... Cependant elle venait probablement pour dîner. La table était mise, et il y avait quatre couverts... Mais mon étonnement de la voir là fut de beaucoup dépassé par l'étonnement de savoir qui elle était, quand je le sus...

1. Titus : empereur romain (v. 40-81) représenté portant les cheveux courts avec de petites mèches aplaties sur le front.

quand mes deux hôtes, entrant dans la salle, me la présentèrent comme leur fille qui sortait de pension et qui allait désormais vivre avec eux.

» Leur fille ! Il était impossible d'être moins la fille de gens comme eux que cette fille-là ! Non pas que les plus belles filles du monde ne puissent naître de toute espèce de gens. J'en ai connu... et vous aussi, n'est-ce pas ? Physiologiquement, l'être le plus laid peut produire l'être le plus beau. Mais elle ! entre elle et eux, il y avait l'abîme d'une race... D'ailleurs, physiologiquement, puisque je me permets ce grand mot pédant, qui est de votre temps, non du mien, on ne pouvait la remarquer que pour l'air qu'elle avait, et qui était singulier dans une jeune fille aussi jeune qu'elle, car c'était une espèce d'air impassible, très difficile à caractériser. Elle ne l'aurait pas eu qu'on aurait dit : "Voilà une belle fille !" et on n'y aurait pas plus pensé qu'à toutes les belles filles qu'on rencontre par hasard, et dont on dit cela, pour n'y plus penser jamais après. Mais cet air... qui la séparait, non pas seulement de ses parents, mais de tous les autres, dont elle semblait n'avoir ni les passions, ni les sentiments, vous clouait... de surprise, sur place... L'*Infante à l'épagneul*[1], de Vélasquez, pourrait, si vous la connaissez, vous donner une idée de cet air-là, qui n'était ni fier, ni méprisant, ni dédaigneux, non ! mais tout simplement impassible, car l'air fier, méprisant, dédaigneux, dit aux gens qu'ils existent, puisqu'on prend la peine de les dédaigner ou de les mépriser, tandis que cet air-ci dit tranquillement : "Pour moi, vous n'existez même pas." J'avoue que cette physionomie me fit faire, ce premier jour et bien d'autres, la question qui pour moi est encore aujourd'hui

---

1. *L'Infante à l'épagneul* : portrait de Marguerite, fille de Philippe IV d'Espagne, réalisé par le peintre espagnol Vélasquez (1599-1660).

insoluble : comment cette grande fille-là était-elle sortie de ce gros bonhomme en redingote jaune vert et à gilet blanc, qui avait une figure couleur des confitures de sa femme, une loupe[1] sur la nuque, laquelle débordait sa cravate de mousseline brodée, et qui bredouillait ?... Et si le mari n'embarrassait pas, car le mari n'embarrasse jamais dans ces sortes de questions, la mère me paraissait tout aussi impossible à expliquer. Mlle Albertine (c'était le nom de cette archiduchesse d'altitude, tombée du ciel chez ces bourgeois comme si le ciel avait voulu se moquer d'eux), Mlle Albertine, que ses parents appelaient Alberte pour s'épargner la longueur du nom, mais ce qui allait parfaitement mieux à sa figure et à toute sa personne, ne semblait pas plus la fille de l'un que de l'autre... À ce premier dîner, comme à ceux qui suivirent, elle me parut une jeune fille bien élevée, sans affectation, habituellement silencieuse, qui, quand elle parlait, disait en bons termes ce qu'elle avait à dire, mais qui n'outrepassait jamais cette ligne-là... Au reste, elle aurait eu tout l'esprit que j'ignorais qu'elle eût, qu'elle n'aurait guère trouvé l'occasion de le montrer dans les dîners que nous faisions. La présence de leur fille avait nécessairement modifié les commérages des deux vieilles gens. Ils avaient supprimé les petits scandales de la ville. Littéralement, on ne parlait plus à cette table que de choses aussi intéressantes que la pluie et le beau temps. Aussi Mlle Albertine ou Alberte, qui m'avait tant frappé d'abord par son air impassible, n'ayant absolument que cela à m'offrir, me blasa bientôt sur cet air-là... Si je l'avais rencontrée dans le monde pour lequel j'étais fait, et que j'aurais dû voir, cette impassibilité m'aurait très certainement piqué au vif... Mais, pour

---

1. Loupe : verrue.

LE RIDEAU CRAMOISI

moi, elle n'était pas une fille à qui je puisse faire la cour… même des yeux. Ma position vis-à-vis d'elle, à moi en pension chez ses parents, était délicate, et un rien pouvait la fausser… Elle n'était pas assez près ou assez loin de moi dans la vie pour qu'elle pût m'être quelque chose… et j'eus bientôt répondu naturellement, et sans intention d'aucune sorte, par la plus complète indifférence, à son impassibilité.

» Et cela ne se démentit jamais, ni de son côté ni du mien. Il n'y eut entre nous que la politesse la plus froide, la plus sobre de paroles. Elle n'était pour moi qu'une image qu'à peine je voyais! et moi, pour elle, qu'est-ce que j'étais?… À table, nous ne nous rencontrions jamais que là, elle regardait plus le bouchon de la carafe ou le sucrier que ma personne… Ce qu'elle y disait, très correct, toujours fort bien dit, mais insignifiant, ne me donnait aucune clef du caractère qu'elle pouvait avoir. Et puis, d'ailleurs, que m'importait?… J'aurais passé toute ma vie sans songer seulement à regarder dans cette calme et insolente fille, à l'air si déplacé d'Infante… Pour cela, il fallait la circonstance que je m'en vais vous dire, et qui m'atteignit comme la foudre, comme la foudre qui tombe, sans qu'il ait tonné!

» Un soir, il y avait à peu près un mois que Mlle Alberte était revenue à la maison, et nous nous mettions à table pour souper. Je l'avais à côté de moi, et je faisais si peu d'attention à elle que je n'avais pas encore pris garde à ce détail de tous les jours qui aurait dû me frapper : qu'elle fût à table auprès de moi au lieu d'être entre sa mère et son père, quand, au moment où je dépliais ma serviette sur mes genoux… non, jamais je ne pourrai vous donner l'idée de cette sensation et de cet étonnement! je sentis une main qui prenait hardiment la mienne par-dessous la table. Je crus rêver… ou plutôt je ne crus rien du tout… Je n'eus que l'incroyable sensation de cette main audacieuse, qui venait chercher la mienne jusque sous ma serviette! Et ce fut inouï autant qu'inattendu! Tout mon sang, allumé sous cette prise, se précipita de mon cœur dans cette main, comme soutiré par elle, puis remonta furieusement, comme chassé par une pompe, dans mon cœur! Je vis bleu... mes oreilles tintèrent. Je dus devenir d'une pâleur affreuse. Je crus que j'allais m'évanouir... que j'allais me dissoudre dans l'indicible volupté causée par la chair tassée de cette main, un peu grande, et forte comme celle d'un jeune garçon, qui s'était fermée sur la mienne. – Et comme, vous le savez, dans ce premier âge de la vie, la volupté a son épouvante, je fis un mouvement pour retirer ma main de cette folle main qui l'avait saisie, mais qui, me la serrant alors avec l'ascendant du plaisir qu'elle avait conscience de me verser, la garda d'autorité, vaincue comme ma volonté, et dans l'enveloppement le plus chaud, délicieusement étouffée... Il y a trente-cinq ans de cela, et vous me ferez bien l'honneur de croire que ma main s'est un peu blasée sur l'étreinte de la main des femmes; mais j'ai encore là, quand j'y pense, l'impression de celle-ci étreignant la mienne avec un despotisme si intensément passionné! En proie aux mille frissonnements que cette enveloppante main dardait à mon corps tout entier, je craignais de trahir ce que j'éprouvais devant ce père et cette mère, dont la fille, sous leurs yeux, osait... Honteux pourtant d'être moins homme que cette fille hardie qui s'exposait à se perdre, et dont un incroyable sang-froid couvrait l'égarement, je mordis ma lèvre au sang dans un effort surhumain, pour arrêter le tremblement du désir, qui pouvait tout révéler à ces pauvres gens sans défiance, et c'est alors que mes yeux cherchèrent l'autre de ces deux mains que je n'avais jamais remarquées, et qui, dans ce périlleux moment, tournait froidement le bouton d'une lampe qu'on venait de mettre sur la table, car le jour commençait de tomber... Je la regardai... C'était donc là la sœur de cette main que je sentais pénétrant la mienne, comme un foyer d'où rayonnaient et s'étendaient le long de mes veines d'immenses lames de feu ! Cette main, un peu épaisse, mais aux doigts longs et bien tournés, au bout desquels la lumière de la lampe, qui tombait d'aplomb sur elle, allumait des transparences roses, ne tremblait pas et faisait son petit travail d'arrangement de la lampe, pour la faire aller, avec une fermeté, une aisance et une gracieuse langueur de mouvement incomparables ! Cependant nous ne pouvions pas rester ainsi... Nous avions besoin de nos mains pour dîner... Celle de Mlle Alberte quitta donc la mienne ; mais au moment où elle la quitta, son pied, aussi expressif que sa main, s'appuya avec le même aplomb, la même passion, la même souveraineté, sur mon pied, et y resta tout le temps que dura ce dîner trop court, lequel me donna la sensation d'un de ces bains insupportablement brûlants d'abord, mais auxquels on s'accoutume, et dans lesquels on finit par se trouver si bien, qu'on croirait volontiers qu'un jour les damnés pourraient se trouver fraîchement et suavement dans les brasiers de leur enfer, comme les poissons dans leur eau !... Je vous laisse à penser si je dînai ce jour-là, et si je me mêlai beaucoup aux menus propos de mes honnêtes hôtes, qui ne se doutaient pas, dans leur placidité, du drame mystérieux et terrible qui se jouait alors sous la table. Ils ne s'aperçurent de rien ; mais ils pouvaient s'apercevoir de quelque chose, et positivement je m'inquiétais pour eux... pour eux, bien plus que pour moi et pour elle. J'avais l'honnêteté et la commisération de mes dix-sept ans... Je me disais : "Est-elle effrontée ? Est-elle folle?" Et je la regardais du coin de l'œil, cette folle qui ne perdait pas une seule fois, durant le dîner, son air de Princesse en cérémonie, et dont le visage resta aussi calme que si son pied n'avait pas dit et fait toutes les folies que peut dire et faire un pied, sur le mien! J'avoue que j'étais encore plus surpris de son aplomb que de sa folie. J'avais beaucoup lu de ces livres légers où la femme n'est pas ménagée. J'avais reçu une éducation d'école militaire. Utopiquement du moins, j'étais le Lovelace[1] de fatuité que sont plus ou moins tous les très jeunes gens qui se croient de jolis garçons, et qui ont pâturé des bottes de baisers derrière les portes et dans les escaliers, sur les lèvres des femmes de chambre de leurs mères. Mais ceci déconcertait mon petit aplomb de Lovelace de dix-sept ans. Ceci me paraissait plus fort que ce que j'avais lu, que tout ce que j'avais entendu dire sur le naturel dans le mensonge attribué aux femmes, sur la force de masque qu'elles peuvent mettre à leurs plus violentes ou leurs plus profondes émotions. Songez donc! elle avait dix-huit ans! Les avait-elle même?... Elle sortait d'une pension que je n'avais aucune raison pour suspecter, avec la moralité et la piété de la mère qui l'avait choisie pour son enfant. Cette absence de tout embarras, disons le mot, ce manque absolu de pudeur, cette domination aisée sur soi-même en faisant les choses les plus imprudentes, les plus dangereuses pour une jeune fille, chez laquelle pas un geste, pas un regard n'avait prévenu l'homme auquel elle se livrait par une si monstrueuse avance, tout cela me montait au cerveau et apparaissait nettement à mon esprit, malgré le bouleversement de mes sensations... Mais ni dans ce moment, ni plus tard, je ne m'arrêtai à philosopher là-dessus. Je ne me

---

[1]. Lovelace : séducteur cynique, personnage du roman *Clarisse Harlowe* de Samuel Richardson (1689-1761).

donnai pas d'horreur factice pour la conduite de cette fille d'une si effrayante précocité dans le mal. D'ailleurs, ce n'est pas à l'âge que j'avais, ni même beaucoup plus tard, qu'on croit dépravée la femme qui – au premier coup d'œil – se jette à vous! On est presque disposé à trouver cela tout simple, au contraire, et si on dit: "La pauvre femme!" c'est déjà beaucoup de modestie que cette pitié! Enfin, si j'étais timide, je ne voulais pas être un niais! La grande raison française pour faire sans remords tout ce qu'il y a de pis. Je savais, certes, à n'en pas douter, que ce que cette fille éprouvait pour moi n'était pas de l'amour. L'amour ne procède pas avec cette impudeur et cette impudence, et je savais parfaitement aussi que ce qu'elle me faisait éprouver n'en était pas non plus. Mais, amour ou non... ce que c'était, je le voulais!... Quand je me levai de table, j'étais résolu... La main de cette Alberte, à laquelle je ne pensais pas une minute avant qu'elle eût saisi la mienne, m'avait laissé, jusqu'au fond de mon être, le désir de m'enlacer tout entier à elle tout entière, comme sa main s'était enlacée à ma main!

» Je montai chez moi comme un fou et quand je me fus un peu froidi par la réflexion, je me demandai ce que j'allais faire pour *nouer* bel et bien une *intrigue*, comme on dit en province, avec une fille si diaboliquement provocante. Je savais à peu près – comme un homme qui n'a pas cherché à le savoir mieux – qu'elle ne quittait jamais sa mère; qu'elle travaillait habituellement près d'elle, à la même chiffonnière, dans l'embrasure de cette salle à manger, qui leur servait de salon; qu'elle n'avait pas d'amie en ville qui vînt la voir, et qu'elle ne sortait guère que pour aller le dimanche à la messe et aux vêpres avec ses parents. Hein? ce n'était pas encourageant, tout cela!... Je commençais à me repentir de n'avoir pas un peu plus vécu avec ces deux bonnes gens que j'avais traités sans hauteur, mais avec la politesse détachée et parfois distraite qu'on a pour ceux qui ne sont que d'un intérêt très secondaire dans la vie; mais je me dis que je ne pouvais modifier mes relations avec eux, sans m'exposer à leur révéler ou à leur faire soupçonner ce que je voulais leur cacher... Je n'avais, pour parler secrètement à Mlle Alberte, que les rencontres sur l'escalier quand je montais à ma chambre ou que j'en descendais; mais, sur l'escalier, on pouvait nous voir et nous entendre... La seule ressource à ma portée, dans cette maison si bien réglée et si étroite, où tout le monde se touchait du coude, était d'écrire; et puisque la main de cette fille hardie savait si bien chercher la mienne par-dessous la table, cette main ne ferait sans doute pas beaucoup de cérémonies pour prendre le billet que je lui donnerais, et je l'écrivis. Ce fut le billet de la circonstance, le billet suppliant, impérieux et enivré, d'un homme qui a déjà bu une première gorgée de bonheur et qui en demande une seconde... Seulement, pour le remettre, il fallait attendre le dîner du lendemain, et cela me parut long; mais enfin il arriva, ce dîner! L'attisante main, dont je sentais le contact sur ma main depuis vingt-quatre heures, ne manqua pas de revenir chercher la mienne, comme la veille, par-dessous la table. Mlle Alberte sentit mon billet et le prit très bien, comme je l'avais prévu. Mais ce que je n'avais pas prévu, c'est qu'avec cet air d'Infante qui défiait tout par sa hauteur d'indifférence, elle le plongea dans le cœur de son corsage, où elle releva une dentelle repliée, d'un petit mouvement sec, et tout cela avec un naturel et une telle prestesse, que sa mère qui, les yeux baissés sur ce qu'elle faisait, servait le potage, ne s'aperçut de rien, et que son imbécile de père, qui *lurait* toujours quelque chose en pensant à son violon, quand il n'en jouait pas, n'y vit que du feu.

– Nous n'y voyons jamais que cela, capitaine !» interrompis-je gaiement, car son histoire me faisait l'effet de tourner un peu vite à une leste aventure de garnison ; mais je ne me doutais pas de ce qui allait suivre ! « Tenez ! pas plus tard que quelques jours, il y avait à l'Opéra, dans une loge à côté de la mienne, une femme probablement dans le genre de votre demoiselle Alberte. Elle avait plus de dix-huit ans, par exemple ; mais je vous donne ma parole d'honneur que j'ai vu rarement de femme plus majestueuse de décence. Pendant qu'a duré toute la pièce, elle est restée assise et immobile comme sur une base de granit. Elle ne s'est retournée ni à droite, ni à gauche, une seule fois ; mais sans doute elle y voyait par les épaules, qu'elle avait très nues et très belles, car il y avait aussi, et dans ma loge à moi, par conséquent derrière nous deux, un jeune homme qui paraissait aussi indifférent qu'elle à tout ce qui n'était pas l'opéra qu'on jouait en ce moment. Je puis certifier que ce jeune homme n'a pas fait une seule des simagrées ordinaires que les hommes font aux femmes dans les endroits publics, et qu'on peut appeler des déclarations à distance. Seulement quand la pièce a été finie et que, dans l'espèce de tumulte général des loges qui se vident, la dame s'est levée, droite, dans sa loge, pour agrafer son burnous, je l'ai entendue dire à son mari, de la voix la plus conjugalement impérieuse et la plus claire : "Henri, ramassez mon capuchon !" et alors, par-dessus le dos de Henri, qui s'est précipité la tête en bas, elle a étendu le bras et la main et pris un billet du jeune homme, aussi simplement qu'elle eût pris des mains de son mari son éventail ou son bouquet. Lui s'était relevé, le pauvre homme ! tenant le capuchon – un capuchon de satin ponceau[1], mais moins

---

1. Ponceau : rouge vif.

ponceau que son visage, et qu'il avait, au risque d'une apoplexie[1], repêché sous les petits bancs, comme il avait pu... Ma foi! après avoir vu cela, je m'en suis allé, pensant qu'au lieu de le rendre à sa femme, il aurait pu tout aussi bien le garder pour lui, ce capuchon, afin de cacher sur sa tête ce qui, tout à coup, venait d'y pousser!

— Votre histoire est bonne, dit le vicomte de Brassard assez froidement; dans un autre moment, peut-être en aurait-il joui davantage; mais laissez-moi vous achever la mienne. J'avoue qu'avec une pareille fille, je ne fus pas inquiet deux minutes de la destinée de mon billet. Elle avait beau être pendue à la ceinture de sa mère, elle trouverait bien le moyen de me lire et de me répondre. Je comptais même, pour tout un avenir de conversation par écrit, sur cette petite poste de par-dessous la table que nous venions d'inaugurer, lorsque le lendemain, quand j'entrai dans la salle à manger avec la certitude, très caressée au fond de ma personne, d'avoir séance tenante une réponse très catégorique à mon billet de la veille, je crus avoir la berlue en voyant que le couvert avait été changé, et que Mlle Alberte était placée là où elle aurait dû toujours être, entre son père et sa mère... Et pourquoi ce changement?... Que s'était-il donc passé que je ne savais pas?... Le père ou la mère s'étaient-ils doutés de quelque chose? J'avais Mlle Alberte en face de moi, et je la regardais avec cette intention fixe qui veut être comprise. Il y avait vingt-cinq points d'interrogation dans mes yeux; mais les siens étaient aussi calmes, aussi muets, aussi indifférents qu'à l'ordinaire. Ils me regardaient comme s'ils ne me voyaient pas. Je n'ai jamais vu regards plus impatientants que ces longs regards tranquilles

---

1. Apoplexie : perte de connaissance.

qui tombaient sur vous comme sur une chose. Je bouillais de curiosité, de contrariété, d'inquiétude, d'un tas de sentiments agités et déçus... et je ne comprenais pas comment cette femme, si sûre d'elle-même qu'on pouvait croire qu'au lieu de nerfs elle eût sous sa peau fine presque autant de muscles que moi, semblât ne pas oser me faire un signe d'intelligence qui m'avertît, qui me fît penser, qui me dît, si vite que ce pût être, que nous nous entendions – que nous étions connivents et complices dans le même mystère, que ce fût de l'amour, que ce ne fût pas même de l'amour!... C'était à se demander si vraiment c'était bien la femme de la main et du pied sous la table, du billet pris et glissé la veille, si naturellement, dans son corsage, devant ses parents, comme si elle y eût glissé une fleur! Elle en avait tant fait qu'elle ne devait pas être embarrassée de m'envoyer un regard. Mais non! Je n'eus rien. Le dîner passa tout entier sans ce regard que je guettais, que j'attendais, que je voulais allumer au mien, et qui ne s'alluma pas! "Elle aura trouvé quelque moyen de me répondre", me disais-je en sortant de table, et en remontant dans ma chambre, ne pensant pas qu'une telle personne pût reculer, après s'être si incroyablement avancée; n'admettant pas qu'elle pût rien craindre et rien ménager, quand il s'agissait de ses fantaisies, et parbleu! franchement, ne pouvant pas croire qu'elle n'en eût au moins une pour moi!

»"Si ses parents n'ont pas de soupçon, me disais-je encore, si c'est le hasard qui a fait ce changement de couvert à table, demain je me retrouverai auprès d'elle..." Mais le lendemain, ni les autres jours, je ne fus placé auprès de Mlle Alberte, qui continua d'avoir la même incompréhensible physionomie et le même incroyable ton dégagé pour dire les riens et les choses communes qu'on avait l'habitude de dire à cette table de petits bourgeois. Vous devinez bien que je l'observais comme un homme intéressé à la chose. Elle avait l'air aussi peu contrarié que possible, quand je l'étais horriblement, moi! quand je l'étais jusqu'à la colère – une colère à me fendre en deux et qu'il fallait cacher! Et cet air, qu'elle ne perdait jamais, me mettait encore plus loin d'elle que ce tour de table interposé entre nous! J'étais si violemment exaspéré, que je finissais par ne plus craindre de la compromettre en la regardant, en lui appuyant sur ses grands yeux impénétrables, et qui restaient glacés, la pesanteur menaçante et enflammée des miens! Était-ce un manège que sa conduite? Était-ce coquetterie? N'était-ce qu'un caprice après un autre caprice... ou simplement stupidité? J'ai connu, depuis, de ces femmes tout d'abord soulèvement de sens, puis après, tout stupidité! "Si on savait le moment!" disait Ninon[1]. Le moment de Ninon était-il déjà passé? Cependant, j'attendais toujours... quoi? un mot, un signe, un rien risqué, à voix basse, en se levant de table dans le bruit des chaises qu'on dérange, et comme cela ne venait pas, je me jetais aux idées folles, à tout ce qu'il y avait au monde de plus absurde. Je me fourrai dans la tête qu'avec toutes les impossibilités dont nous étions entourés au logis, elle m'écrirait par la poste; qu'elle serait assez fine, quand elle sortirait avec sa mère, pour glisser un billet dans la boîte aux lettres, et, sous l'empire de cette idée, je me mangeais le sang régulièrement deux fois par jour, une heure avant que le facteur passât par la maison... Dans cette heure-là je disais dix fois à la vieille Olive, d'une voix étranglée : "Y a-t-il des lettres pour moi, Olive?" laquelle me répondait imperturbablement toujours : "Non, Monsieur, il

---

1. Ninon : Ninon de Lenclos (1616-1706), courtisane française, célèbre pour son esprit.

n'y en a pas." Ah! l'agacement finit par être trop aigu! Le désir trompé devint de la haine. Je me mis à haïr cette Alberte, et, par haine de désir trompé, à expliquer sa conduite avec moi par les motifs qui pouvaient le plus me la faire mépriser, car la haine a soif de mépris. Le mépris, c'est son nectar, à la haine! "Coquine lâche, qui a peur d'une lettre!" me disais-je. Vous le voyez, j'en venais aux gros mots. Je l'insultais dans ma pensée, ne croyant pas en l'insultant la calomnier. Je m'efforçai même de ne plus penser à elle que je criblais des épithètes les plus militaires, quand j'en parlais à Louis de Meung, car je lui en parlais! car l'outrance où elle m'avait jeté avait éteint en moi toute espèce de chevalerie, et j'avais raconté toute mon aventure à mon brave Louis, qui s'était tirebouchonné sa longue moustache blonde en m'écoutant, et qui m'avait dit, sans se gêner, car nous n'étions pas des moralistes dans le 27e :

"Fais comme moi! Un clou chasse l'autre. Prends pour maîtresse une petite *cousette*[1] de la ville, et ne pense plus à cette sacrée fille-là!"

» Mais je ne suivis point le conseil de Louis. Pour cela, j'étais trop piqué au jeu. Si elle avait su que je prenais une maîtresse, j'en aurais peut-être pris une pour lui fouetter le cœur ou la vanité par la jalousie. Mais elle ne le saurait pas. Comment pourrait-elle le savoir?... En amenant, si je l'avais fait, une maîtresse chez moi, comme Louis, à son *Hôtel de la Poste*, c'était rompre avec les bonnes gens chez qui j'habitais, et qui m'auraient immédiatement prié d'aller chercher un autre logement que le leur ; et je ne voulais pas renoncer, si je ne pouvais avoir que cela, à la possibilité de retrouver la main ou le pied de cette damnante Alberte qui,

1. Cousette : jeune apprentie couturière.

après ce qu'elle avait osé, restait toujours la grande Mademoiselle Impassible.

» "Dis plutôt impossible!" disait Louis, qui se moquait de moi.

» Un mois tout entier se passa, et malgré mes résolutions de me montrer aussi oublieux qu'Alberte et aussi indifférent qu'elle, d'opposer marbre à marbre et froideur à froideur, je ne vécus plus que de la vie tendue de l'affût, de l'affût que je déteste, même à la chasse! Oui, Monsieur, ce ne fut plus qu'affût perpétuel dans mes journées! Affût quand je descendais à dîner, et que j'espérais la trouver seule dans la salle à manger comme la première fois! Affût au dîner, où mon regard ajustait de face ou de côté le sien qu'il rencontrait net et infernalement calme, et qui n'évitait pas plus le mien qu'il n'y répondait! Affût après le dîner, car je restais maintenant un peu après dîner voir ces dames reprendre leur ouvrage, dans leur embrasure de croisée, guettant si *elle* ne laisserait pas tomber quelque chose, son dé, ses ciseaux, un chiffon, que je pourrais ramasser, et en les lui rendant toucher sa main, cette main que j'avais maintenant à travers la cervelle! Affût chez moi, quand j'étais remonté dans ma chambre, y croyant toujours entendre le long du corridor ce pied qui avait piétiné sur le mien, avec une volonté si absolue. Affût jusque dans l'escalier, où je croyais pouvoir la rencontrer, et où la vieille Olive me surprit un jour, à ma grande confusion, en sentinelle! Affût à ma fenêtre – cette fenêtre que vous voyez – où je me plantais quand elle devait sortir avec sa mère, et d'où je ne bougeais pas avant qu'elle fût rentrée, mais tout cela aussi vainement que le reste! Lorsqu'elle sortait, tortillée dans son châle de jeune fille, un châle à raies rouges et blanches : je n'ai rien oublié! semé de fleurs noires et jaunes sur les deux raies, elle ne retournait pas son torse insolent une seule fois, et lorsqu'elle rentrait, toujours aux côtés de sa mère, elle ne levait ni la tête ni les yeux vers la fenêtre où je l'attendais ! Tels étaient les misérables exercices auxquels elle m'avait condamné ! Certes, je sais bien que les femmes nous font tous plus ou moins valeter[1], mais dans ces proportions-là !! Le vieux fat qui devrait être mort en moi s'en révolte encore ! Ah ! je ne pensais plus au bonheur de mon uniforme ! Quand j'avais fait le service de la journée, après l'exercice ou la revue, je rentrais vite, mais non plus pour lire des piles de mémoires ou de romans, mes seules lectures dans ce temps-là. Je n'allais plus chez Louis de Meung. Je ne touchais plus à mes fleurets[2]. Je n'avais pas la ressource du tabac qui engourdit l'activité quand elle vous dévore, et que vous avez, vous autres jeunes gens qui m'avez suivi dans la vie ! On ne fumait pas alors au 27e, si ce n'est entre soldats, au corps de garde, quand on jouait la partie de brisque sur le tambour... Je restais donc oisif de corps, à me ronger... je ne sais pas si c'était le cœur, sur ce canapé qui ne me faisait plus le bon froid que j'aimais dans ces six pieds carrés de chambre, où je m'agitais comme un lionceau dans sa cage, quand il sent la chair fraîche à côté.

» Et si c'était ainsi le jour, c'était aussi de même une grande partie de la nuit. Je me couchais tard. Je ne dormais plus. Elle me tenait éveillé, cette Alberte d'enfer, qui me l'avait allumé dans les veines, puis qui s'était éloignée comme l'incendiaire qui ne retourne pas même la tête pour voir son feu flamber derrière lui ! Je baissais, comme le voilà, ce soir », ici le vicomte passa son gant sur la glace de la voiture placée devant lui, pour essuyer la vapeur qui com-

---

1. Valeter : se comporter en valet, servilement.
2. Fleurets : épées utilisées à l'escrime.

mençait d'y perler, «ce même rideau cramoisi, à cette même fenêtre, qui n'avait pas plus de persiennes qu'elle n'en a maintenant, afin que les voisins, plus curieux en province qu'ailleurs, ne dévisageassent pas le fond de ma chambre. C'était une chambre de ce temps-là, une chambre de l'Empire, parquetée en point de Hongrie, sans tapis, où le bronze plaquait partout le merisier, d'abord en tête de sphinx aux quatre coins du lit, et en pattes de lion sous ses quatre pieds, puis, sur tous les tiroirs de la commode et du secrétaire, en camées de faces de lion, avec des anneaux de cuivre pendant de leurs gueules verdâtres, et par lesquels on les tirait quand on voulait les ouvrir. Une table carrée, d'un merisier plus rosâtre que le reste de l'ameublement, à dessus de marbre gris, grillagée de cuivre, était en face du lit, contre le mur, entre la fenêtre et la porte d'un grand cabinet de toilette; et, vis-à-vis de la cheminée, le grand canapé de maroquin bleu dont je vous ai déjà tant parlé... À tous les angles de cette chambre d'une grande élévation et d'un large espace, il y avait des encoignures en faux laque de Chine, et sur l'une d'elles on voyait, mystérieux et blanc, dans le noir du coin, un vieux buste de Niobé[1] d'après l'antique, qui étonnait là, chez ces bourgeois vulgaires. Mais est-ce que cette incompréhensible Alberte n'étonnait pas bien plus? Les murs lambrissés, et peints à l'huile, d'un blanc jaune, n'avaient ni tableaux, ni gravures. J'y avais seulement mis mes armes, couchées sur de longues pattes-fiches en cuivre doré. Quand j'avais loué cette grande calebasse d'appartement, comme disait élégamment le lieutenant Louis de Meung, qui ne poétisait pas les choses, j'avais fait placer au milieu une grande table ronde que je couvrais

---

1. Niobé : personnage de la mythologie grecque. Mère inconsolable de la mort de ses enfants. Zeus la transforma en rocher sur lequel coulaient des larmes.

de cartes militaires, de livres et de papiers : c'était mon bureau. J'y écrivais quand j'avais à écrire... Eh bien! un soir, ou plutôt une nuit, j'avais roulé le canapé auprès de cette grande table, et j'y dessinais à la lampe, non pas pour me distraire de l'unique pensée qui me submergeait depuis un mois, mais pour m'y plonger davantage, car c'était la tête de cette énigmatique Alberte que je dessinais, c'était le visage de cette diablesse de femme dont j'étais possédé, comme les dévots disent qu'on l'est du diable. Il était tard. La rue, où passaient chaque nuit deux diligences en sens inverse – comme aujourd'hui –, l'une à minuit trois quarts et l'autre à deux heures et demie du matin, et qui toutes deux s'arrêtaient à l'*Hôtel de la Poste* pour relayer – la rue était silencieuse comme le fond d'un puits. J'aurais entendu voler une mouche; mais si, par hasard, il y en avait une dans ma chambre, elle devait dormir dans quelque coin de vitre ou dans un des plis cannelés de ce rideau, d'une forte étoffe de soie croisée, que j'avais ôté de sa patère et qui tombait devant la fenêtre, perpendiculaire et immobile. Le seul bruit qu'il y eût alors autour de moi, dans ce profond et complet silence, c'était moi qui le faisais avec mon crayon et mon estompe. Oui, c'était elle que je dessinais, et Dieu sait avec quelle caresse de main et quelle préoccupation enflammée! Tout à coup, sans aucun bruit de serrure qui m'aurait averti, ma porte s'entrouvrit en flûtant ce son des portes dont les gonds sont secs, et resta à moitié entrebâillée, comme si elle avait eu peur du son qu'elle avait jeté! Je relevai les yeux, croyant avoir mal fermé cette porte qui, d'elle-même, inopinément, s'ouvrait en filant ce son plaintif, capable de faire tressaillir dans la nuit ceux qui veillent et de réveiller ceux qui dorment. Je me levai de ma table pour aller la fermer; mais la porte entrouverte s'ouvrit plus grande et très doucement toujours, mais en recommençant le son aigu qui traîna comme un gémissement dans la maison silencieuse, et je vis, quand elle se fut ouverte de toute sa grandeur, Alberte ! – Alberte qui, malgré les précautions d'une peur qui devait être immense, n'avait pu empêcher cette porte maudite de crier !

» Ah ! tonnerre de Dieu ! ils parlent de visions, ceux qui y croient ; mais la vision la plus surnaturelle ne m'aurait pas donné la surprise, l'espèce de coup au cœur que je ressentis et qui se répéta en palpitations insensées, quand je vis venir à moi, de cette porte ouverte, Alberte, effrayée au bruit que cette porte venait de faire en s'ouvrant, et qui allait recommencer encore, si elle la fermait ! Rappelez-vous toujours que je n'avais pas dix-huit ans ! Elle vit peut-être ma terreur à la sienne : elle réprima, par un geste énergique, le cri de surprise qui pouvait m'échapper, qui me serait certainement échappé sans ce geste, et elle referma la porte, non plus lentement, puisque cette lenteur l'avait fait crier, mais rapidement, pour éviter ce cri des gonds, qu'elle n'évita pas, et qui recommença plus net, plus franc, d'une seule venue et suraigu ; et, la porte fermée et l'oreille contre, elle écouta si un autre bruit, qui aurait été plus inquiétant et plus terrible, ne répondait pas à celui-là... Je crus la voir chanceler... Je m'élançai, et je l'eus bientôt dans les bras.

– Mais elle va bien, votre Alberte ! dis-je au capitaine.

– Vous croyez peut-être, reprit-il, comme s'il n'avait pas entendu ma moqueuse observation, qu'elle y tomba, dans mes bras, d'effroi, de passion, de tête perdue, comme une fille poursuivie ou qu'on peut poursuivre, qui ne sait plus ce qu'elle fait quand elle fait la dernière des folies, quand elle s'abandonne à ce démon que les femmes ont toutes – dit-on – quelque part, et qui serait le maître toujours, s'il n'y en avait pas deux autres aussi en elles – la Lâcheté et la Honte –, pour contrarier celui-là ! Eh bien, non, ce n'était pas cela ! Si vous le croyiez, vous vous tromperiez… Elle n'avait rien de ces peurs vulgaires et osées… Ce fut bien plus elle qui me prit dans ses bras que je ne la pris dans les miens… Son premier mouvement avait été de se jeter le front contre ma poitrine, mais elle le releva et me regarda, les yeux tout grands – des yeux immenses ! –, comme pour voir si c'était bien moi qu'elle tenait ainsi dans ses bras ! Elle était horriblement pâle, et comme je ne l'avais jamais vue pâle ; mais ses traits de Princesse n'avaient pas bougé. Ils avaient toujours l'immobilité et la fermeté d'une médaille. Seulement, sur sa bouche aux lèvres légèrement bombées errait je ne sais quel égarement, qui n'était pas celui de la passion heureuse ou qui va l'être tout à l'heure ! Et cet égarement avait quelque chose de si sombre dans un pareil moment, que, pour ne pas le voir, je plantai sur ces belles lèvres rouges et érectiles le robuste et foudroyant baiser du désir triomphant et roi ! La bouche s'entrouvrit… mais les yeux noirs, à la noirceur profonde, et dont les longues paupières touchaient presque alors mes paupières, ne se fermèrent point, ne palpitèrent même pas ; mais tout au fond, comme sur sa bouche, je vis passer de la démence ! Agrafée dans ce baiser de feu et comme enlevée par les lèvres qui pénétraient les siennes, aspirée par l'haleine qui la respirait, je la portai, toujours collée à moi, sur ce canapé de maroquin bleu, mon gril de saint Laurent[1], depuis un mois que je m'y roulais en pensant à elle, et dont le maroquin se mit voluptueusement à craquer sous son dos nu, car elle était à moitié nue. Elle sortait de son lit, et, pour venir,

1. Gril de saint Laurent : martyr, saint Laurent fut brûlé vif sur un gril.

elle avait... le croirez-vous? été obligée de traverser la chambre où son père et sa mère dormaient! Elle l'avait traversée à tâtons, les mains en avant, pour ne pas se choquer à quelque meuble qui aurait retenti de son choc et qui eût pu les réveiller.

— Ah! fis-je, on n'est pas plus brave à la tranchée. Elle était digne d'être la maîtresse d'un soldat.

— Et elle le fut dès cette première nuit-là, reprit le vicomte. Elle le fut aussi violente que moi, et je vous jure que je l'étais! Mais c'est égal... voici la revanche! Elle ni moi ne pûmes oublier, dans les plus vifs de nos transports, l'épouvantable situation qu'elle nous faisait à tous les deux. Au sein de ce bonheur qu'elle venait chercher et m'offrir, elle était alors comme stupéfiée de l'acte qu'elle accomplissait d'une volonté pourtant si ferme, avec un acharnement si obstiné. Je ne m'en étonnai pas. Je l'étais bien, moi, stupéfié! J'avais bien, sans le lui dire et sans le lui montrer, la plus effroyable anxiété dans le cœur, pendant qu'elle me pressait à m'étouffer sur le sien. J'écoutais, à travers ses soupirs, à travers ses baisers, à travers le terrifiant silence qui pesait sur cette maison endormie et confiante, une chose horrible : c'est si sa mère ne s'éveillait pas, si son père ne se levait pas! Et jusque par-dessus son épaule, je regardais derrière elle si cette porte, dont elle n'avait pas ôté la clef, par peur du bruit qu'elle pouvait faire, n'allait pas s'ouvrir de nouveau et me montrer, pâles et indignées, ces deux têtes de Méduse[1], ces deux vieillards, que nous trompions avec une lâcheté si hardie, surgir tout à coup dans la nuit, images de l'hospitalité violée et de la Justice! Jusqu'à ces voluptueux craquements du maroquin bleu, qui m'avaient sonné

---

1. Méduse : monstre mythologique à la chevelure constituée de serpents et qui change en pierre quiconque il regarde.

LE RIDEAU CRAMOISI

la diane[1] de l'Amour, me faisaient tressaillir d'épouvante… Mon cœur battait contre le sien, qui semblait me répercuter ses battements… C'était enivrant et dégrisant tout à la fois, mais c'était terrible ! Je me fis à tout cela plus tard. À force de renouveler impunément cette imprudence sans nom, je devins tranquille dans cette imprudence. À force de vivre dans ce danger d'être surpris, je me blasai. Je n'y pensai plus. Je ne pensai plus qu'à être heureux. Dès cette première nuit formidable, qui aurait dû l'épouvanter des autres, elle avait décidé qu'elle viendrait chez moi de deux nuits en deux nuits, puisque je ne pouvais aller chez elle – sa chambre de jeune fille n'ayant d'autre issue que dans l'appartement de ses parents –, et elle y vint régulièrement toutes les deux nuits ; mais jamais elle ne perdit la sensation, la stupeur de la première fois ! Le temps ne produisit pas sur elle l'effet qu'il produisit sur moi. Elle ne se bronza pas au danger, affronté chaque nuit. Toujours elle restait, et jusque sur mon cœur, silencieuse, me parlant à peine avec la voix, car, d'ailleurs, vous vous doutez bien qu'elle était éloquente ; et lorsque plus tard le calme me prit, moi, à force de danger affronté et de réussite, et que je lui parlai, comme on parle à sa maîtresse, de ce qu'il y avait déjà de passé entre nous, de cette froideur inexplicable et démentie, puisque je la tenais dans mes bras, et qui avait succédé à ses premières audaces ; quand je lui adressai enfin tous ces pourquoi insatiables de l'amour, qui n'est peut-être au fond qu'une curiosité, elle ne me répondit jamais que par de longues étreintes. Sa bouche triste demeurait muette de tout… excepté de baisers ! Il y a des femmes qui vous disent : "Je me perds pour vous" ; il y en a d'autres qui vous

---

1. Diane : sonnerie de clairon ou de trompette destinée à réveiller les soldats à la levée du jour.

disent : "Tu vas bien me mépriser"; et ce sont là des manières différentes d'exprimer la fatalité de l'amour. Mais elle, non! Elle ne disait mot… Chose étrange! Plus étrange personne! Elle me produisait l'effet d'un épais et dur couvercle de marbre qui brûlait, chauffé par en dessous… Je croyais qu'il arriverait un moment où le marbre se fendrait enfin sous la chaleur brûlante, mais le marbre ne perdit jamais sa rigide densité. Les nuits qu'elle venait, elle n'avait ni plus d'abandon, ni plus de paroles, et, je me permettrai ce mot ecclésiastique, elle fut toujours aussi *difficile à confesser* que la première nuit qu'elle était venue. Je n'en tirai pas davantage… Tout au plus un monosyllabe arraché, d'obsession, à ces belles lèvres dont je raffolais d'autant plus que je les avais vues plus froides et plus indifférentes pendant la journée, et, encore, un monosyllabe qui ne faisait pas grande lumière sur la nature de cette fille, qui me paraissait plus sphinx, à elle seule, que tous les Sphinx dont l'image se multipliait autour de moi, dans cet appartement Empire.

– Mais, capitaine, interrompis-je encore, il y eut pourtant une fin à tout cela? Vous êtes un homme fort, et tous les Sphinx sont des animaux fabuleux. Il n'y en a point dans la vie, et vous finîtes bien par trouver, que diable! ce qu'elle avait dans son giron, cette commère-là!

– Une fin! Oui, il y eut une fin, fit le vicomte de Brassard en baissant brusquement la vitre du coupé, comme si la respiration avait manqué à sa monumentale poitrine et qu'il eût besoin d'air pour achever ce qu'il avait à raconter. Mais le giron, comme vous dites, de cette singulière fille n'en fut pas plus ouvert pour cela. Notre amour, notre relation, notre intrigue – appelez cela comme vous voudrez –, nous donna, ou plutôt *me* donna, à *moi*, des sensations que je ne crois pas avoir éprouvées jamais depuis avec des femmes plus aimées que cette Alberte, qui ne m'aimait peut-être pas, que je n'aimais peut-être pas!! Je n'ai jamais bien compris ce que j'avais pour elle et ce qu'elle avait pour moi, et cela dura plus de six mois! Pendant ces six mois, tout ce que je compris, ce fut un genre de bonheur dont on n'a pas l'idée dans la jeunesse. Je compris le bonheur de ceux qui se cachent. Je compris la jouissance du mystère dans la complicité, qui, même sans l'espérance de réussir, ferait encore des conspirateurs incorrigibles. Alberte, à la table de ses parents comme partout, était toujours la Madame Infante qui m'avait tant frappé le premier jour que je l'avais vue. Son front néronien[1], sous ses cheveux bleus à force d'être noirs, qui bouclaient durement et touchaient ses sourcils, ne laissait rien passer de la nuit coupable, qui n'y étendait aucune rougeur. Et moi qui essayais d'être aussi impénétrable qu'elle, mais qui, j'en suis sûr, aurais dû me trahir dix fois si j'avais eu affaire à des observateurs, je me rassasiais orgueilleusement et presque sensuellement, dans le plus profond de mon être, de l'idée que toute cette superbe indifférence était bien à moi et qu'elle avait pour moi toutes les bassesses de la passion, si la passion pouvait jamais être basse! Nul que nous sur la terre ne savait cela... et c'était délicieux, cette pensée! Personne, pas même mon ami, Louis de Meung, avec lequel j'étais discret depuis que j'étais heureux! Il avait tout deviné, sans doute, puisqu'il était aussi discret que moi. Il ne m'interrogeait pas. J'avais repris avec lui, sans effort, mes habitudes d'intimité, les promenades sur le Cours, en grande ou en petite tenue, l'im-

---

1. Front néronien : aussi bas que celui de Néron, empereur romain d'une grande cruauté.

périale, l'escrime et le punch! Pardieu! quand on sait que le bonheur viendra, sous la forme d'une belle jeune fille qui a comme une *rage de dents* dans le cœur, vous visiter régulièrement d'une nuit l'autre, à la même heure, cela simplifie joliment les jours!

— Mais ils dormaient donc comme les Sept Dormants[1], les parents de cette Alberte? fis-je railleusement, en coupant net les réflexions de l'ancien dandy par une plaisanterie, et pour ne pas paraître trop pris par son histoire, qui me prenait, car, avec les dandys, on n'a guère que la plaisanterie pour se faire un peu respecter.

— Vous croyez donc que je cherche des effets de conteur hors de la réalité? dit le vicomte. Mais je ne suis pas romancier, moi! Quelquefois Alberte ne venait pas. La porte, dont les gonds huilés étaient moelleux comme de la ouate maintenant, ne s'ouvrait pas de toute une nuit, et c'est qu'alors sa mère l'avait entendue et s'était écriée, ou c'est que son père l'avait aperçue, filant ou tâtonnant à travers la chambre. Seulement Alberte, avec sa tête d'acier, trouvait à chaque fois un prétexte. Elle était souffrante... Elle cherchait le sucrier sans flambeau, de peur de réveiller personne...

— Ces têtes d'acier-là ne sont pas si rares que vous avez l'air de le croire, capitaine! – interrompis-je encore. J'étais contrariant. – Votre Alberte, après tout, n'était pas plus forte que la jeune fille qui recevait toutes les nuits, dans la chambre de sa grand-mère, endormie derrière ses rideaux, un amant entré par la fenêtre, et qui, n'ayant pas de canapé

---

1. Les Sept Dormants : selon une légende chrétienne, jeunes chrétiens d'Éphèse qui échappèrent à l'empereur Decius en se réfugiant dans une caverne et en s'y endormant... pour ne se réveiller que trois cents ans plus tard grâce à un miracle.

de maroquin bleu, s'établissait, à la bonne franquette, sur le tapis... Vous savez comme moi l'histoire. Un soir, apparemment poussé par la jeune fille trop heureuse, un soupir plus fort que les autres réveilla la grand-mère, qui cria de dessous ses rideaux un : "Qu'as-tu donc, petite?" à la faire évanouir contre le cœur de son amant ; mais elle n'en répondit pas moins de sa place : "C'est mon busc[1] qui me gêne, grand-maman, pour chercher mon aiguille tombée sur le tapis, et que je ne puis pas retrouver!"

— Oui, je connais l'histoire, reprit le vicomte de Brassard, que j'avais cru humilier, par une comparaison, dans la personne de son Alberte. C'était, si je m'en souviens bien, une de Guise que la jeune fille dont vous me parlez. Elle s'en tira comme une fille de son nom ; mais vous ne dites pas qu'à partir de cette nuit-là elle ne rouvrit plus la fenêtre à son amant, qui était, je crois, M. de Noirmoutier, tandis qu'Alberte revenait le lendemain de ces accrocs terribles, et s'exposait de plus belle au danger bravé, comme si de rien n'était. Alors, je n'étais, moi, qu'un sous-lieutenant assez médiocre en mathématiques, et qui m'en occupais fort peu ; mais il était évident, pour qui sait faire le moindre calcul des probabilités, qu'un jour... une nuit... il y aurait un dénouement...

— Ah, oui! fis-je, me rappelant ses paroles d'avant son histoire, le dénouement qui devait vous faire connaître la sensation de la peur, capitaine.

— Précisément, répondit-il d'un ton plus grave et qui tranchait sur le ton léger que j'affectais. Vous l'avez vu, n'est-ce pas? depuis ma main prise sous la table jusqu'au moment où elle surgit la nuit, comme une apparition dans le cadre de

---

1. Busc : partie métallique sur le devant d'un corset.

ma porte ouverte, Alberte ne m'avait pas marchandé l'émotion. Elle m'avait fait passer dans l'âme plus d'un genre de frisson, plus d'un genre de terreur ; mais ce n'avait été encore que l'impression des balles qui sifflent autour de vous et des boulets dont on sent le vent ; on frissonne, mais on va toujours. Eh bien ! ce ne fut plus cela. Ce fut de la peur, de la peur complète, de la vraie peur, et non plus pour Alberte, mais pour moi, et pour moi tout seul ! Ce que j'éprouvai, ce fut positivement cette sensation qui doit rendre le cœur aussi pâle que la face ; ce fut cette panique qui fait prendre la fuite à des régiments tout entiers. Moi qui vous parle, j'ai vu fuir tout Chamboran[1], bride abattue et ventre à terre, l'héroïque Chamboran, emportant, dans son flot épouvanté, son colonel et ses officiers ! Mais à cette époque je n'avais encore rien vu, et j'appris… ce que je croyais impossible.

» Écoutez donc… C'était une nuit. Avec la vie que nous menions, ce ne pouvait être qu'une nuit… une longue nuit d'hiver. Je ne dirai pas une de nos plus tranquilles. Elles étaient toutes tranquilles, nos nuits. Elles l'étaient devenues à force d'être heureuses. Nous dormions sur ce canon chargé. Nous n'avions pas la moindre inquiétude en faisant l'amour sur cette lame de sabre posée en travers d'un abîme, comme le pont de l'enfer des Turcs[2] ! Alberte était venue plus tôt qu'à l'ordinaire, pour être plus longtemps. Quand elle venait ainsi, ma première caresse, mon premier mouvement d'amour était pour ses pieds, ses pieds qui n'avaient plus alors leurs brodequins verts ou hortensia, ces deux

---

1. Chamboran : nom du colonel à la tête d'un régiment qui se rendit célèbre pour sa bravoure.
2. Le pont de l'enfer des Turcs : allusion à la mythologie persane. Lieux où doivent passer les âmes et où se fait la séparation des bons d'avec les méchants.

coquetteries et mes deux délices, et qui, nus pour ne pas faire de bruit, m'arrivaient transis de froid des briques sur lesquelles elle avait marché, le long du corridor qui menait de la chambre de ses parents à ma chambre, placée à l'autre bout de la maison. Je les réchauffais, ces pieds glacés pour moi, qui peut-être ramassaient, pour moi, en sortant d'un lit chaud, quelque horrible maladie de poitrine... Je savais le moyen de les tiédir et d'y mettre du rose ou du vermillon, à ces pieds pâles et froids ; mais cette nuit-là mon moyen manqua... Ma bouche fut impuissante à attirer sur ce cou-de-pied cambré et charmant la plaque de sang que j'aimais souvent à y mettre, comme une rosette ponceau... Alberte, cette nuit-là, était plus silencieusement amoureuse que jamais. Ses étreintes avaient cette langueur et cette force qui étaient pour moi un langage, et un langage si expressif que, si je lui parlais toujours, moi, si je lui disais toutes mes démences et toutes mes ivresses, je ne lui demandais plus de me répondre et de me parler. À ses étreintes, je l'entendais. Tout à coup, je ne l'entendis plus. Ses bras cessèrent de me presser sur son cœur, et je crus à une de ces pâmoisons comme elle en avait souvent, quoique ordinairement elle gardât, en ses pâmoisons, la force crispée de l'étreinte... Nous ne sommes pas des bégueules[1] entre nous. Nous sommes deux hommes, et nous pouvons nous parler comme deux hommes... J'avais l'expérience des spasmes voluptueux d'Alberte, et quand ils la prenaient, ils n'interrompaient pas mes caresses. Je restais comme j'étais, sur son cœur, attendant qu'elle revînt à la vie consciente, dans l'orgueilleuse certitude qu'elle reprendrait ses sens sous les miens, et que la foudre qui l'avait frappée la res-

---

1. Bégueules : prudes.

susciterait en la refrappant... Mais mon expérience fut trompée. Je la regardai comme elle était, liée à moi, sur le canapé bleu, épiant le moment où ses yeux, disparus sous ses larges paupières, me remontreraient leurs beaux orbes de velours noir et de feu ; où ses dents, qui se serraient et grinçaient à briser leur émail au moindre baiser appliqué brusquement sur son cou et traîné longuement sur ses épaules, laisseraient, en s'entrouvrant, passer son souffle. Mais ni les yeux ne revinrent, ni les dents ne se desserrèrent... Le froid des pieds d'Alberte était monté jusque dans ses lèvres et sous les miennes... Quand je sentis cet horrible froid, je me dressai à mi-corps pour mieux la regarder ; je m'arrachai en sursaut de ses bras, dont l'un tomba sur elle et l'autre pendit à terre, du canapé sur lequel elle était couchée. Effaré, mais lucide encore, je lui mis la main sur le cœur... Il n'y avait rien ! rien au pouls, rien aux tempes, rien aux artères carotides, rien nulle part... que la mort qui était partout, et déjà avec son épouvantable rigidité !

»J'étais sûr de la mort... et je ne voulais pas y croire ! La tête humaine a de ces volontés stupides contre la clarté même de l'évidence et du destin. Alberte était morte. De quoi ?... Je ne savais. Je n'étais pas médecin. Mais elle était morte ; et quoique je visse avec la clarté du jour de midi que ce que je pourrais faire était inutile, je fis pourtant tout ce qui me semblait si désespérément inutile. Dans mon néant absolu de tout, de connaissances, d'instruments, de ressources, je lui vidai sur le front tous les flacons de ma toilette. Je lui frappai résolument dans les mains, au risque d'éveiller le bruit, dans cette maison où le moindre bruit nous faisait trembler. J'avais ouï dire à un de mes oncles, chef d'escadron au 4e dragons, qu'il avait un jour sauvé un de ses amis d'une apoplexie en le saignant vite avec une de ces *flammes*[1] dont on se sert pour saigner les chevaux. J'avais des armes plein ma chambre. Je pris un poignard, et j'en labourai le bras d'Alberte à la saignée. Je massacrai ce bras splendide d'où le sang ne coula même pas. Quelques gouttes s'y coagulèrent. Il était figé. Ni baisers, ni succions, ni morsures ne purent galvaniser ce cadavre raidi, devenu cadavre sous mes lèvres. Ne sachant plus ce que je faisais, je finis par m'étendre dessus, le moyen qu'emploient (disent les vieilles histoires) les Thaumaturges[2] ressusciteurs, n'espérant pas y réchauffer la vie, mais agissant comme si je l'espérais! Et ce fut sur ce corps glacé qu'une idée, qui ne s'était pas dégagée du chaos dans lequel la bouleversante mort subite d'Alberte m'avait jeté, m'apparut nettement... et que j'eus peur!

» Oh!... mais une peur... une peur immense! Alberte était morte chez moi, et sa mort disait tout. Qu'allais-je devenir? Que fallait-il faire?... À cette pensée, je sentis la main, la main physique de cette peur hideuse, dans mes cheveux qui devinrent des aiguilles! Ma colonne vertébrale se fondit en une fange glacée, et je voulus lutter – mais en vain – contre cette déshonorante sensation... Je me dis qu'il fallait avoir du sang-froid... que j'étais un homme après tout... que j'étais militaire. Je me mis la tête dans mes mains, et quand le cerveau me tournait dans le crâne, je m'efforçai de raisonner la situation horrible dans laquelle j'étais pris... et d'arrêter, pour les fixer et les examiner, toutes les idées qui me fouettaient le cerveau comme une toupie cruelle, et qui toutes allaient, à chaque tour, se heurter à ce cadavre qui était chez moi, à ce corps inanimé d'Alberte qui ne pouvait plus regagner sa chambre, et que sa

---

1. Flammes : instruments utilisés pour les incisions.
2. Thaumaturges : faiseurs de miracles.

mère devait retrouver le lendemain dans la *chambre de l'officier*, morte et déshonorée ! L'idée de cette mère, à laquelle j'avais peut-être tué sa fille en la déshonorant, me pesait plus sur le cœur que le cadavre même d'Alberte... On ne pouvait pas cacher la mort ; mais le déshonneur, prouvé par le cadavre chez moi, n'y avait-il pas moyen de le cacher ?... C'était la question que je me faisais, le point fixe que je regardais dans ma tête. Difficulté grandissant à mesure que je la regardais, et qui prenait les proportions d'une impossibilité absolue. Hallucination effroyable ! par moments le cadavre d'Alberte me semblait emplir toute ma chambre et ne pouvoir plus en sortir. Ah ! si la sienne n'avait pas été placée derrière l'appartement de ses parents, je l'aurais, à tout risque, reportée dans son lit ! Mais pouvais-je faire, moi, avec son corps mort dans mes bras, ce qu'elle faisait, elle, déjà si imprudemment, vivante, et m'aventurer ainsi à traverser une chambre que je ne connaissais pas, où je n'étais jamais entré, et où reposaient endormis du sommeil léger des vieillards le père et la mère de la malheureuse ?... Et cependant, l'état de ma tête était tel, la peur du lendemain et de ce cadavre chez moi me galopaient avec tant de furie, que ce fut cette idée, cette témérité, cette folie de reporter Alberte chez elle qui s'empara de moi comme l'unique moyen de sauver l'honneur de la pauvre fille et de m'épargner la honte des reproches du père et de la mère, de me tirer enfin de cette ignominie. Le croirez-vous ? J'ai peine à le croire moi-même, quand j'y pense ! J'eus la force de prendre le cadavre d'Alberte et, le soulevant par les bras, de le charger sur mes épaules. Horrible chape, plus lourde, allez ! que celle des damnés dans l'enfer du Dante ! Il faut l'avoir portée, comme moi, cette chape d'une chair qui me faisait bouillonner le sang de désir il n'y avait qu'une heure, et qui maintenant me transissait!… Il faut l'avoir portée pour bien savoir ce que c'était! J'ouvris ma porte ainsi chargé, et pieds nus comme elle, pour faire moins de bruit, je m'enfonçai dans le corridor qui conduisait à la chambre de ses parents, et dont la porte était au fond, m'arrêtant à chaque pas sur mes jambes défaillantes pour écouter le silence de la maison dans la nuit, que je n'entendais plus, à cause des battements de mon cœur! Ce fut long. Rien ne bougeait… Un pas suivait un pas… Seulement, quand j'arrivai tout contre la terrible porte de la chambre de ses parents, qu'il me fallait franchir et qu'elle n'avait pas, en venant, entièrement fermée pour la retrouver entrouverte au retour, et que j'entendis les deux respirations longues et tranquilles de ces deux pauvres vieux qui dormaient dans toute la confiance de la vie, je n'osai plus!… Je n'osai plus passer ce seuil noir et béant dans les ténèbres… Je reculai; je m'enfuis presque avec mon fardeau! Je rentrai chez moi de plus en plus épouvanté. Je replaçai le corps d'Alberte sur le canapé, et je recommençai, accroupi sur les genoux auprès d'elle, les suppliantes questions : "Que faire ? que devenir ?…" Dans l'écroulement qui se faisait en moi, l'idée insensée et atroce de jeter le corps de cette belle fille, ma maîtresse de six mois! par la fenêtre, me sillonna l'esprit. Méprisez-moi! J'ouvris la fenêtre… j'écartai le rideau que vous voyez là… et je regardai dans le trou d'ombre au fond duquel était la rue, car il faisait très sombre cette nuit-là. On ne voyait point le pavé. "On croira à un suicide", pensai-je, et je repris Alberte, et je la soulevai… Mais voilà qu'un éclair de bon sens croisa la folie! "D'où se sera-t-elle tuée? D'où sera-t-elle tombée si on la trouve sous ma fenêtre demain?…" me demandai-je. L'impossibilité de ce que je voulais faire me souffleta! J'allai refermer la fenêtre, qui grinça dans son espagnolette. Je retirai le rideau de la fenêtre, plus mort que vif de tous les bruits que je faisais. D'ailleurs, par la fenêtre, sur l'escalier, dans le corridor, partout où je pouvais laisser ou jeter le cadavre, éternellement accusateur, la profanation était inutile. L'examen du cadavre révélerait tout, et l'œil d'une mère, si cruellement avertie, verrait tout ce que le médecin ou le juge voudrait lui cacher... Ce que j'éprouvais était insupportable, et l'idée d'en finir d'un coup de pistolet, en l'état lâche de mon âme *démoralisée* (un mot de l'Empereur que plus tard j'ai compris!), me traversa en regardant luire mes armes contre le mur de ma chambre. Mais que voulez-vous?... Je serai franc : j'avais dix-sept ans, et j'aimais... mon épée. C'est par goût et sentiment de race que j'étais soldat. Je n'avais jamais vu le feu, et je voulais le voir. J'avais l'ambition militaire. Au régiment nous plaisantions de Werther[1], un héros du temps, qui nous faisait pitié, à nous autres officiers! La pensée qui m'empêcha de me soustraire, en me tuant, à l'ignoble peur qui me tenait toujours, me conduisit à une autre qui me parut le salut même dans l'impasse où je me tordais! "Si j'allais trouver le colonel?" me dis-je. Le colonel, c'est la paternité militaire, et je m'habillai comme on s'habille quand bat la générale[2], dans une surprise... Je pris mes pistolets par une précaution de soldat. Qui savait ce qui pourrait arriver?... J'embrassai une dernière fois, avec le sentiment qu'on a à dix-sept ans – et on est toujours sentimental à dix-sept ans –, la bouche muette, et qui l'avait été toujours, de cette belle Alberte trépassée, et qui me comblait depuis six mois de ses plus enivrantes faveurs... Je descen-

---

1. Werther : personnage romantique des *Souffrances du jeune Werther* (1774) de Goethe que sa sensibilité exacerbée conduit au suicide.
2. Générale : rassemblement général.

dis sur la pointe des pieds l'escalier de cette maison où je laissais la mort… Haletant comme un homme qui se sauve, je mis une heure (il me sembla que j'y mettais une heure!) à déverrouiller la porte de la rue et à tourner la grosse clé dans son énorme serrure, et après l'avoir refermée avec les précautions d'un voleur, je m'encourus, comme un fuyard, chez mon colonel.

» J'y sonnai comme au feu. J'y retentis comme une trompette, comme si l'ennemi avait été en train d'enlever le drapeau du régiment! Je renversai tout, jusqu'à l'ordonnance[1] qui voulut s'opposer à ce que j'entrasse à pareille heure dans la chambre de son maître, et une fois le colonel réveillé par la tempête du bruit que je faisais, je lui dis tout. Je me confessai d'un trait et à fond, rapidement et crânement, car les moments pressaient, le suppliant de me sauver…

» C'était un homme que le colonel! Il vit d'un coup d'œil l'horrible gouffre dans lequel je me débattais… Il eut pitié du plus jeune de *ses enfants*, comme il m'appela, et je crois que j'étais alors assez dans un état à faire pitié! Il me dit, avec le juron le plus français, qu'il fallait commencer par décamper immédiatement de la ville, et qu'il se chargerait de tout… qu'il verrait les parents dès que je serais parti, mais qu'il fallait partir, prendre la diligence qui allait relayer dans dix minutes à l'*Hôtel de la Poste*, gagner une ville qu'il me désigna et où il m'écrirait… Il me donna de l'argent, car j'avais oublié d'en prendre, m'appliqua cordialement sur les joues ses vieilles moustaches grises, et dix minutes après cette entrevue, je grimpais (il n'y avait plus que cette place) sur l'impériale de la diligence, qui faisait le même service que celle où nous sommes actuellement, et je

---

1. Ordonnance : soldat attaché au service d'un officier.

passais au galop sous la fenêtre (je vous demande quels regards j'y jetai) de la funèbre chambre où j'avais laissé Alberte morte, et qui était éclairée comme elle l'est ce soir. »

Le vicomte de Brassard s'arrêta, sa forte voix un peu brisée. Je ne songeais plus à plaisanter. Le silence ne fut pas long entre nous.

« Et après ? lui dis-je.

— Eh bien ! voilà, répondit-il, il n'y a pas d'après ! C'est cela qui a bien longtemps tourmenté ma curiosité exaspérée. Je suivis aveuglément les instructions du colonel. J'attendis avec impatience une lettre qui m'apprendrait ce qu'il avait fait et ce qui était arrivé après mon départ. J'attendis environ un mois ; mais, au bout de ce mois, ce ne fut pas une lettre que je reçus du colonel, qui n'écrivait guère qu'avec son sabre sur la figure de l'ennemi ; ce fut l'ordre d'un changement de corps. Il m'était ordonné de rejoindre le 35e, qui allait entrer en campagne, et il fallait que sous vingt-quatre heures je fusse arrivé au nouveau corps auquel j'appartenais. Les immenses distractions d'une campagne, et de la première ! les batailles auxquelles j'assistai, les fatigues et aussi les aventures de femmes que je mis par-dessus celle-ci, me firent négliger d'écrire au colonel, et me détournèrent du souvenir cruel de l'histoire d'Alberte, sans pouvoir pourtant l'effacer. Je l'ai gardé comme une balle qu'on ne peut extraire... Je me disais qu'un jour ou l'autre je rencontrerais le colonel, qui me mettrait enfin au courant de ce que je désirais savoir, mais le colonel se fit tuer à la tête de son régiment à Leipsick... Louis de Meung s'était aussi fait tuer un mois auparavant... C'est assez méprisable, cela, ajouta le capitaine, mais tout s'assoupit dans l'âme la plus robuste, et peut-être parce qu'elle est la plus robuste... La curiosité dévorante de savoir ce qui s'était passé après mon départ finit par me laisser tranquille. J'aurais pu depuis bien des années, et changé comme j'étais, revenir sans être reconnu dans cette petite ville-ci et m'informer du moins de ce qu'on savait, de ce qui y avait filtré de ma tragique aventure. Mais quelque chose qui n'est pas, certes, le respect de l'opinion, dont je me suis moqué toute ma vie, quelque chose qui ressemblait à cette peur que je ne voulais pas sentir une seconde fois, m'en a toujours empêché. »

Il se tut encore, ce dandy qui m'avait raconté, sans le moindre dandysme, une histoire d'une si triste réalité. Je rêvais sous l'impression de cette histoire, et je comprenais que ce brillant vicomte de Brassard, la fleur non *des pois*[1], mais des plus fiers pavots rouges du dandysme, le buveur grandiose de *claret*[2] à la manière anglaise, fût comme un autre, un homme plus profond qu'il ne paraissait. Le mot me revenait qu'il m'avait dit, en commençant, sur la *tache noire* qui, pendant toute sa vie, avait meurtri ses plaisirs de mauvais sujet... quand, tout à coup, pour m'étonner davantage encore, il me saisit le bras brusquement :

« Tenez ! me dit-il, voyez au rideau ! »

L'ombre svelte d'une taille de femme venait d'y passer en s'y dessinant !

« L'ombre d'Alberte ! fit le capitaine. Le hasard est par trop moqueur ce soir », ajouta-t-il avec amertume.

Le rideau avait déjà repris son carré vide, rouge et lumineux. Mais le charron, qui, pendant que le vicomte parlait, avait travaillé à son écrou, venait de terminer sa besogne.

---

1. « Fleur des pois » : homme à la mode, élégant. À « pois », Barbey préfère le terme de « pavots ».
2. Claret : vin rouge, selon les Anglais.

Les chevaux de relais étaient prêts et piaffaient, se sabotant de feu[1]. Le conducteur de la voiture, bonnet d'astrakan aux oreilles, registre aux dents, prit les longes et s'enleva, et une fois hissé sur sa banquette d'impériale, cria, de sa voix claire, le mot du commandement, dans la nuit :

« Roulez ! »

Et nous roulâmes, et nous eûmes bientôt dépassé la mystérieuse fenêtre, que je vois toujours dans mes rêves, avec son rideau cramoisi.

---

1. « Se sabotant de feu » : faisant retentir leurs sabots avec fougue.

Arrêt sur lecture 2

Nouvelle la plus connue des *Diaboliques*, « Le Rideau cramoisi » est datée de 1866, et bien qu'écrite plus de quinze ans après « Le Dessous de cartes d'une partie de whist », elle occupe la première place dans l'ouvrage. Nous ne devons rien voir là qui soit le fruit du hasard : son auteur a voulu confier à cette histoire d'une passion mortifère la mission de donner le ton à son recueil. A-t-il souhaité que le livre aille *crescendo* dans l'horreur ? Il ne s'en explique pas. Toujours est-il que nous pénétrons dans l'univers ténébreux des *Diaboliques* par une forme d'effraction chère à Barbey d'Aurevilly : par une fenêtre dont le rideau, cramoisi comme au théâtre, se lève pour nous révéler une parcelle de l'enfer…

Really : de la réalité à la fiction

Barbey affectionne particulièrement les adverbes en «-ment», au point qu'il en parsème ses récits et que, selon les besoins de son écriture artiste, il en invente de nouveaux, insolites et étranges, ou crée pour eux de curieux emplois (« Il y a terriblement d'années », p. 41). Cette prédilection marquée est l'indice certain de son attachement au comment, la façon de raconter présentant pour lui souvent plus d'importance que l'histoire elle-même. On ne s'étonnera donc pas qu'après la dédicace le premier mot du recueil soit précisément un adverbe : *really*. Sa forme anglaise ajoute une touche de mystère à l'épigraphe* et lui confère ce rien de dandysme dont l'origine est britannique et qui s'accorde si bien à la personnalité du héros. « Really ? », questionneraient les sujets de Sa Majesté la reine Victoria. « Oui, c'est vrai », répondrait Barbey de ce côté-ci de la Manche.

Voilà qui rappelle la préface : « Ces histoires sont [...] vraies. Rien n'en a été inventé. » « Vraies », c'est-à-dire « réelles ». Dans un autre projet de préface, Barbey donnait encore plus de matérialité à cette vérité : « Tout vu. Tout touché du coude ou du doigt. » Notre préfacier ajoutait : « On n'en a pas nommé les personnages : voilà tout ! On les a masqués et on a démarqué leur linge. » « Tous les personnages de ces nouvelles sont réels, se vante-t-il ailleurs, et à Paris, on les nomme lorsque je les lis dans un salon. »

Cette précision a encouragé la critique à enquêter sur l'identité réelle des personnages et l'a conduite à des découvertes. Ainsi Brassard a-t-il été reconnu par nos contemporains comme le vicomte de Bonchamp, ami d'une maîtresse de l'auteur, la marquise Armance du Vallon (désignée dans la nouvelle sous la mystérieuse appellation de « marquise de V... »). Barbey, qui l'a évoqué en quelques endroits de ses *Memoranda*, rencontrait effectivement cet aristocrate dans le monde. Nous verrons plus loin comment il l'a dépeint.

Nous ignorons cependant qui inspira le personnage d'Alberte et si cette femme énigmatique a appartenu à l'histoire de Bonchamp. De la réalité à la fiction, les sources peuvent se mélanger et, de l'aveu même de Barbey dans sa correspondance, des « larves de réalité » se mêlent à des créations personnelles :

« Il n'y a pas de romancier dans le monde qui ne se soit inspiré de ce qu'il a vu et qui n'ait jeté ses inventions à travers ses souvenirs. **»**

Les secrets de la composition

« Le Rideau cramoisi » appartient à cette forme de fiction qualifiée d'« autodiégétique » parce que le récit de l'histoire (la diégèse) y est mené à la première personne. Le narrateur anonyme, qu'on soupçonne à maints indices d'être un avatar* de l'auteur lui-même, évoque le souvenir personnel d'une rencontre ; rencontre inattendue d'une de ses fréquentations du monde qu'il apprendra à mieux connaître dans l'intimité d'un tête-à-tête, et rencontre, aussi, avec l'horreur que lui communiquera le poignant récit de jeunesse de son compagnon de voyage. C'est dire que l'auteur troquera momentanément son rôle de narrateur contre celui d'auditeur et donnera la parole au vicomte de Brassard, qui entreprendra à son tour un récit à la première personne. De personnage, Brassard deviendra narrateur, puis retrouvera sa fonction première en fin de nouvelle. Passation de parole, relais de narration : nous avons affaire à une technique très en vogue parmi les nouvellistes du XIXe siècle : celle du récit enchâssé, dont Barbey, qui saura pousser le procédé à un degré de complexité extrême, donne ici l'un de ses exemples les plus simples.

Un récit dans le récit

Le récit premier (R1), celui du narrateur-auteur (N 1), contient intégralement le récit second (R2) du narrateur-personnage Brassard (N2). Le schéma de composition ci-dessous donne un aperçu approximatif des proportions des différentes parties de la nouvelle.

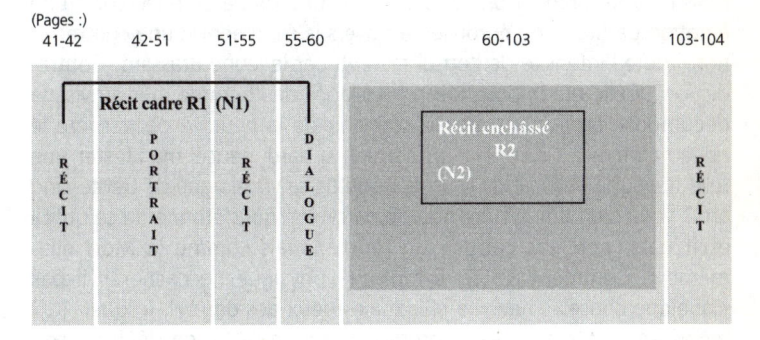

(Pages :)					
41-42	42-51	51-55	55-60	60-103	103-104

Récit cadre R1 (N1)				Récit enchâssé R2 (N2)	
RÉCIT	PORTRAIT	RÉCIT	DIALOGUE		RÉCIT

Le récit cadre : méandres et détours

Le rôle du récit cadre est d'introduire le récit enchâssé. Pour cette raison, il ne dépasse pas, d'ordinaire, quelques pages. Dans « Le Rideau cramoisi » (comme c'est le cas pour les autres titres du recueil), il occupe un espace anormalement étendu, retardant ainsi la narration de l'histoire diabolique et se jouant de l'impatience de ses destinataires (auditeurs ou lecteurs). C'est ici un tiers de la nouvelle qu'il consomme en considérations discursives, après la brève amorce de récit que constitue la page liminaire* consacrée aux circonstances de la rencontre avec Brassard. Au récit de ces circonstances et à l'évocation du cadre, le narrateur ne reviendra qu'après avoir brossé un portrait détaillé du personnage central. Ce long méandre sur le cours tranquille de la narration se justifie en partie par le désir de faire languir son auditoire et de ménager ainsi un suspense qui accroîtra finalement son plaisir. Mais là n'est pas son seul rôle. Cette ample pause répond aussi et surtout à la nécessité de renseigner les narrataires sur une personnalité dont ils seront amenés à récrire l'histoire, à la lueur de la terrible expérience de jeunesse exposée plus tard.

Les fonctions du portrait — Brassard est un homme selon le cœur de Barbey et l'auteur, certes, se complaît dans la peinture admirative de ce courageux dandy en qui il aimerait reconnaître un peu de lui-même. Mais l'intérêt premier de son portrait est de préparer le lecteur à une émotion particulière : éprouver, à travers le sentiment d'une contradiction, toute l'intensité de l'effroi ressenti par le jeune Brassard. Contradiction ? Celle qui oppose la virile vaillance de l'homme mûr au visage décomposé qu'il montrera au souvenir de la peur vécue derrière le rideau cramoisi. Comment un homme si hardi peut-il manifester une telle frayeur à l'évocation d'un épisode de sa vie éloigné de trente-cinq ans ? Voilà bien un mystère pour le narrateur, qui s'étonne de ce qu'« il était pâle, non pas comme un mort… mais comme la Mort elle-même ». Comment un tel symptôme physique ne cacherait-il pas « quelque chose » chez « le plus majestueux des dandys, lesquels […] méprisent toute émotion, comme inférieure » ? Si, en dépit de son flegme dandy, le héros n'a pas su réprimer l'expression de cette émotion c'est qu'elle doit être d'une intensité extrême, et si elle est de ce degré d'intensité c'est que « quelque chose » d'extraordinaire l'a suscitée...

Toute histoire qui, par son caractère extraordinaire, pourrait paraître incroyable, exige la caution d'un personnage digne de foi. Ce rôle de garant, le narrateur l'assume au titre de témoin. Il atteste la légendaire bravoure du héros, d'une part, et son surprenant (invraisemblable ?) changement de physionomie, d'autre part. Mais il ne l'assume qu'avec l'aide du héros lui-même. C'est en effet la personnalité rationaliste de Brassard quinquagénaire, peinte au début de la nouvelle, qui sert de garantie à l'authenticité des faits rapportés dans l'histoire. Le personnage de Brassard adulte prête ainsi sa caution à l'officier inexpérimenté qu'il a été à dix-sept ans.

Le rôle de la conversation – On le voit sur le schéma de composition donné plus haut, c'est un dialogue qui, contenu dans le récit cadre, mène au récit de Brassard. Après la longue parenthèse du portrait, le narrateur-auteur reprend son récit là où il l'avait abandonné, « à la patte d'oie du château de Rueil ». Dans le silence de la diligence, où les deux voyageurs sont tout à leurs pensées, un dialogue s'engage, motivé par une remarque inopinée de Brassard : « C'est singulier ! [...] on dirait que c'est toujours le même rideau ! » (p. 55). Cette mystérieuse exclamation, faite « comme s'il se parlait à lui-même », sert de déclencheur à une activité que Barbey apprécie entre toutes et qu'il pratique avec brio dans les salons : la conversation. Cet art mondain, « dernière gloire de l'esprit français » (« Le Dessous de cartes d'une partie de whist »), et que notre auteur trouvait encore plus admirable que l'art d'écrire, s'illustre à merveille dans *Les Diaboliques* dont les narrateurs sont tous de brillants causeurs. L'ivresse des « improvisation[s] sorcière[s] » que la causerie suscite chez les plus inspirés est à l'origine du projet aurevillien d'intituler son recueil « Ricochets de conversation ». Et si les nouvelles ont finalement pris le titre des *Diaboliques*, c'est aussi que le talent ici à l'œuvre relève de ce démoniaque pouvoir de séduction qui sait tenir un auditoire sous sa griffe.

De commentaires insidieux en questions pressantes, le narrateur du récit premier brave les réticences de Brassard et l'engage à poursuivre. Entre eux se joue une partie serrée – « Mais, fis-je, preste comme un coup de raquette [...] Il me renvoya mon volant » (p. 57) – qui se conclura par la victoire du curieux : le vicomte racontera son histoire.

Un narrateur omniprésent – Le récit second appartient à Brassard. Jamais pourtant le narrateur premier ne s'y laisse oublier, intervenant à une dizaine de reprises pour faire un commentaire, raconter une anecdote ou lancer une observation moqueuse qui n'est pas toujours du goût de son interlocuteur. Parfois même une bribe de dialogue vient rappeler que la conversation garde ses droits tout au long de la nouvelle – jusqu'à ce que l'auditeur, de plus en plus captivé par l'histoire, soit finalement réduit au silence. Les interventions du narrateur premier peuvent d'ailleurs être analysées comme un moyen de résister à l'emprise croissante du récit de Brassard (p. 92) :

> **Mais ils dormaient donc comme les Sept Dormants, les parents de cette Alberte ? fis-je railleusement, en coupant net les réflexions de l'ancien dandy par une plaisanterie, et pour ne pas paraître trop pris par son histoire, qui me prenait...**

Son omniprésence est également le reflet de celle de l'auteur dans le livre ; « présence réelle, énorme et continuelle », ainsi que l'a souligné l'écrivain Julien Gracq. Le narrateur premier est un filtre. Ses propres émotions nous indiquent quoi ressentir, et ses réflexions quoi penser. Voici ce qu'en dit, fort justement, l'auteur du *Rivage des Syrtes* (1951) :

> « L'émotion que Barbey d'Aurevilly souhaite éveiller chez le lecteur, il ne cherche pas à la provoquer directement : elle doit se communiquer à lui déjà amplifiée, réfractée, agrandie, jouée comme au théâtre par les mouvements communicatifs d'un auditoire supposé sous le charme, et rendu à chaque instant idéalement présent par l'art du conteur. »

Le narrateur premier est aussi un passeur. Inscrit comme narrataire dans le récit de Brassard sous la forme du « vous », c'est à lui que l'histoire est racontée et c'est à travers lui qu'elle fait son chemin jusqu'au lecteur. Pour mieux le rappeler, Barbey lui a imaginé un narrataire.

Destinataire interne et oralité du récit – Le destinataire interne du récit premier apparaît dès la première page de la nouvelle (p. 41) :

> Cette personne, très remarquable à tous égards, [...] était un homme que je <u>vous</u> demanderai la permission d'appeler le vicomte de Brassard.

Cet auditeur intradiégétique* appartient au présent de la narration. Il fait d'ailleurs partie du même milieu que le narrateur puisqu'il est supposé capable de lever le masque sur l'identité du personnage et connaître les usages dix-neuviémistes du Faubourg Saint-Germain (p. 51) :

> Mais quand on en est réellement [de bonne compagnie], vous savez bien qu'on se passe tout, au faubourg Saint-Germain !

Singulier ou pluriel, ce «vous» qui reviendra en plusieurs endroits du récit? Cette précision ne sera pas donnée. L'important est qu'à travers ce pronom le récit prenne la forme d'une conversation. Le narrateur rapporte oralement à un narrataire X l'histoire que lui a racontée, de vive voix, Brassard. Récit dans le récit, conversation dans la conversation : un bel exemple de mise en abyme* et une symétrie qui atteindrait la perfection si, comme celui de Brassard, le narrataire du récit premier était, non pas tout un auditoire, mais une personne unique. Cette unicité favoriserait aussi la création d'un autre effet de miroir entre, cette fois, le narrataire premier et le destinataire de l'ouvrage, autrement dit, le lecteur. Car, en dernière analyse, ce «vous» auquel s'adresse le narrateur premier est la représentation du «vous» auquel s'adresse l'auteur.

La présence d'un destinataire interne contribue à faire de la conversation l'autre héroïne de la nouvelle. Les mots ricochent d'une oreille à l'autre et le style tient à conserver les marques d'une oralité qui transforme le lecteur, lui aussi, en auditeur. Barbey a voulu placer le lecteur des *Diaboliques* dans la situation de celui qui entend une histoire et la narration en porte la trace. Questions («Qu'y avait-il donc derrière ces rideaux?», p. 53), commentaires incidents, annonces («et je dirai comment, plus tard, car il vaut la peine de le savoir», p. 42), exclamations, points de suspension… Tout, dans cette forme d'écriture – jusqu'aux circonvolutions des phrases truffées d'incises –, contribue à donner au lecteur l'impression d'être invité dans le présent de l'énonciation* pour y écouter un «étincelant causeur».

Huis clos

Des trois *Diaboliques* proposées à la lecture, « Le Rideau cramoisi » est probablement celle qui illustre le mieux le thème de l'enfermement structurant, à divers niveaux, l'ensemble de l'ouvrage. Lieux clos, points de vue rigoureusement cadrés, personnages énigmatiques, passion exclusive, toutes choses qui, valables pour l'ensemble des nouvelles du recueil, y expriment de manière particulièrement prégnante cet étouffant isolement du monde extérieur.

Du coupé à la chambre

Le cadre dans lequel s'inscrira le récit de Brassard est dépeint avec un soin attentif à créer cette atmosphère, mi-fantastique, mi-féerique, qui précède le sommeil et fait glisser lentement vers la porte des songes. La nuit se referme peu à peu sur la diligence d'où les objets extérieurs prennent « d'étranges physionomies » avant de sombrer dans une imprécision qui incite le narrateur à reporter son attention sur l'intérieur du coupé et sur l'univers de ses pensées. Le monde disparu, à peine rappelé par le bruit lancinant d'un balai sur le pavé et le narrateur note (p. 56-57) :

> Notre diligence endormie ressemblait à une voiture enchantée, figée par la baguette des fées, à quelque carrefour de clairière, dans la forêt de la Belle au Bois dormant.

Le conte peut commencer... et avec lui cet autre voyage, non plus dans l'espace, puisque la voiture accidentée est immobilisée, mais dans le temps et la mémoire. Au moment de l'entreprendre, Brassard ressent le besoin de s'isoler plus encore du reste du monde (p. 60) :

> ... il releva la glace qu'il avait baissée [...] quoiqu'il n'y eût personne autour de cette voiture, immobile et comme abandonnée...

C'est donc dans un confessionnal hermétiquement clos que se susurrera cette longue confidence, sous la protection conjuguée de l'obscurité et d'un silence tempéré du seul ronflement étouffé des autres voyageurs. Et les deux interlocuteurs pourraient s'y sentir à l'abri si la lueur cramoisie d'une fenêtre sur le fond noir de la ville endormie ne les empêchait de jouir sereinement du sentiment d'être les seules consciences en éveil. Ce rectangle rougeoyant diffuse, en effet, son mystère sur le paysage nocturne environnant, transformé par la magie des métaphores en espace fantasmagorique inquiétant. L'habitacle du bien nommé « coupé », chambre noire où se développent toutes les images de ce « fantastique de la réalité » que Barbey cherchait à révéler, est une préfiguration de la chambre du drame. Car c'est aussi dans le confinement d'un espace fermé que Brassard vivra l'expérience qui marquera à jamais ses plaisirs d'une « tache noire ». Alcôve promise à toutes les félicités, la chambre à coucher se transformera peu à peu en chambre des supplices. En geôle, d'abord, quand prisonnier de « ces six pieds carrés de chambre » le héros s'agite « comme un lionceau dans sa cage » (p. 83), attendant vainement un signe d'Alberte. En antichambre de l'enfer, encore, où il ne parvient plus à calmer par le frais contact de son « canapé de maroquin bleu » le feu qui l'habite. En repaire peu sûr où le plaisir est gâché par l'inquiétude d'être surpris. Et, finalement, en ce véritable enfer glacé de la chambre mortuaire. Cette gradation dans le tourment réduit d'ailleurs peu à peu l'espace intime au seul lit, qui en devient le pôle unique.

Le récit second tout entier figure une aggravation progressive de l'enfermement à travers une réduction graduelle de l'espace. Une succession d'emboîtements de l'extérieur vers l'intérieur nous y fait passer du plus vaste au plus étroit : du Cours de la ville à la pension bourgeoise, de la maison à l'appartement, de l'appartement à la chambre et de la chambre au lit. Un bel effet de cadrage et un remarquable coup de zoom du monde public à la sphère la plus privée, où se vivent de diaboliques tragédies intimes. Et de sa tragédie, Brassard sera tenté d'en sortir, comme le lecteur y a pénétré : par la fenêtre.

Fenêtres

Désignée par métonymie dans le titre de la nouvelle à travers l'évocation de son rideau, la fenêtre joue un rôle si essentiel dans le récit de Barbey qu'elle y tient quasiment la place d'un personnage. Ce statut, elle l'a déjà quand le narrateur voit, dans la lumière cramoisie qui luit à trois maisons de la diligence, l'indice de quelque mystérieux veilleur épargné par « l'assoupissement de l'animalité fatiguée » qui frappe les « petites villes aux mœurs réglées » (p. 53). Elle est au centre des préoccupations curieuses du voyageur qui développe à son sujet une rêverie poétique très proche des pièces baudelairiennes consacrées à ce thème (p. 53) :

> [...] je n'ai jamais pu voir une fenêtre, éclairée la nuit, dans une ville couchée, par laquelle je passais, sans accrocher à ce cadre de lumière un monde de pensées, sans imaginer derrière ces rideaux des intimités et des drames...

Qu'on rapproche notamment ces quelques mots de Barbey narrateur de cet extrait du poème XXXV du *Spleen de Paris* de Charles Baudelaire, intitulé, précisément, « Les Fenêtres » :

« Celui qui regarde du dehors à travers une fenêtre ouverte ne voit jamais autant de choses que celui qui regarde une fenêtre fermée. Il n'est pas d'objet plus profond, plus mystérieux, plus fécond, plus ténébreux, plus éblouissant qu'une fenêtre éclairée d'une chandelle. Ce qu'on peut voir au soleil est toujours moins intéressant que ce qui se passe derrière une vitre. Dans ce trou noir ou lumineux vit la vie, rêve la vie, souffre la vie. »

À la manière de l'Edgar Poe des *Histoires extraordinaires* – dont Baudelaire, ami de Barbey d'Aurevilly, était le traducteur français –, le narrateur premier du « Rideau cramoisi » insère ici dans son récit un indice servant à la fois à introduire l'objet futur de toutes les attentions et à préparer au drame qui se jouera derrière.

La fenêtre est un « cadre » qui découpe le réel en autant de tableaux offerts au regard. C'est du rectangle de la vitre du coupé que Brassard et son interlocuteur contemplent cet autre rectangle cramoisi, trou d'ombre dont le rougeoiement tout à la fois masque et révèle une profondeur que le regard et l'imagination cherchent à percer. La fenêtre délimite ce qui est donné à voir. Ouverture sur l'extérieur, elle constitue aussi une issue, une voie d'évasion aux deux sens du terme : évasion par le rêve (pour le narrateur) ou évasion par la fuite (pour le héros). Elle peut se refermer sur l'intimité (Brassard ferme la vitre du coupé pour parler à son aise) ou s'ouvrir sur une libération (il la rouvre avant de rapporter la manière dont il a fui). Ce double statut en fait un objet symbolique clé de la nouvelle et son inhérent mystère s'accorde on ne peut mieux à cette « esthétique du soupirail » qui détermine, chez Barbey, la manière de raconter une histoire.

L'esthétique du rideau entrouvert
Barbey confie à l'un des causeurs des *Diaboliques* (« Le Dessous de cartes d'une partie de whist ») le soin d'exposer la maxime cardinale de cette esthétique :

« Ce qu'on ne sait pas centuple l'impression de ce qu'on sait. Me trompé-je ? Mais je me figure que l'enfer, vu par un soupirail, devrait être plus effrayant que si, d'un seul et planant regard, on pouvait l'embrasser tout entier. »

La citation, très célèbre, est précédée d'une notation, beaucoup moins connue, qui prend ici toute son importance :

« Moi qui vous parle, j'ai vu dans mon enfance… non, vu n'est pas le mot ! j'ai deviné, pressenti, un de ces drames cruels, terribles, qui ne se jouent pas en public […], une de ces sanglantes comédies, comme disait Pascal, mais représentées à huis clos, derrière une toile de manœuvre, le rideau de la vie privée et de l'intimité. »

La fenêtre et les ondulations du rideau jouent, dans notre nouvelle, le rôle ici dévolu au soupirail : elles ne dévoilent qu'une partie de la réalité. La constatation, très baudelairienne, que tout ce qui est en partie voilé sollicite davantage l'imagination, a fait naître chez Barbey une conception de la narration fondée sur une nécessaire opacité. Pas d'omniscience dans *Les Diaboliques* : le lecteur n'apprendra de l'histoire contée que ce qu'en sait le narrateur… Et le narrateur n'en sait pas davantage que le héros ou le témoin :

Cette histoire, mon compagnon de route me la raconta comme il la savait, et il n'en savait que les surfaces. C'était assez pour pousser un esprit comme le mien à en pénétrer plus tard les profondeurs.

« En pénétrer plus tard les profondeurs »… Voilà qui laisse à l'auditeur – et au lecteur – le loisir de s'interroger sur tout ce que les lacunes du récit auront abandonné à l'ombre et auquel il devra, de lui-même, tenter de donner un sens. Car cette restriction intentionnelle de la connaissance a pour objectif, non pas de diminuer le nombre des questions soulevées par le récit, mais, au contraire, de l'augmenter; de multiplier les perspectives. Par ce parti pris s'explique l'inachèvement des histoires rapportées.

Et après ?
« Et après ? » demande le narrateur premier à la fin, brutale, du récit de Brassard. « Il n'y a pas d'après ! » lui répond celui-ci. Le héros ne sait rien de ce qui a suivi sa fuite éperdue de la chambre au rideau cramoisi. Et par quel phénomène étrange Alberte pourrait-elle être revenue d'outre-tombe montrer furtivement sa silhouette à la fenêtre ? L'histoire ne le dit pas. En bon rationaliste, Brassard accuse le « trop moqueur » hasard d'une impression trompeuse. Le narrateur n'ajoute aucun commentaire, mais revient au présent de l'énonciation* pour souligner une fois encore que la mystérieuse fenêtre hante désormais ses rêves. Alors, manifestation surnaturelle ou pas ? Le récit a ouvert un abîme. Au lecteur de le sonder, qui se retrouve ainsi lui aussi enfermé dans sa condition existentielle d'homme pétri de ténèbres. Mais le mystère de l'histoire réside moins dans cette apparition finale que dans l'étrangeté d'Alberte qui tient Brassard captif entre les griffes acérées de la passion.

La passion, un enfer en rouge et noir
On l'a vu, le récit premier donne pour cadre à la nouvelle un espace en noir et rouge. Noir comme la nuit, la « tache » de Brassard, le crime et toutes les noirceurs de l'âme ; rouge comme le rideau, la passion, le sang et les flammes de l'enfer. Avant que l'histoire proprement dite ne soit racontée, le lecteur est déjà conduit à se représenter l'univers de la fiction sous les couleurs traditionnelles du diable. Des couleurs qui sen-

tent le soufre, le stupre et la souffrance, comme dans *Les Fleurs du mal* de Charles Baudelaire que Barbey a défendues lors de leur procès en 1857 et avec lesquelles *Les Diaboliques* entretiennent bien des correspondances thématiques. Des couleurs dont la réunion rappelle aussi le roman stendhalien paru en 1830 et auquel Barbey emprunta peut-être la première scène de séduction d'Alberte. Ce chromatisme jette ses feux toxiques sur l'ensemble des *Diaboliques*, ourdissant tout un réseau souterrain d'associations à la faveur desquelles la conquête guerrière et la conquête amoureuse, combats et ébats, révèlent des similitudes inattendues. Ainsi le feu du combat auquel Brassard « poitrinait » (p. 47) évoque-t-il le feu du désir allumé par une Alberte incendiaire chez un jeune homme plutôt timoré (p. 73) :

> ... cette main que je sentais pénétrant la mienne, comme un foyer d'où rayonnaient et s'étendaient le long de mes veines d'immenses lames de feu !

ou, plus loin (p. 83) :

> Elle me tenait éveillé, cette Alberte d'enfer, qui me l'avait allumé dans les veines, puis qui s'était éloignée comme l'incendiaire qui ne retourne pas même la tête pour voir son feu flamber derrière lui !

Avec une certaine délectation dans la métaphore filée, Barbey multiplie les correspondances de cette nature, lesquelles se révèlent particulièrement efficaces pour signifier la différence d'attitude qui sépare le soldat de l'amant. La chaleur dégagée par la flamme du désir et reflétée par le rideau de la chambre s'oppose à l'image de froide impassibilité qu'Alberte sait donner en public. Car cet énigmatique suppôt de Satan aux yeux noirs souffle le froid et le chaud sur son amant qui en est réduit à chercher dans la fraîcheur de son canapé de maroquin bleu – seule couleur froide de la chambre – un remède contre son embrasement.

Ce rapprochement souterrain entre vie militaire et vie amoureuse – les deux pôles existentiels de Brassard – ne se nourrit pas seulement de la symbolique des couleurs et des sensations qui leur sont attachées. D'autres termes sont appelés à participer à ce réseau souterrain de métaphores, parmi lesquels le mot « corps ». Ainsi, après avoir abandonné le corps inerte d'Alberte dans la chambre et attendant dans une autre ville des nouvelles du drame, Brassard reçoit-il l'ordre d'un changement de corps !... Et le conteur note : « il fallait que sous vingt-quatre heures je fusse arrivé <u>au nouveau corps auquel j'appartenais</u> » (p. 102). Peut-on mieux signifier sa libération de l'emprise physique d'Alberte ? Car l'emprise psychologique perdurera encore trente-cinq ans sous la forme d'un souvenir obsédant dont Brassard parle, une fois de plus, en termes militaires comme d'« une balle qu'on ne peut extraire » (p. 102).

Toutes ses allusions militaires ne se justifient pas par les seules habitudes langagières du capitaine Brassard. À travers la relation d'équivalence tissée entre l'univers des combats et celui de la passion charnelle, Barbey entend donner à voir la lutte de l'homme contre ce diable en lui : un désir excessif qui conduit à la mort.

Tel est pris qui croyait prendre !

Dans le langage des hussards, on séduit une femme comme on prend une ville, en l'assiégeant. Brassard et son interlocuteur plaisantent sur le sujet (p. 58-59) :

> …Pour un homme comme vous, dans une petite ville de province où vous n'avez peut-être pas passé dix fois depuis votre première garnison, il n'y a qu'un siège que vous y auriez soutenu ou quelque femme que vous y auriez prise, par escalade, qui puisse vous consacrer si vivement la fenêtre d'une maison que vous retrouvez aujourd'hui éclairée d'une certaine manière, dans l'obscurité !
> – Je n'y ai cependant pas soutenu de siège… du moins militairement […] et, d'un autre côté, quand on se rend si vite la chose peut-elle s'appeler un siège ?... Mais quant à prendre une femme avec ou sans escalade, je vous l'ai dit, en ce temps-là, j'en étais parfaitement incapable… Aussi ne fut-ce pas une femme qui fut prise ici : ce fut moi !

Le héros, féminisé par un renversement des rôles amoureux où la femme a l'initiative, apparaît bien, en effet, comme une « prise » d'Alberte. Après que celle-ci lui a saisi la main, les métaphores de captation, dérivées des verbes prendre ou surprendre, réapparaissent aux moments clés du récit. Alberte ne cesse de prendre le héros par surprise, changeant de place à table et demeurant plusieurs semaines sans donner suite à son billet, puis apparaissant sans prévenir dans sa chambre alors qu'il ne l'attend plus, manifestant une audace étonnante puis gardant un étrange silence jusque dans l'intimité. Brassard, commentant les impressions de la première nuit d'amour, retrouve spontanément les mots prononcés en prélude au récit (p. 87) :

> Ce fut bien plus elle qui me prit dans ses bras que je ne la pris dans les miens...

Plus tard, devant l'évidence de la mort de sa maîtresse, il éprouve l'affreux sentiment d'être captif de son cadavre (p. 97) :

> ... je m'efforçai de raisonner la situation horrible dans laquelle j'étais pris... et d'arrêter, pour les fixer et les examiner, toutes les idées qui me fouettaient le cerveau comme une toupie cruelle, et qui toutes allaient, à chaque tour, se heurter à ce cadavre...

Dans cette guerre de séduction démente et fatale qu'il ne maîtrise à aucun moment, Brassard est dépossédé de la virilité courageuse dont il fait preuve au combat. Il a beau se rebeller : « Je me dis qu'il fallait avoir du sang-froid... que j'étais un homme après tout... que j'étais militaire » (p. 97). Il ne parvient plus à « mettre du rose ou du vermillon » aux pieds froids d'Alberte. La seule couleur qui s'impose à son regard est « ce seuil noir et béant dans les ténèbres », ce « trou d'ombre au fond duquel était la rue » et il ne lui reste plus qu'à courir se réfugier chez cette figure de « la paternité militaire » qu'est le colonel.

Le héros est dépossédé de ses moyens parce que possédé par une passion exclusive, plus forte que la retenue que pourrait lui inspirer l'inquiétante étrangeté d'Alberte. Et cette histoire de possession, qui finit par atteindre l'auditeur lui-même (il est « pris » par le récit), pourrait être comme la métaphore de l'art de séduire du conteur. Un brillant conteur n'est-il pas celui qui « prend » son auditoire, qui sait le surprendre en s'efforçant de n'être jamais là où on l'attend et qui le tient sous sa fascination jusqu'au dénouement ?

Les personnages

Brassard, un double fantasmatique de Barbey

Ainsi que nous avons déjà eu l'occasion de le remarquer, le vicomte capitaine de Brassard est un homme selon les vœux de Barbey. Il l'est même tellement qu'on ne peut manquer de voir dans ce personnage à la fois viril et raffiné, bretteur mais délicat, un double fantasmatique d'un auteur qui, dans ses *Diaboliques*, se peint partout tel qu'il est mais se rêve aussi tel qu'il voudrait être.

À la réalité de Barbey, Brassard emprunte son âge : il est à « cet instant de l'existence où l'on ne fait plus guère claquer » son fouet mais conserve une fierté héroïque face à la vieillesse. Il lui emprunte aussi ses origines normandes et ses convictions légitimistes : « Après l'abdication de l'Empereur, il était naturellement passé aux Bourbons, et, pendant les Cent-Jours, surnaturellement leur était demeuré fidèle » et « avait dédaigné de prendre du service sous la nouvelle dynastie des d'Orléans qu'il méprisait » (p. 44 et 46). Grand séducteur qui « avait, dit-on, beaucoup conquis » et auquel le narrateur a connu « sept maîtresses, en pied, à la fois », « ce bon *braguard* du XIXe siècle » est, enfin, le plus magnifique des dandys, insubordonné – comme seuls savent l'être les vrais dandys d'attitude – jusque dans l'exercice de ses fonctions militaires. Voici, à propos d'insubordination, ce qu'en écrit Barbey, en 1845, dans son essai *Du Dandysme et de George Brummell* :

« On l'a dit plus haut, mais on ne se lassera point de le répéter : ce qui fait le Dandysme, c'est l'indépendance. Autrement, il y aurait une législation du Dandysme, et il n'y en a pas. Tout Dandy est un oseur, mais un oseur qui a du tact, qui s'arrête à temps et qui trouve, entre l'originalité et l'excentricité, le fameux point d'intersection de Pascal. Voilà pourquoi Brummell ne put se plier aux contraintes de la règle militaire, qui est un uniforme aussi. Sous ce point de vue, il fut un détestable officier. M. Jesse, cet admirable chroniqueur qui n'oublie pas assez, raconte plusieurs anecdotes sur l'indiscipline de son héros. Il rompt les rangs dans les manœuvres, manque aux ordres de son colonel ; mais le colonel est sous le charme. Il ne sévit pas. »

Brassard possède également « ce mépris insouciant de la discipline » qui n'est toléré de la hiérarchie militaire que si l'on jouit d'une grâce personnelle : la bravoure, certes, dont l'indiscipline est l'une des formes, mais surtout cette beauté « qui ne séduit pas que les femmes, mais les circonstances elles-mêmes ». Car Brassard est beau, son portraitiste ne cesse de le souligner avec une insistance et une admiration propres, sans doute, à recouvrir d'un baume consolateur le sentiment désolant de sa propre laideur : Barbey se pense laid. Et sous sa plume, la beauté inaltérable de Brassard, « imposante comme la fierté qui ne veut pas déchoir », semble devoir pérenniser la grandeur des idéaux aristocratiques dont il déplore le déclin (p. 43) :

> Seulement, vieux ou non, ne mettez sous cette expression de « beau », que le monde a faite, rien du frivole, du mince et de l'exigu qu'il y met, car vous n'auriez pas la notion juste de mon vicomte de Brassard, chez qui, esprit, manières, physionomie, tout était large, étoffé, opulent, plein de lenteur patricienne, comme il convenait au plus magnifique dandy que j'aie connu, moi qui ai vu Brummell devenir fou, et d'Orsay mourir !

Un éloge hyperbolique quand on sait que Barbey vénérait Brummell ! Avant même d'entrer en littérature, le vicomte est donc en tout point un de ces êtres exceptionnels qu'on nomme des *personnages*. Plus dandy que les parangons du genre, aussi courageux que Murat, « le brave des braves » (et plus accompli que lui puisqu'il a aussi le sang-froid de Marmont), « beau de la beauté de l'empereur Nicolas », un homme d'une telle stature ne peut être comparé qu'à des légendes... Et si Barbey en a fait une valeureuse figure militaire c'est parce que cette gloire lui a été refusée et qu'il répare, dans la fiction, la secrète blessure qu'il en a gardée.

Pourtant, nous l'apprendrons bientôt, Brassard n'est si grand que parce qu'il a jadis connu un effroi sans commune mesure avec la peur qu'un militaire de sa trempe pourra jamais éprouver au combat. La révélation de cette expérience impose au lecteur de traverser la glorieuse barrière des apparences pour découvrir, avec l'indélébile « tache noire » dont elle l'a marqué, toute la profondeur du personnage.

Ce sphinx nommé Alberte

Dès son arrivée, Alberte apparaît comme étrange, déplacée dans un milieu qui est pourtant le sien. Brassard, en apprenant qu'elle est la fille de ses bourgeois de logeurs, s'en montre tout étonné (p. 69) :

> Leur fille ! Il était impossible d'être moins la fille de gens comme eux que cette fille-là ! […] entre elle et eux, il y avait l'abîme d'une race…

Sous cette surprise, il y a tout le mépris de Barbey pour les représentants de la « bourgeoisie insolente » dont le monde moderne a favorisé l'essor. Le récit de Brassard, lequel considère pourtant ses hôtes comme « de très braves gens », ne manque pas d'en souligner le grotesque (p. 70) :

> … comment cette grande fille-là était-elle sortie de ce gros bonhomme en redingote jaune vert et à gilet blanc, qui avait une figure couleur des confitures de sa femme, une loupe sur la nuque, laquelle débordait sa cravate de mousseline brodée, et qui bredouillait ?…

La physionomie d'Alberte, pas plus que son « air », n'a rien de la médiocrité qui, selon Barbey, caractérise sa classe. Les premières comparaisons de Brassard associent d'ailleurs la jeune fille aux plus hautes sphères aristocratiques (p. 69-70) :

> L'*Infante à l'épagneul*, de Vélasquez, pourrait, si vous la connaissez, vous donner une idée de cet air-là, qui n'était ni fier, ni méprisant, ni dédaigneux, non ! mais tout simplement impassible […]. Mlle Albertine (c'était le nom de cette archiduchesse d'altitude, tombée du ciel chez ces bourgeois comme si le ciel avait voulu se moquer d'eux) […] ne semblait pas plus la fille de l'un que de l'autre…

Alberte ne se contente pas seulement d'apparaître comme une aristocrate « tombée du ciel » chez les bourgeois. Cet être énigmatique d'une « race » à part, et dont le mystère ira grandissant tout au long de la nouvelle, prend peu à peu les traits de l'altérité absolue ; celle qui vous distingue non pas de votre seule famille ou de votre seule classe, mais de l'humanité tout entière (p. 69) :

> … cet air… qui la séparait, non pas seulement de ses parents, mais de tous les autres, dont elle semblait n'avoir ni les passions, ni les sentiments, vous clouait… de surprise, sur place…

Vélasquez a peint plusieurs portraits d'infantes parmi lesquels celui-ci qui représente Margaret.

En filigrane, derrière l'image de la pétrification, se dégage la terrifiante figure de la Méduse, non pas ange tombé du ciel, mais monstre remonté des enfers. Le mystère de ce personnage, distingué dès les premières pages du récit comme possédant un air qui n'est pas de cette terre, s'épaissit quand Alberte ajoute une audace imprévisible à son énigmatique impassibilité. Brassard, on l'a vu, en est si médusé qu'il se laisse déposséder d'un pouvoir d'initiative traditionnellement masculin. Sous son air impénétrable, Alberte a la poigne d'un homme. Sa main «un peu grande, et forte comme celle d'un jeune garçon» se révèle d'«un despotisme [...] intensément passionné». Coiffée à la Titus, dotée d'un «front néronien», la «diablesse de femme» est porteuse d'une démesure antique qui n'appartient à aucun sexe et acquiert, peu à peu, dans la nouvelle, la stature d'une créature mythique androgyne. Le jeune Brassard, « honteux [...] d'être moins homme que cette fille hardie », en est, littéralement, possédé et ce, avant même qu'elle manifeste, dans ses draps, une ardeur érotique qui semble incompatible avec son maintien d'une froide réserve. Obstinément muette jusque dans les élans d'amour les plus violents, Alberte et ses indéchiffrables yeux noirs en viennent à incarner, pour un amant stupéfait de ce silence, la légendaire et dangereuse impénétrabilité du sphinx (p. 90) :

> ... cette fille [...] me paraissait plus sphinx, à elle seule, que tous les Sphinx dont l'image se multipliait autour de moi, dans cet appartement Empire.

Le monstre mythologique à visage et buste de femme, au corps de lion et aux ailes d'oiseau finira par s'envoler... dans l'autre monde, sans avoir prononcé un mot d'explication. Comme à Œdipe, il aura posé à Brassard la question de la définition de l'homme. Se sera-t-il suicidé, avant de l'avoir entièrement dévoré, parce qu'il y aurait, d'une manière ou d'une autre, répondu ?

Le héros de l'histoire n'a levé qu'en partie le voile sur Alberte. Tout au plus a-t-il perçu que cette créature était, comme le sphinx, le résultat d'un assemblage inconciliable d'éléments – psychologiques – incompatibles. La figure qu'il emploie pour tenter de la définir est d'ailleurs de nature oxymorique* (p. 90) :

> Plus étrange personne ! Elle me produisait l'effet d'un épais et dur couvercle de marbre qui brûlait, chauffé par en dessous...

Alberte était-elle amoureuse ou ennuyée, une folle, une révoltée d'une impitoyable lucidité ? Voilà qui est proprement indécidable. Et c'est précisément de ne pouvoir y parvenir que Brassard, fragilisé jusque dans son âge mur, a été forcé à répondre à la question de qui il était, lui, en face d'une telle énigme. Le narrateur et le lecteur ont découvert le secret du colosse physique et moral qu'il est devenu : la tache noire, la fenêtre rouge, la question qui, éternellement présente comme la gêne du petit pois pour la princesse d'Andersen, l'auront contraint à devenir ce qu'il est.

A. S. L. 2

Textes à l'appui

Barbey en diligence

Voici, extrait des *Memoranda*, un passage, rédigé le 28 septembre 1856, où Barbey évoque en diariste* un voyage en diligence.

« Aujourd'hui, arrivé à Caen, à cinq heures du matin, par une pluie d'*abat*, car elle était mêlée d'un vent à tout abattre – une pluie *trombale* ! – J'étais, hier, parti d'Avranches à deux heures et demie. J'étais dans le coupé de la diligence avec deux femmes, l'une petite fille encore […], et l'autre trop femme, car elle commençait à se passer. Il y avait aussi une poupée, que la petite fille a habillée, déshabillée, *coiffée de nuit*, en me regardant de côté avec de longs regards obliques, et qu'elle a mise à dormir dans le hamac de son chapeau, pendu au filet. – C'était une fillette qui s'en retournait à Saint-Denys. – La femme qui l'accompagnait m'a fait l'effet d'une institutrice *à gages*, ou de *bonne volonté*. – Pas jolie ! pâle, froide, un peu guindée ; pas laide non plus, et plus distinguée de physionomie que ne le sont ordinairement ces sortes de femelles qu'on appelle des *institutrices*, et qui n'*instituent* guère que des ridicules ou des vices. – Nous n'avons rien dit qu'après Vire, longtemps après Vire. – Je m'étais retranché dans le plus superbe des silences. – Elles ont *fait mine* de lire, et toutes les autres mines que des créatures qui *veulent être remarquées*, cette éternelle obsession et tentation de la femme, savent déployer dans le compartiment de voiture où l'on est *incrusté* pour une dizaine d'heures ! – D'Avranches à Vire, le paysage plantureux, très vert, chargé de grosses masses d'arbres, un pays (encore tout à l'heure) à *coups de fusil*, si l'on en tirait. Mais, hélas ! si l'on a *chouanné* là, on n'y *chouannera* plus ! Royalistes, vous *n'irez plus au bois ; les lauriers sont coupés*, comme dit la chanson ! Je me demande comment s'appelleront les premiers partisans de la guerre civile de l'avenir ?…

Relâché à Vire pendant une heure et demie – *oimè !* – *Tout écrasait de pluie*, comme ils disent ici : énergique faute de français que j'aime ! – Dîné seul au *Cheval-Blanc*, dans un désert de quarante couverts, ran-

gés là... pour personne ! – Remonté en voiture, mes compagnes de routes ont *coqueté* et *cacqueté* leur toilette de nuit, elles se sont tapies et remuées dans leurs coins, comme des oiseaux au fond de leurs nids, et ont fini par attraper le sommeil à force de l'agacer, coquettes avec tout, ces diables de femmes, même avec le sommeil et son oubli ! – N'ayant plus de paysage à observer, j'ai pensé à ma chère dormeuse de... et cherché, dans les vagues ombres de la route, des profils de toits – rapidement effacés – qui m'auraient rappelé le toit du..., cette couverture de ma vie ! – Les femmes, au bout de deux à trois heures, se sont réveillées, et la petite fille a eu deux ou trois mouvements si naturels, que je me suis mis à causer avec cette *enfance* : le naturel, vainqueur de tout ! – Ai demandé à cette petite si elle connaissait, à Saint-Denys, Mme de L... – M'a répondu par un *oui* bien étonné, et ce nom qui m'est cher (Trébutien sait pourquoi) a été l'anneau par lequel notre conversation a passé, comme un long mouchoir de soie qu'on enfile dans la bague d'une femme. La *dueña* est intervenue un peu trop tôt dans les babillages de l'enfant, attirée et bientôt familière ; ma petite *Leïla* de voyage, mais que je n'ai pas emportée roulée dans mon portemanteau, comme Don Juan ! Ma *Leïla*, à moi, et dans un autre voyage, le voyage de la vie, est une grande demoiselle de seize ans, rose comme Briséis, ce qui me lasse l'épaule, que j'ai solide pourtant, quand elle y appuie sa grosse tête, faite comme la mienne, prétend sa mère.
[...]
Arrivé à Caen, jeté au lit de suite, et dormi jusqu'à huit heures. »

La main de Julien
La première scène de séduction d'Alberte n'est pas sans rappeler un épisode très célèbre du *Rouge et le Noir* (première partie, chapitre 9) de Stendhal dans lequel Julien Sorel se fait un devoir quasi militaire de se saisir de la main de Mme de Rênal.

« On s'assit enfin, Mme de Rênal à côté de Julien, et Mme Derville près de son amie. Préoccupé de ce qu'il allait tenter, Julien ne trouvait rien à dire. La conversation languissait.

« Serai-je aussi tremblant, et malheureux au premier duel qui me viendra ? » se dit Julien, car il avait trop de méfiance et de lui et des autres, pour ne pas voir l'état de son âme.

Dans sa mortelle angoisse, tous les dangers lui eussent semblé préférables. Que de fois ne désira-t-il pas voir survenir à Mme de Rênal quelque affaire qui l'obligeât de rentrer à la maison et de quitter le jardin ! La violence que Julien était obligé de se faire était trop forte pour que sa voix ne fût pas profondément altérée ; bientôt la voix de Mme de Rênal devint tremblante aussi, mais Julien ne s'en aperçut point. L'affreux combat que le devoir livrait à la timidité était trop pénible pour qu'il fût en état de rien observer hors lui-même. Neuf heures trois quarts venaient de sonner à l'horloge du château, sans qu'il eût encore rien osé. Julien, indigné de sa lâcheté, se dit : « Au moment précis où dix heures sonneront, j'exécuterai ce que, pendant toute la journée, je me suis promis de faire ce soir, ou je monterai chez moi me brûler la cervelle. »

Après un dernier moment d'attente et d'anxiété, pendant lequel l'excès de l'émotion mettait Julien comme hors de lui, dix heures sonnèrent à l'horloge qui était au-dessus de sa tête. Chaque coup de cette cloche fatale retentissait dans sa poitrine, et y causait comme un mouvement physique.

Enfin, comme le dernier coup de dix heures retentissait encore, il étendit la main et prit celle de Mme de Rênal, qui la retira aussitôt. Julien, sans trop savoir ce qu'il faisait, la saisit de nouveau. Quoique bien ému lui-même, il fut frappé de la froideur glaciale de la main qu'il prenait ; il la serrait avec une force convulsive ; on fit un dernier effort pour la lui ôter, mais enfin cette main lui resta.

Son âme fut inondée de bonheur, non qu'il aimât Mme de Rênal, mais un affreux supplice venait de cesser. Pour que Mme de Derville ne s'aperçût de rien, il se crut obligé de parler ; sa voix alors était éclatante et forte. Celle de Mme de Rênal, au contraire, trahissait tant d'émotion, que son amie la crut malade et lui proposa de rentrer. Julien sentit le danger : « Si Mme de Rênal rentre au salon, je vais retomber dans la position affreuse où j'ai passé la journée. J'ai tenu cette main trop peu de temps pour que cela compte comme un avantage qui m'est acquis. »

Au moment où Mme de Derville renouvelait la proposition de rentrer au salon, Julien serra fortement la main qu'on lui abandonnait.

Mme de Rênal, qui se levait déjà, se rassit, en disant, d'une voix mourante :

« Je me sens, à la vérité, un peu malade, mais le grand air me fait du bien. » »

à vous...

1 – Établissez un relevé de tous les termes ou expressions évoquant, dans la nouvelle, la couleur rouge.

2 – Dans son essai sur le dandysme, Barbey d'Aurevilly écrit : « Les esprits qui ne voient les choses que par leur plus petit côté ont imaginé que le Dandysme était surtout l'art de la mise, une heureuse et élégante dictature en fait de toilette et d'élégance extérieure. Très certainement c'est cela aussi ; mais c'est bien davantage. Le Dandysme est toute une manière d'être, et l'on n'est pas que par le côté matériellement visible. » Montrez que ce dandysme d'attitude correspond bien à Brassard.

3 – Analyse de tableau : *Portrait de l'infante Margaret* de Vélasquez. Relevez ce qui, dans la physionomie de l'infante, peut rappeler l'air d'Alberte tel qu'il est décrit par Brassard.

4 – Dans une lettre explicative au juge chargé d'instruire le procès des *Diaboliques*, Barbey d'Aurevilly écrivait : « J'ai fait de "mon capitaine Brassard" [...] un être faible, qui ne trouve pas dans son cœur la force de résister, à dix-sept ans, et pour lequel l'expiation commence quand, chargé du cadavre de sa maîtresse, il essaie de cacher avec elle ses douleurs et ses regrets. » Pouvez-vous justifier une telle interprétation ?

Le plus bel amour de Don Juan

> Le meilleur régal du diable, c'est une innocence.
>
> (A.)

I

« Il vit donc toujours, ce vieux mauvais sujet ?
— Par Dieu ! s'il vit ! et par l'ordre de Dieu, Madame, fis-je en me reprenant, car je me souvins qu'elle était dévote, et de la paroisse de Sainte-Clotilde encore, la paroisse des ducs ! Le roi est mort ! Vive le roi ! disait-on sous l'ancienne monarchie avant qu'elle fût cassée, cette vieille porcelaine de Sèvres. Don Juan, lui, malgré toutes les démocraties, est un monarque qu'on ne cassera pas.
— Au fait, le diable est immortel ! dit-elle comme une raison qu'elle se serait donnée.
— Il a même…
— Qui ?… le diable ?…
— Non, Don Juan… soupé, il y a trois jours, en goguette. Devinez où ?…

— À votre affreuse Maison-d'Or[1], sans doute...

— Fi donc, Madame ! Don Juan n'y va plus... il n'y a rien là à fricasser pour sa grandesse. Le seigneur Don Juan a toujours été un peu comme ce fameux moine d'Arnaud de Brescia[2] qui, racontent les Chroniques, ne vivait que du sang des âmes. C'est avec cela qu'il aime à roser son vin de Champagne, et cela ne se trouve plus depuis longtemps dans le cabaret des cocottes !

— Vous verrez, reprit-elle avec ironie, qu'il aura soupé au couvent des Bénédictines, avec ces dames...

— De l'Adoration perpétuelle, oui, Madame ! Car l'adoration qu'il a inspirée une fois, ce diable d'homme ! me fait l'effet de durer toujours.

— Pour un catholique, je vous trouve profanant, dit-elle lentement, mais un peu crispée, et je vous prie de m'épargner le détail des soupers de vos coquines, si c'est une manière inventée par vous de m'en donner des nouvelles que de me parler, ce soir, de Don Juan.

— Je n'invente rien, Madame. Les coquines du souper en question, si ce sont des coquines, ne sont pas les miennes... malheureusement...

— Assez, Monsieur !

— Permettez-moi d'être modeste. C'étaient...

— Les *mille è trè*[3] ?... fit-elle, curieuse, se ravisant, presque revenue à l'amabilité.

— Oh ! pas toutes, Madame... Une douzaine seulement. C'est déjà, comme cela, bien assez honnête...

---

1. Maison-d'Or : restaurant à la mode de 1840 à la fin du Second Empire.
2. Arnaud de Brescia : (v. 1100-v. 1155), moine et réformateur italien, accusé par saint Bernard de Clairvaux (auteur du mot cité par Barbey) d'être un disciple du théologien rationaliste Abélard.
3. *Mille è trè* : mille trois en italien. Allusion à l'opéra *Don Giovanni* de Mozart, qui cite le nombre légendaire des conquêtes de Don Juan.

— Et déshonnête aussi, ajouta-t-elle.

— D'ailleurs, vous savez aussi bien que moi qu'il ne peut pas tenir beaucoup de monde dans le boudoir de la comtesse de Chiffrevas. On a pu y faire des choses grandes ; mais il est fort petit, ce boudoir…

— Comment ? se récria-t-elle, étonnée. C'est donc dans le boudoir qu'on aura soupé ?…

— Oui, Madame, c'est dans le boudoir. Et pourquoi pas ? On dîne bien sur un champ de bataille. On voulait donner un souper extraordinaire au seigneur Don Juan, et c'était plus digne de lui de le lui donner sur le théâtre de sa gloire, là où les souvenirs fleurissent à la place des orangers. Jolie idée, tendre et mélancolique ! Ce n'était pas le *bal des victimes*[1] ; c'en était le souper.

— Et Don Juan ? dit-elle, comme Orgon dit : "Et Tartufe ?" dans la pièce.

— Don Juan a fort bien pris la chose et très bien soupé,

Lui, tout seul, devant elles !

dans la personne de quelqu'un que vous connaissez… et qui n'est pas moins que le comte Jules-Amédée-Hector de Ravila de Ravilès.

— Lui ! C'est bien, en effet, Don Juan », dit-elle.

Et, quoiqu'elle eût passé l'âge de la rêverie, cette dévote à bec et à ongles, elle se mit à rêver au comte Jules-Amédée-Hector, à cet homme de race Juan, de cette antique race Juan éternelle, à qui Dieu n'a pas donné le monde, mais a permis au diable de le lui donner.

---

1. Bal des victimes : dans l'opéra susmentionné, les victimes de la séduction de Don Juan l'invitent, pour le confondre, à un bal masqué.

II

Ce que je venais de dire à la vieille marquise Guy de Ruy était l'exacte vérité. Il y avait trois jours à peine qu'une douzaine de femmes du vertueux faubourg Saint-Germain (qu'elles soient bien tranquilles, je ne les nommerai pas!), lesquelles, toutes les douze, selon les douairières du commérage, avaient été du *dernier bien* (vieille expression charmante) avec le comte Ravila de Ravilès, s'étaient prises de l'idée singulière de lui offrir à souper, – *à lui seul d'homme* – pour fêter… quoi? elles ne le disaient pas. C'était hardi, qu'un tel souper; mais les femmes, lâches individuellement, en troupe sont audacieuses. Pas une peut-être de ce souper féminin n'aurait osé l'offrir chez elle, en tête à tête, au comte Jules-Amédée-Hector; mais ensemble, et s'épaulant toutes, les unes par les autres, elles n'avaient pas craint de faire la chaîne du baquet de Mesmer[1] autour de cet homme magnétique et compromettant, le comte de Ravila de Ravilès…

«Quel nom!

– Un nom providentiel, Madame…» Le comte de Ravila de Ravilès, qui, par parenthèse, avait toujours obéi à la consigne de ce nom impérieux, était bien l'incarnation de tous les séducteurs dont il est parlé dans les romans et dans l'histoire, et la marquise Guy de Ruy – une vieille mécontente, aux yeux bleus, froids et affilés, mais moins froids que son cœur et moins affilés que son esprit – convenait elle-même que, dans ce temps, où la question des femmes

---

1. Mesmer : médecin allemand (1733-1815) qui utilisait le magnétisme pour le traitement des maladies. Les malades formaient une chaîne autour du baquet.

perd chaque jour de son importance, s'il y avait quelqu'un qui pût rappeler Don Juan, à coup sûr ce devait être lui ! Malheureusement, c'était Don Juan au cinquième acte[1]. Le prince de Ligne ne pouvait faire entrer dans sa spirituelle tête qu'Alcibiade[2] eût jamais eu cinquante ans. Or, par ce côté-là encore, le comte de Ravila allait continuer toujours Alcibiade. Comme d'Orsay[3], ce dandy taillé dans le bronze de Michel-Ange, qui fut beau jusqu'à sa dernière heure, Ravila avait eu cette beauté particulière à la race Juan, à cette mystérieuse race qui ne procède pas de père en fils, comme les autres, mais qui apparaît çà et là, à de certaines distances, dans les familles de l'humanité.

C'était la vraie beauté, la beauté insolente, joyeuse, impériale, *juanesque* enfin ; le mot dit tout et dispense de la description ; et – avait-il fait un pacte avec le diable ? – il l'avait toujours… Seulement, Dieu retrouvait son compte ; les griffes de tigre de la vie commençaient à lui rayer ce front divin, couronné des roses de tant de lèvres, et sur ses larges tempes impies apparaissaient les premiers cheveux blancs qui annoncent l'invasion prochaine des Barbares et la fin de l'Empire… Il les portait, du reste, avec l'impassibilité de l'orgueil surexcité par la puissance ; mais les femmes qui l'avaient aimé les regardaient parfois avec mélancolie. Qui sait ? elles regardaient peut-être l'heure qu'il était pour elles à ce front ? Hélas, pour elles comme pour lui, c'était l'heure du terrible souper avec le froid Commandeur[4] de marbre

---

1. Don Juan au cinquième acte : Don Juan âgé.
2. Alcibiade : homme politique et général athénien, neveu de Périclès et ami de Socrate. Il vécut cinquante-quatre ans (v. 450-404 av. J.-C.).
3. D'Orsay : célèbre dandy, lieutenant de la garde de Louis XVIII et mort en 1852.
4. Commandeur : chevalier d'un ordre militaire ou hospitalier. Dans l'opéra de Mozart, Don Giovanni invite à souper la statue du commandeur qu'il avait tué. Celle-ci incarne l'instrument du destin, qui fait justice d'un crime en précipitant Don Juan en enfer.

blanc, après lequel il n'y a plus que l'enfer, l'enfer de la vieillesse, en attendant l'autre ! Et voilà pourquoi peut-être, avant de partager avec lui ce souper amer et suprême, elles pensèrent à lui offrir le leur et qu'elles en firent un chef-d'œuvre.

Oui, un chef-d'œuvre de goût, de délicatesse, de luxe patricien[1], de recherche, de jolies idées ; le plus charmant, le plus délicieux, le plus friand, le plus capiteux, et surtout le plus original des soupers. Original ! Pensez donc ! C'est ordinairement la joie, la soif de s'amuser qui donne à souper ; mais ici, c'était le souvenir, c'était le regret, c'était presque le désespoir, mais le désespoir en toilette, caché sous des sourires ou sous des rires, et qui voulait encore cette fête ou cette folie dernière, encore cette escapade vers la jeunesse revenue pour une heure, encore cette griserie, pour qu'il en fût fait à jamais !...

Les Amphitryonnes[2] de cet incroyable souper, si peu dans les mœurs trembleuses de la société à laquelle elles appartenaient, durent y éprouver quelque chose de ce que Sardanapale[3] ressentit sur son bûcher, quand il y entassa, pour périr avec lui, ses femmes, ses esclaves, ses chevaux, ses bijoux, toutes les opulences de sa vie. Elles, aussi, entassèrent à ce souper brûlant toutes les opulences de la leur. Elles y apportèrent tout ce qu'elles avaient de beauté, d'esprit, de ressources, de parure, de puissance, pour les verser, en une seule fois, en ce suprême flamboiement.

1. Patricien : noble et distingué comme un patricien romain, représentant de la classe supérieure des citoyens.
2. Amphitryonnes : d'après Amphitryon, personnage de la mythologie grecque, incarnation du mari trompé. Ici, hôte qui offre à dîner, d'après un vers de la pièce éponyme de Molière (« Le véritable Amphitryon / Est l'Amphitryon où l'on dîne »).
3. Sardanapale : dernier roi légendaire d'Assyrie, qui se serait suicidé en incendiant son palais assiégé. Cette fin tragique a notamment inspiré le célèbre tableau de Delacroix, *La Mort de Sardanapale* peint entre 1827 et 1828.

L'homme devant lequel elles s'enveloppèrent et se drapèrent dans cette dernière flamme était plus à leurs yeux qu'aux yeux de Sardanapale toute l'Asie. Elles furent coquettes pour lui comme jamais femmes ne le furent pour aucun homme, comme jamais femmes ne le furent pour un salon plein ; et cette coquetterie, elles l'embrasèrent de cette jalousie qu'on cache dans le monde et qu'elles n'avaient point besoin de cacher, car elles savaient toutes que cet homme avait été à chacune d'elles, et la honte partagée n'en est plus... C'était, parmi elles toutes, à qui graverait le plus avant son épitaphe dans son cœur.

Lui, il eut, ce soir-là, la volupté repue, souveraine, nonchalante, dégustatrice du confesseur de nonnes et du sultan. Assis comme un roi – comme le maître – au milieu de la table, en face de la comtesse de Chiffrevas, dans ce boudoir fleur de pêcher ou de... péché (on n'a jamais bien su l'orthographe de la couleur de ce boudoir), le comte de Ravila embrassait de ses yeux, bleu d'enfer, que tant de pauvres créatures avaient pris pour le bleu du ciel, ce cercle rayonnant de douze femmes, mises avec génie, et qui, à cette table, chargée de cristaux, de bougies allumées et de fleurs, étalaient, depuis le vermillon de la rose ouverte jusqu'à l'or adouci de la grappe ambrée, toutes les nuances de la maturité.

Il n'y avait pas là de ces jeunesses vert tendre, de ces petites demoiselles qu'exécrait Byron[1], qui sentent la tartelette et qui, par la tournure, ne sont encore que des épluchettes, mais tous étés splendides et savoureux, planureux automnes, épanouissements et plénitudes, seins éblouissants battant leur plein majestueux au bord découvert des

---

1. Byron : (1788-1824), écrivain et poète romantique anglais. On lui doit notamment un *Don Juan*.

corsages, et, sous les camées de l'épaule nue, des bras de tout galbe, mais surtout des bras puissants, de ces biceps de Sabines[1] qui ont lutté avec les Romains, et qui seraient capables de s'entrelacer, pour l'arrêter, dans les rayons de la roue du char de la vie.

J'ai parlé d'idées. Une des plus charmantes de ce souper avait été de le faire servir par des femmes de chambre, pour qu'il ne fût pas dit que rien eût dérangé l'harmonie d'une fête dont les femmes étaient les seules reines, puisqu'elles en faisaient les honneurs... Le seigneur Don Juan – branche de Ravila – put donc baigner ses fauves regards dans une mer de chairs lumineuses et vivantes comme Rubens[2] en met dans ses grasses et robustes peintures, mais il put plonger aussi son orgueil dans l'éther plus ou moins limpide, plus ou moins troublé de tous ces cœurs. C'est qu'au fond, et malgré tout ce qui pourrait empêcher de le croire, c'est un rude spiritualiste que Don Juan ! Il l'est comme le démon lui-même, qui aime les âmes encore plus que les corps, et qui fait même cette traite-là de préférence à l'autre, le négrier infernal !

Spirituelles, nobles, du ton le plus faubourg Saint-Germain, mais ce soir-là hardies comme des pages de la maison du Roi quand il y avait une maison du Roi et des pages, elles furent d'un étincellement d'esprit, d'un mouvement, d'une verve et d'un *brio* incomparables. Elles s'y sentirent supérieures à tout ce qu'elles avaient été dans leurs plus beaux soirs. Elles y jouirent d'une puissance inconnue qui

---

1. Sabines : allusion à la légende romaine de l'enlèvement des Sabines par les Romains qui voulaient se procurer des femmes. On raconte qu'une armée aurait été levée en riposte, mais que les Sabines s'étant interposées avec leurs nouveau-nés entre les combattants, les deux camps se seraient réconciliés.
2. Rubens : peintre flamand (1577-1640), connu pour le traitement pictural des formes féminines opulentes.

se dégageait du fond d'elles-mêmes, et dont jusque-là elles ne s'étaient jamais doutées.

Le bonheur de cette découverte, la sensation des forces triplées de la vie; de plus, les influences physiques, si décisives sur les êtres nerveux, l'éclat des lumières, l'odeur pénétrante de toutes ces fleurs qui se pâmaient dans l'atmosphère chauffée par ces beaux corps aux effluves trop forts pour elles, l'aiguillon des vins provocants, l'idée de ce souper qui avait justement le mérite piquant du péché que la Napolitaine demandait à son sorbet pour le trouver exquis[1], la pensée enivrante de la complicité dans ce petit crime d'un souper risqué, oui! mais qui ne versa pas vulgairement dans le souper régence; qui resta un souper faubourg Saint-Germain et XIXe siècle, et où de tous ces adorables corsages, doublés de cœurs qui avaient vu le feu et qui aimaient à l'agacer encore, pas une épingle ne tomba; toutes ces choses enfin, agissant à la fois, tendirent la harpe mystérieuse que toutes ces merveilleuses organisations portaient en elles, aussi fort qu'elle pouvait être tendue sans se briser, et elles arrivèrent à des octaves sublimes, à d'inexprimables diapasons... Ce dut être curieux, n'est-ce pas? Cette page inouïe de ses Mémoires, Ravila l'écrira-t-il un jour?... C'est une question, mais lui seul peut l'écrire... Comme je le dis à la marquise Guy de Ruy, je n'étais pas à ce souper, et si j'en vais rapporter quelques détails et l'histoire par laquelle il finit, c'est que je les tiens de Ravila lui-même, qui, fidèle à l'indiscrétion traditionnelle et caractéristique de la race Juan, prit la peine, un soir, de me les raconter.

---

1. Napolitaine au sorbet exquis : référence à Stendhal.

III

Il était donc tard, c'est-à-dire tôt ! Le matin venait. Contre le plafond et à une certaine place des rideaux de soie rose du boudoir, hermétiquement fermés, on voyait poindre et rondir une goutte d'opale, comme un œil grandissant, l'œil du jour curieux qui aurait regardé par là ce qu'on faisait dans ce boudoir enflammé. L'alanguissement commençait à prendre les chevalières de cette Table Ronde, ces soupeuses, si animées il n'y avait qu'un moment. On connaît ce moment-là de tous les soupers où la fatigue de l'émotion et de la nuit passée semble se projeter sur tout, sur les coiffures qui s'affaissent, les joues vermillonnées ou pâlies qui brûlent, les regards lassés dans les yeux cernés qui s'alourdissent, et même jusque sur les lumières élargies et rampantes des mille bougies des candélabres, ces bouquets de feu aux tiges sculptées de bronze et d'or.

La conversation générale, longtemps faite d'entrain, partie de volant où chacun avait allongé son coup de raquette, s'était fragmentée, émiettée, et rien de distinct ne s'entendait plus dans le bruit harmonieux de toutes ces voix, aux timbres aristocratiques, qui se mêlaient et babillaient comme les oiseaux, à l'aube, sur la lisière d'un bois... quand l'une d'elles – une voix de tête, celle-là ! –, impérieuse et presque impertinente, comme doit l'être une voix de duchesse, dit tout à coup, par-dessus toutes les autres, au comte de Ravila, ces paroles qui étaient sans doute la suite et la conclusion d'une conversation, à voix basse, entre eux deux, que personne de ces femmes, qui causaient, chacune avec sa voisine, n'avait entendue :

« Vous qui passez pour le Don Juan de ce temps-ci, vous

devriez nous raconter l'histoire de la conquête qui a le plus flatté votre orgueil d'homme aimé et que vous jugez, à cette lueur du moment présent, le plus bel amour de votre vie ?...»

Et la question, autant que la voix qui parlait, coupa nettement dans le bruit toutes ces conversations éparpillées et fit subitement le silence.

C'était la voix de la duchesse de ***. Je ne lèverai pas son masque d'astérisques; mais peut-être la reconnaîtrez-vous, quand je vous aurai dit que c'est la blonde la plus pâle de teint et de cheveux, et les yeux les plus noirs sous ses longs sourcils d'ambre, de tout le faubourg Saint-Germain. Elle était assise, comme un juge à la droite de Dieu, à la droite du comte de Ravila, le dieu de cette fête, qui ne réduisait pas alors ses ennemis à lui servir de marchepied; mince et idéale comme une arabesque et comme une fée, dans sa robe de velours vert aux reflets d'argent, dont la longue traîne se tordait autour de sa chaise, et figurait assez bien la queue de serpent par laquelle se terminait la croupe charmante de Mélusine[1].

«C'est là une idée! fit la comtesse de Chiffrevas, comme pour appuyer, en sa qualité de maîtresse de maison, le désir et la motion de la duchesse, oui, l'amour de tous les amours, inspirés ou sentis, que vous voudriez le plus recommencer, si c'était possible.

«Oh! je voudrais les recommencer tous!» fit Ravila avec cet inassouvissement d'empereur romain qu'ont parfois ces blasés immenses. Et il leva son verre de champagne, qui

---

1. Mélusine : héroïne féerique du *Roman de Mélusine* de Jean d'Arras (1394). Condamnée à voir, tous les samedis, la partie inférieure de son corps se transformer en serpent et à être vouée au malheur si on la surprend dans cet état, la fée exige de son mari la promesse de l'éviter ces jours-là. Le mari s'étant parjuré, elle disparaît sous la forme d'un serpent ailé. Cette histoire devint un des thèmes favoris de la poésie allemande romantique.

n'était pas la coupe bête et païenne par laquelle on l'a remplacée, mais le verre élancé et svelte de nos ancêtres, qui est le vrai verre de champagne, celui-là qu'on appelle une *flûte*, peut-être à cause des célestes mélodies qu'il nous verse souvent au cœur. Puis il étreignit d'un regard circulaire toutes ces femmes qui formaient autour de la table une si magnifique ceinture. «Et cependant, ajouta-t-il en replaçant son verre devant lui avec une mélancolie étonnante pour un tel Nabuchodonosor[1] qui n'avait encore mangé d'herbe que les salades à l'estragon du café Anglais, et cependant c'est la vérité, qu'il y en a *un* entre tous les sentiments de la vie, qui rayonne toujours dans le souvenir plus fort que les autres, à mesure que la vie s'avance, et pour lequel on les donnerait tous!

– Le diamant de l'écrin, dit la comtesse de Chiffrevas songeuse, qui regardait peut-être dans les facettes du sien.

– … Et de la légende de mon pays, reprit à son tour la princesse Jable… qui est du pied des monts Oural, ce fameux et fabuleux diamant, rose d'abord, qui devient noir ensuite, mais qui reste diamant, plus brillant encore noir que rose…» Elle dit cela avec le charme étrange qui est en elle, cette Bohémienne! car c'est une Bohémienne, épousée par amour par le plus beau prince de l'émigration polonaise, et qui a l'air aussi princesse que si elle était née sous les courtines des Jagellons[2].

Alors, ce fut une explosion! «Oui, firent-elles toutes. Dites-nous cela, comte!» ajoutèrent-elles passionnément, suppliantes déjà, avec les frémissements de la curiosité jusque dans les frissons de leurs cous, par derrière; se tas-

---

1. Nabuchodonosor : roi babylonien de 605 à 562 av. J.-C.
2. Sous les courtines des Jagellons : sous les rideaux de lit de la dynastie des Jagellons qui régna sur la Pologne et la Bohême de 1386 à 1572.

sant, épaule contre épaule ; les unes la joue dans la main, le coude sur la table ; les autres, renversées au dossier des chaises, l'éventail déplié sur la bouche ; le fusillant toutes de leurs yeux émerillonnés[1] et inquisiteurs.

« Si vous le voulez absolument..., dit le comte, avec la nonchalance d'un homme qui sait que l'attente exaspère le désir.

— Absolument ! dit la duchesse en regardant comme un despote turc aurait regardé le fil de son sabre – le fil d'or de son couteau de dessert.

— Écoutez donc », acheva-t-il, toujours nonchalant.

Elles se fondaient d'attention, en le regardant. Elles le buvaient et le mangeaient des yeux. Toute histoire d'amour intéresse les femmes ; mais qui sait ? peut-être le charme de celle-ci était-il, pour chacune d'elles, la pensée que l'histoire qu'il allait raconter pouvait être la sienne... Elles le savaient trop gentilhomme et de trop grand monde pour n'être pas sûres qu'il sauverait les noms et qu'il épaissirait, quand il le faudrait, les détails par trop transparents ; et cette idée, cette certitude leur faisait d'autant plus désirer l'histoire. Elles en avaient mieux que le désir ; elles en avaient l'espérance.

Leur vanité se trouvait des *rivales* dans ce souvenir évoqué comme le plus beau souvenir de la vie d'un homme, qui devait en avoir de si beaux et de si nombreux ! Le vieux sultan allait jeter une fois de plus le mouchoir... que nulle main ne ramasserait, mais que celle à qui il serait jeté sentirait tomber silencieusement dans son cœur...

Or, voici, avec ce qu'elles croyaient, le petit tonnerre inattendu qu'il fit passer sur tous ces fronts écoutants :

---

1. Émerillonnés : vifs, éveillés.

IV

« J'ai ouï dire souvent à des moralistes, grands expérimentateurs de la vie, dit le comte de Ravila, que le plus fort de tous nos amours n'est ni le premier, ni le dernier, comme beaucoup le croient; c'est le second. Mais en fait d'amour, tout est vrai et tout est faux, et, du reste, cela n'aura pas été pour moi... Ce que vous me demandez, Mesdames, et ce que j'ai, ce soir, à vous raconter, remonte au plus bel instant de ma jeunesse. Je n'étais plus précisément ce qu'on appelle un jeune homme, mais j'étais un homme jeune et, comme disait un vieil oncle à moi, chevalier de Malte[1], pour désigner cette époque de la vie, "j'avais fini mes caravanes[2]". En pleine force donc, je me trouvais en pleine *relation* aussi, comme on dit si joliment en Italie, avec une femme que vous connaissez toutes et que vous avez toutes admirée... »

Ici le regard que se jetèrent en même temps, chacune à toutes les autres, ce groupe de femmes qui aspiraient les paroles de ce vieux serpent, fut quelque chose qu'il faut avoir vu, car c'est inexprimable.

« Cette femme était bien, continua Ravila, tout ce que vous pouvez imaginer de plus distingué, dans tous les sens que l'on peut donner à ce mot. Elle était jeune, riche, d'un nom superbe, belle, spirituelle, d'une large intelligence d'artiste, et naturelle avec cela, comme on l'est dans votre monde, quand on l'est... D'ailleurs, n'ayant, dans ce

---

1. Chevalier de Malte : militaire appartenant à l'ordre religieux de Malte et qui faisait vœu de chasteté, d'obéissance et de pauvreté.
2. Finir ses caravanes : faire le nombre de campagnes exigé d'un chevalier de Malte à son entrée dans l'Ordre.

monde-là, d'autre prétention que celle de me plaire et de se dévouer ; que de me paraître la plus tendre des maîtresses et la meilleure des amies.

» Je n'étais pas, je crois, le premier homme qu'elle eût aimé... Elle avait déjà aimé une fois, et ce n'était pas son mari ; mais ç'avait été vertueusement, platoniquement, utopiquement, de cet amour qui exerce le cœur plus qu'il ne le remplit ; qui en prépare les forces pour un autre amour qui doit toujours bientôt le suivre ; de cet amour d'essai, enfin, qui ressemble à la messe blanche que disent les jeunes prêtres pour s'exercer à dire, sans se tromper, la vraie messe, la messe consacrée... Lorsque j'arrivai dans sa vie, elle n'en était encore qu'à la messe blanche. C'est moi qui fus la véritable messe, et elle la dit alors avec toutes les cérémonies de la chose et somptueusement, comme un cardinal. »

À ce mot-là, le plus joli rond de sourires tourna sur ces douze délicieuses bouches attentives, comme une ondulation circulaire sur la surface limpide d'un lac... Ce fut rapide, mais ravissant !

« C'était vraiment un être à part ! reprit le comte. J'ai vu rarement plus de bonté vraie, plus de pitié, plus de sentiments excellents, jusque dans la passion qui, comme vous le savez, n'est pas toujours bonne. Je n'ai jamais vu moins de manège, moins de pruderie et de coquetterie, ces deux choses si souvent emmêlées dans les femmes, comme un écheveau dans lequel la griffe du chat aurait passé... Il n'y avait point de chat en celle-ci... Elle était ce que ces diables de faiseurs de livres, qui nous empoisonnent de leurs manières de parler, appelleraient une nature primitive, parée par la civilisation ; mais elle n'en avait que les luxes charmants, et pas une seule de ces petites corruptions qui nous paraissent encore plus charmantes que ces luxes...

— Était-elle brune? interrompit tout à coup et à brûle-pourpoint la duchesse, impatientée de toute cette métaphysique.

— Ah! vous n'y voyez pas assez clair! dit Ravila finement. Oui, elle était brune, brune de cheveux jusqu'au noir le plus jais, le plus miroir d'ébène que j'aie jamais vu reluire sur la voluptueuse convexité lustrée d'une tête de femme, mais elle était blonde de teint, et c'est au teint et non aux cheveux qu'il faut juger si on est brune ou blonde, ajouta le grand observateur, qui n'avait pas étudié les femmes seulement pour en faire des portraits. C'était une blonde aux cheveux noirs...»

Toutes les têtes blondes de cette table, qui ne l'étaient, elles, que de cheveux, firent un mouvement imperceptible. Il était évident que pour elles l'intérêt de l'histoire diminuait déjà.

«Elle avait les cheveux de la Nuit, reprit Ravila, mais sur le visage de l'Aurore, car son visage resplendissait de cette fraîcheur incarnadine[1], éblouissante et rare, qui avait résisté à tout dans cette vie nocturne de Paris dont elle vivait depuis des années, et qui brûle tant de roses à la flamme de ses candélabres. Il semblait que les siennes s'y fussent seulement embrasées, tant sur ses joues et sur ses lèvres le carmin en était presque lumineux! Leur double éclat s'accordait bien, du reste, avec le rubis qu'elle portait habituellement sur le front, car, dans ce temps-là, on se coiffait en *ferronnière*[2], ce qui faisait dans son visage, avec ses deux yeux incendiaires dont la flamme empêchait de voir la couleur, comme un triangle de trois rubis! Élancée, mais robuste, majestueuse

---

1. Incarnadine : incarnat pâle, rose clair.
2. En ferronnière : ornement porté sur le front, chaînette ou bandeau garni d'un joyau en son milieu.

même, taillée pour être la femme d'un colonel de cuirassiers – son mari n'était alors chef d'escadron que dans la cavalerie légère –, elle avait, toute grande dame qu'elle fût, la santé d'une paysanne qui boit du soleil par la peau, et elle avait aussi l'ardeur de ce soleil bu, autant dans l'âme que dans les veines, – oui, présente et toujours prête... Mais voici où l'étrange commençait! Cet être puissant et ingénu, cette nature purpurine[1] et pure comme le sang qui arrosait ses belles joues et rosait ses bras, était... le croirez-vous? maladroite aux caresses... »

Ici quelques yeux se baissèrent, mais se relevèrent, malicieux...

« Maladroite aux caresses comme elle était imprudente dans la vie, continua Ravila, qui ne pesa pas plus que cela sur le renseignement. Il fallait que l'homme qu'elle aimait lui enseignât incessamment deux choses qu'elle n'a jamais apprises, du reste... à ne pas se perdre vis-à-vis d'un monde toujours armé et toujours implacable, et à pratiquer dans l'intimité le grand art de l'amour, qui empêche l'amour de mourir. Elle avait cependant l'amour; mais l'art de l'amour lui manquait... C'était le contraire de tant de femmes qui n'en ont que l'art! Or, pour comprendre et appliquer la politique du *Prince*, il faut être déjà Borgia[2]. Borgia précède Machiavel[3]. L'un est le poète; l'autre, le critique. Elle n'était nullement Borgia. C'était une honnête femme amou-

---

1. Purpurine : de couleur pourpre.
2. César Borgia : cardinal et condottiere italien (v. 1476-1507), dont le nom est devenu synonyme de vice et d'infamie en raison de son goût pour les intrigues politiques, de sa violence, de sa vie débauchée et d'une absence de scrupules qui le fit suspecter de complicité dans l'assassinat de son frère, auquel il succéda au poste de capitaine général de l'Église.
3. Machiavel : penseur politique italien (1469-1527) dont l'ouvrage le plus important, *Le Prince*, écrit en 1513, traite de la conquête et de la conservation du pouvoir. Il s'inspira du modèle de César Borgia pour justifier, très pragmatiquement, l'action de tout prince par l'efficacité et non par la morale.

reuse, naïve, malgré sa colossale beauté, comme la petite fille du dessus de porte, qui, ayant soif, veut prendre dans sa main de l'eau de la fontaine, et qui, haletante, laisse tout tomber à travers ses doigts, et reste confuse...

» C'était presque joli, du reste, que le contraste de cette confusion et de cette gaucherie avec cette grande femme passionnée, qui, à la voir dans le monde, eût trompé tant d'observateurs, qui avait tout de l'amour, même le bonheur, mais qui n'avait pas la puissance de le rendre comme on le lui donnait. Seulement je n'étais pas alors assez contemplateur pour me contenter de ce *joli d'artiste*, et c'est même la raison qui, à certains jours, la rendait inquiète, jalouse et violente – tout ce qu'on est quand on aime, et elle aimait! Mais, jalousie, inquiétude, violence, tout cela mourait dans l'inépuisable bonté de son cœur, au premier mal qu'elle voulait ou qu'elle croyait faire, maladroite à la blessure comme à la caresse! Lionne, d'une espèce inconnue, qui s'imaginait avoir des griffes, et qui, quand elle voulait les allonger, n'en trouvait jamais dans ses magnifiques pattes de velours. C'est avec du velours qu'elle égratignait!

– Où va-t-il en venir? dit la comtesse de Chiffrevas à sa voisine, car, vraiment, ce ne peut pas être là le plus bel amour de Don Juan!»

Toutes ces compliquées ne pouvaient croire à cette simplicité!

«Nous vivions donc, dit Ravila, dans une intimité qui avait parfois des orages, mais qui n'avait pas de déchirements, et cette intimité n'était, dans cette ville de province qu'on appelle Paris, un mystère pour personne... La marquise... elle était marquise...»

Il y en avait trois à cette table, et brunes de cheveux aussi. Mais elles ne cillèrent pas. Elles savaient trop que ce n'était pas d'elles qu'il parlait… Le seul velours qu'elles eussent, à toutes les trois, était sur la lèvre supérieure de l'une d'elles, lèvre voluptueusement estompée, qui, pour le moment, je vous jure, exprimait pas mal de dédain.

«… Et marquise trois fois, comme les pachas peuvent être pachas à trois queues! continua Ravila, à qui la verve venait. La marquise était de ces femmes qui ne savent rien cacher et qui, quand elles le voudraient, ne le pourraient pas. Sa fille même, une enfant de treize ans, malgré son innocence, ne s'apercevait que trop du sentiment que sa mère avait pour moi. Je ne sais quel poète a demandé ce que pensent de nous les filles dont nous avons aimé les mères. Question profonde! que je me suis souvent faite quand je surprenais le regard d'espion, noir et menaçant, embusqué sur moi, du fond des grands yeux sombres de cette fillette. Cette enfant, d'une réserve farouche, qui le plus souvent quittait le salon quand je venais et qui se mettait le plus loin possible de moi quand elle était obligée d'y rester, avait pour ma personne une horreur presque convulsive… qu'elle cherchait à cacher en elle, mais qui, plus forte qu'elle, la trahissait… Cela se révélait dans d'imperceptibles détails, mais dont pas un ne m'échappait. La marquise, qui n'était pourtant pas une observatrice, me disait sans cesse: "Il faut prendre garde, mon ami. Je crois ma fille jalouse de vous…"

»J'y prenais garde beaucoup plus qu'elle.

»Cette petite aurait été le diable en personne, je l'aurais bien défiée de lire dans mon jeu… Mais le jeu de sa mère était transparent. Tout se voyait dans le miroir pourpre de ce visage, si souvent troublé! À l'espèce de haine de la fille, je ne pouvais m'empêcher de penser qu'elle avait surpris le secret de sa mère à quelque émotion exprimée, dans quelque regard trop noyé, involontairement, de tendresse. C'était, si vous voulez le savoir, une enfant chétive, parfaitement indigne du moule splendide d'où elle était sortie, laide, même de l'aveu de sa mère, qui ne l'en aimait que davantage; une petite topaze brûlée... que vous dirai-je? une espèce de maquette en bronze, mais avec des yeux noirs... Une magie! Et qui, depuis...»

Il s'arrêta après cet éclair... comme s'il avait voulu l'éteindre et qu'il en eût trop dit... L'intérêt était revenu général, perceptible, tendu, à toutes les physionomies, et la comtesse avait dit même entre ses belles dents le mot de l'impatience éclairée : «Enfin!»

V

«Dans les commencements de ma liaison avec sa mère, reprit le comte de Ravila, j'avais eu avec cette petite fille toutes les familiarités caressantes qu'on a avec tous les enfants... Je lui apportais des sacs de dragées. Je l'appelais "petite masque" et très souvent, en causant avec sa mère, je m'amusais à lui lisser son bandeau sur la tempe – un bandeau de cheveux malades, noirs, avec des reflets d'amadou –, mais "la petite masque", dont la grande bouche avait un joli sourire pour tout le monde, recueillait, repliait son sourire pour moi, fronçait âprement ses sourcils, et, à force de se crisper, devenait d'une "petite masque" un vrai masque ridé de cariatide[1] humiliée, qui semblait, quand ma main passait sur son front, porter le poids d'un entablement sous ma main.

---

1. Cariatide : statue de femme soutenant une corniche sur sa tête.

» Aussi bien, en voyant cette maussaderie toujours retrouvée à la même place et qui semblait une hostilité, j'avais fini par laisser là cette sensitive, couleur de souci, qui se rétractait si violemment au contact de la moindre caresse… et je ne lui parlais même plus ! "Elle sent bien que vous la volez, me disait la marquise. Son instinct lui dit que vous lui prenez une portion de l'amour de sa mère." Et quelquefois, elle ajoutait dans sa droiture : "C'est ma conscience que cette enfant, et mon remords, sa jalousie."

» Un jour, ayant voulu l'interroger sur cet éloignement profond qu'elle avait pour moi, la marquise n'en avait obtenu que ces réponses brisées, têtues, stupides, qu'il faut tirer, avec un tire-bouchon d'interrogations répétées, de tous les enfants qui ne veulent rien dire… "Je n'ai rien… je ne sais pas", et voyant la dureté de ce petit bronze, elle avait cessé de lui faire des questions, et, de lassitude, elle s'était détournée…

» J'ai oublié de vous dire que cette enfant bizarre était très dévote, d'une dévotion sombre, espagnole, moyen âge, superstitieuse. Elle tordait autour de son maigre corps toutes sortes de scapulaires[1] et se plaquait sur sa poitrine, unie comme le dos de la main, et autour de son cou bistré, des tas de croix, de bonnes Vierges et de Saint-Esprits ! "Vous êtes malheureusement un impie, me disait la marquise. Un jour, en causant, vous l'aurez peut-être scandalisée. Faites attention à tout ce que vous dites devant elle, je vous en supplie. N'aggravez pas mes torts aux yeux de cette enfant envers qui je me sens déjà si coupable !" Puis, comme la conduite de cette petite ne changeait point, ne se modifiait point : "Vous finirez par la haïr, ajoutait la mar-

---

1. Scapulaires : petits morceaux d'étoffe bénits portés autour du cou en signe de dévotion.

quise inquiète, et je ne pourrai pas vous en vouloir." Mais elle se trompait : je n'étais qu'indifférent pour cette maussade fillette, quand elle ne m'impatientait pas.

» J'avais mis entre nous la politesse qu'on a entre grandes personnes, et entre grandes personnes qui ne s'aiment point. Je la traitais avec cérémonie, l'appelant gros comme le bras : "Mademoiselle", et elle me renvoyait un "Monsieur" glacial. Elle ne voulait rien faire devant moi qui pût la mettre, je ne dis pas en valeur, mais seulement en dehors d'elle-même… Jamais sa mère ne put la décider à me montrer un de ses dessins, ni à jouer devant moi un air de piano. Quand je l'y surprenais, étudiant avec beaucoup d'ardeur et d'attention, elle s'arrêtait court, se levait du tabouret et ne jouait plus…

» Une seule fois, sa mère l'exigeant (il y avait du monde), elle se plaça devant l'instrument ouvert avec un de ces airs *victime* qui, je vous assure, n'avait rien de doux, et elle commença je ne sais quelle partition avec des doigts abominablement contrariés. J'étais debout à la cheminée, et je la regardais obliquement. Elle avait le dos tourné de mon côté, et il n'y avait pas de glace devant elle dans laquelle elle pût voir que je la regardais… Tout à coup son dos (elle se tenait habituellement mal, et sa mère lui disait souvent : "Si tu tiens toujours ainsi, tu finiras par te donner une maladie de poitrine"), tout à coup son dos se redressa, comme si je lui avais cassé l'épine dorsale avec mon regard comme avec une balle ; et abattant violemment le couvercle du piano, qui fit un bruit effroyable en tombant, elle se sauva du salon… On alla la chercher ; mais ce soir-là, on ne put jamais l'y faire revenir.

» Eh bien, il paraît que les hommes les plus fats ne le sont jamais assez, car la conduite de cette ténébreuse enfant, qui m'intéressait si peu, ne me donna rien à penser sur le sentiment qu'elle avait pour moi. Sa mère, non plus. Sa mère, qui était jalouse de toutes les femmes de son salon, ne fut pas plus jalouse que je n'étais fat avec cette petite fille, qui finit par se révéler dans un de ces faits que la marquise, l'expansion même dans l'intimité, pâle encore de la terreur qu'elle avait ressentie, et riant aux éclats de l'avoir éprouvée, eut l'imprudence de me raconter.»

Il avait souligné, par inflexion, le mot d'*imprudence* comme eût fait le plus habile acteur et en homme qui savait que tout l'intérêt de son histoire ne tenait plus qu'au fil de ce mot-là!

Mais cela suffisait apparemment, car ces douze beaux visages de femmes s'étaient renflammés d'un sentiment aussi intense que les visages des Chérubins[1] devant le trône de Dieu. Est-ce que le sentiment de la curiosité chez les femmes n'est pas aussi intense que le sentiment de l'adoration chez les Anges?... Lui, les regarda tous, ces visages de Chérubins qui ne finissaient pas aux épaules, et les trouvant à point, sans doute, pour ce qu'il avait à leur dire, il reprit vite et ne s'arrêta plus:

«Oui, elle riait aux éclats, la marquise, rien que d'y penser! me dit-elle à quelque temps de là, lorsqu'elle me rapporta la chose; mais elle n'avait pas toujours ri! "Figurez-vous, me conta-t-elle (je tâcherai de me rappeler ses propres paroles), que j'étais assise là où nous sommes maintenant."

»(C'était sur une de ces causeuses qu'on appelait des *dos-à-dos*, le meuble le mieux inventé pour se bouder et se raccommoder sans changer de place.)

---

1. Chérubins : anges représentés sous la forme d'une tête d'enfant avec des ailes.

»Mais vous n'étiez pas où vous voilà, heureusement ! quand on m'annonça… devinez qui ?… vous ne le devineriez jamais… M. le curé de Saint-Germain-des-Prés. Le connaissez-vous ?… Non ! Vous n'allez jamais à la messe, ce qui est très mal… Comment pourriez-vous donc connaître ce pauvre vieux curé qui est un saint, et qui ne met le pied chez aucune femme de sa paroisse, sinon quand il s'agit d'une quête pour ses pauvres ou pour son église ? Je crus tout d'abord que c'était pour cela qu'il venait.

»Il avait dans le temps fait faire sa première communion à ma fille, et elle, qui communiait souvent, l'avait gardé pour confesseur. Pour cette raison, bien des fois, depuis ce temps-là, je l'avais invité à dîner, mais en vain. Quand il entra, il était extrêmement troublé, et je vis sur ses traits, d'ordinaire si placides, un embarras si peu dissimulé et si grand, qu'il me fut impossible de le mettre sur le compte de la timidité toute seule, et que je ne pus m'empêcher de lui dire pour première parole : "Eh ! mon Dieu ! qu'y a-t-il, monsieur le curé ?

»– Il y a, me dit-il, Madame, que vous voyez l'homme le plus embarrassé qu'il y ait au monde. Voilà plus de cinquante ans que je suis dans le saint ministère, et je n'ai jamais été chargé d'une commission plus délicate et que je comprisse moins que celle que j'ai à vous faire…"

»Et il s'assit, me demanda de faire fermer ma porte tout le temps de notre entretien. Vous sentez bien que toutes ces solennités m'effrayaient un peu… Il s'en aperçut.

»"Ne vous effrayez pas à ce point, Madame, reprit-il ; vous avez besoin de tout votre sang-froid pour m'écouter et pour me faire comprendre, à moi, la chose inouïe dont il s'agit, et qu'en vérité je ne puis admettre… Mademoiselle votre fille, de la part de qui je viens, est, vous le savez comme moi, un ange de pureté et de piété. Je connais son

LE PLUS BEL AMOUR DE DON JUAN

âme. Je la tiens dans mes mains depuis son âge de sept ans, et je suis persuadé qu'elle se trompe… à force d'innocence peut-être… Mais, ce matin, elle est venue me déclarer en confession qu'elle était, vous ne le croirez pas, Madame, ni moi non plus, mais il faut bien dire le mot… enceinte!"

»Je poussai un cri…

»"J'en ai poussé un comme vous dans mon confessionnal, ce matin, reprit le curé, à cette déclaration faite par elle avec toutes les marques du désespoir le plus sincère et le plus affreux! Je sais à fond cette enfant. Elle ignore tout de la vie et du péché… C'est certainement de toutes les jeunes filles que je confesse celle dont je répondrais le plus devant Dieu. Voilà tout ce que je puis vous dire! Nous sommes, nous autres prêtres, les chirurgiens des âmes, et il nous faut les accoucher des hontes qu'elles dissimulent, avec des mains qui ne les blessent ni ne les tachent. Je l'ai donc, avec toutes les précautions possibles, interrogée, questionnée, pressée de questions, cette enfant au désespoir, mais qui, une fois la chose dite, la faute avouée, qu'elle appelle un crime et sa damnation éternelle, car elle se croit damnée, la pauvre fille! ne m'a plus répondu et s'est obstinément renfermée dans un silence qu'elle n'a rompu que pour me supplier de venir vous trouver, Madame, et de vous apprendre son crime, car il faut bien que maman le sache, a-t-elle dit, et jamais je n'aurai la force de le lui avouer!"

»J'écoutais le curé de Saint-Germain-des-Prés. Vous vous doutez bien avec quel mélange de stupéfaction et d'anxiété! Comme lui et encore plus que lui, je croyais être sûre de l'innocence de ma fille; mais les innocents tombent souvent, même par innocence… Et ce qu'elle avait dit à son confesseur n'était pas impossible… Je n'y croyais pas… Je ne voulais pas y croire; mais cependant ce n'était pas impossible!... Elle n'avait que treize ans, mais elle était une femme, et cette précocité même m'avait effrayée... Une fièvre, un transport de curiosité me saisit.

» "Je veux et je vais tout savoir! dis-je à ce bonhomme de prêtre, ahuri devant moi et qui, en m'écoutant, débordait d'embarras son chapeau. Laissez-moi, monsieur le curé. Elle ne parlerait pas devant vous. Mais je suis sûre qu'elle me dira tout... que je lui arracherai tout, et que nous comprendrons alors ce qui est maintenant incompréhensible!"

» Et le prêtre s'en alla là-dessus, et dès qu'il fut parti, je montai chez ma fille, n'ayant pas la patience de la faire demander et de l'attendre.

» Je la trouvai devant le crucifix de son lit, pas agenouillée, mais prosternée, pâle comme une morte, les yeux secs, mais très rouges, comme des yeux qui ont beaucoup pleuré. Je la pris dans mes bras, l'assis près de moi, puis sur mes genoux, et je lui dis que je ne pouvais pas croire ce que venait de m'apprendre son confesseur.

» Mais elle m'interrompit pour m'assurer avec des navrements de voix et de physionomie que c'était vrai, ce qu'il avait dit, et c'est alors que, de plus en plus inquiète et étonnée, je lui demandai le nom de celui qui...

» Je n'achevai pas... Ah! ce fut le moment terrible! Elle se cacha la tête et le visage sur mon épaule... mais je voyais le ton de feu de son cou, par derrière, et je la sentais frissonner. Le silence qu'elle avait opposé à son confesseur, elle me l'opposa. C'était un mur.

» "Il faut que ce soit quelqu'un bien au-dessous de toi, puisque tu as tant de honte?..." lui dis-je, pour la faire parler en la révoltant, car je la savais orgueilleuse.

» Mais c'était toujours le même silence, le même engloutissement de sa tête sur mon épaule. Cela dura un temps qui me parut infini, quand tout à coup elle me dit sans se soulever : "Jure-moi que tu me pardonneras, maman."

» Je lui jurai tout ce qu'elle voulut, au risque d'être cent fois parjure, je m'en souciais bien ! Je m'impatientais. Je bouillais… Il me semblait que mon front allait éclater et laisser échapper ma cervelle…

» "Eh bien ! c'est M. de Ravila", fit-elle d'une voix basse ; et elle resta comme elle était dans mes bras.

» Ah ! l'effet de ce nom, Amédée ! Je recevais d'un seul coup, en plein cœur, la punition de la grande faute de ma vie ! Vous êtes, en fait de femmes, un homme si terrible, vous m'avez fait craindre de telles rivalités, que l'horrible "pourquoi pas ?" dit à propos de l'homme qu'on aime et dont on doute, se leva en moi… Ce que j'éprouvais, j'eus la force de le cacher à cette cruelle enfant, qui avait peut-être deviné l'amour de sa mère.

» "M. de Ravila ! fis-je, avec une voix qui me semblait dire tout, mais tu ne lui parles jamais ?" – Tu le fuis –, j'allais ajouter, car la colère commençait ; je la sentais venir… Vous êtes donc bien faux tous les deux ? Mais je réprimai cela… Ne fallait-il pas que je susse les détails, un par un, de cette horrible séduction ?… Et je les lui demandai avec une douceur dont je crus mourir, quand elle m'ôta de cet étau, de ce supplice, en me disant naïvement :

» "Mère, c'était un soir. Il était dans le grand fauteuil qui est au coin de la cheminée, en face de la causeuse. Il y resta longtemps, puis il se leva, et moi j'eus le malheur d'aller m'asseoir après lui dans ce fauteuil qu'il avait quitté. Oh ! maman !… c'est comme si j'étais tombée dans du feu. Je voulais me lever, je ne pus pas… le cœur me manqua ! et je sentis… tiens ! là, maman, que ce que j'avais… c'était un enfant !…"

La marquise avait ri, dit Ravila, quand elle lui avait raconté cette histoire ; mais aucune des douze femmes qui étaient autour de cette table ne songea à rire, ni Ravila non plus.

« Et voilà, Mesdames, croyez-le, si vous voulez, ajouta-t-il en forme de conclusion, le plus bel amour que j'aie inspiré de ma vie ! »

Et il se tut, elles aussi. Elles étaient pensives... L'avaient-elles compris ?

Lorsque Joseph était esclave chez Mme Putiphar[1], il était si beau, dit le Koran, que, de rêverie, les femmes qu'il servait à table se coupaient les doigts avec leurs couteaux, en le regardant. Mais nous ne sommes plus au temps de Joseph, et les préoccupations qu'on a au dessert sont moins fortes.

« Quelle grande bête, avec tout son esprit, que votre marquise, pour vous avoir dit pareille chose ! » fit la duchesse, qui se permit d'être cynique, mais qui ne se coupa rien du tout avec le couteau d'or qu'elle tenait toujours à la main.

La comtesse de Chiffrevas regardait attentivement dans le fond d'un verre de vin du Rhin, en cristal émeraude, mystérieux comme sa pensée.

« Et la petite masque ? demanda-t-elle.

— Oh ! elle était morte, bien jeune et mariée en province, quand sa mère me raconta cette histoire, répondit Ravila.

— Sans cela !... » fit la duchesse songeuse.

---

1. Mme Putiphar : femme d'un officier égyptien évoqué dans la Genèse. Elle tente vainement de séduire son intendant Joseph et, vexée de son refus, l'accuse auprès de Putiphar, qui l'emprisonne.

Arrêt sur lecture 3

Publiée à part en 1867 dans *La Situation*, «Le Plus Bel Amour de Don Juan» a été la première histoire du futur recueil à s'assortir du titre de *Diaboliques*. Paradoxalement, elle a pourtant dû attendre des années pour être reconnue comme la nouvelle la plus digne de cette appellation. Ce récit n'en finit pas de diviser la critique, qui en pense tout et son contraire. D'aucuns voient dans son héroïne l'incarnation de l'innocence même quand d'autres considèrent cette «petite masque» comme la figure la plus manifestement perverse du livre. Un relent de satanisme sourdrait encore, pour certains, de ces pages blasphématoires où rapprochements impies et non-dits témoigneraient d'une inversion des valeurs chrétiennes... Qu'en penser? Une chose au moins : le diabolisme du «Plus Bel Amour de Don Juan» repose, avant tout et surtout, sur la perversité de sa composition.

Une composition machiavélique

Une histoire inracontable ?
Résumer l'histoire du «Plus Bel Amour de Don Juan» n'est pas chose aisée. Essayons tout de même. Un narrateur raconte à une certaine «Madame» qu'il a évoquée devant la marquise Guy de Ruy un souper

auquel le comte Ravila de Ravilès lui a dit avoir été convié par douze de ses anciennes maîtresses et au cours duquel celles-ci lui ont enjoint de leur faire part de ce qu'il pensait être son plus bel amour. Le narrateur rapporte donc ce que Ravila lui a conté de ce souper et du récit que celui-ci fit à ses « amphitryonnes ». Dans cette nouvelle, les relais de narration sont si nombreux et la structure gigogne des récits si complexe qu'il n'est guère possible, sans incohérence, d'en témoigner dans un résumé. Le schéma ci-dessous nous aidera à y voir plus clair :

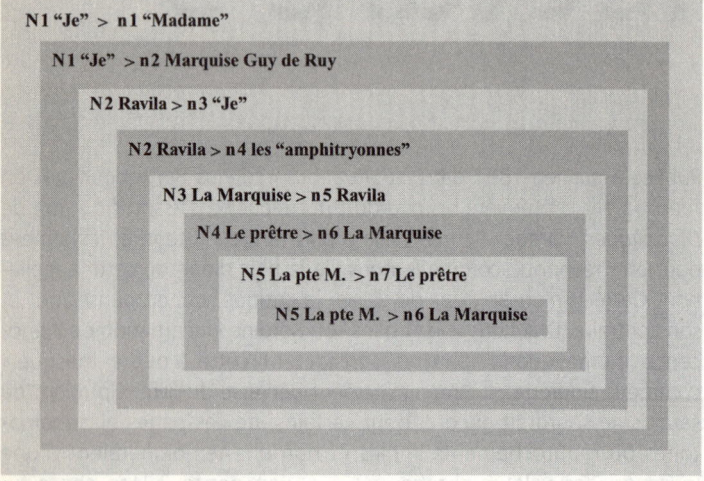

```
N1 "Je"  >  n1 "Madame"
  N1 "Je"  >  n2 Marquise Guy de Ruy
    N2 Ravila  >  n3 "Je"
      N2 Ravila  >  n4 les "amphitryonnes"
        N3 La Marquise  >  n5 Ravila
          N4 Le prêtre  >  n6 La Marquise
            N5 La pte M.  >  n7 Le prêtre
              N5 La pte M.  >  n6 La Marquise
```

(N = Narrateur, n = narrataire)

Vertigineuse mise en abyme*! Et si la nouvelle mérite bien le titre de « Diabolique », elle aurait tout autant – et plus qu'aucune autre – mérité celui de « Ricochets de conversation »… Le machiavélisme de la composition ne tient pas tant, cependant, à cet emboîtement interminable qu'au retardement de la révélation produite par cette forme de composition. Prenant sur ce point le relais du narrateur premier, Ravila s'emploie, mieux qu'aucun autre « causeur » des *Diaboliques*, à exacerber la curiosité de son auditoire. Il met ainsi une cruauté toute donjuanesque à tourmenter ses convives dont il connaît l'impatience de se retrouver dans la description de sa grande favorite. Sa révélation se fait attendre jusqu'à l'extrême fin du récit, court-circuitée et retardée par de malicieuses fausses pistes jetées en pâture, comme autant de faux espoirs, à la vanité féminine. Ravila savoure jusqu'à la dernière goutte le plaisir de se savoir en possession, à travers son rôle de narrateur, d'un puissant pouvoir de séduction qui réactive celui dont il a autrefois différemment joui auprès de toutes ses ex-maîtresses. La mention d'une brune marquise au teint clair en décevra quelques-unes, le temps, du moins, que l'aveu de ses insuffisances ne les relance dans la compétition secrète que toutes se livrent entre elles… Le prince des séducteurs tient les ficelles. Une invraisemblable prolifération de discours parasites – qui tiennent, en partie, il est vrai, à l'essence même de la conversation – ralentit constamment la progression du récit et diffère l'arrivée de « l'histoire ». Dans l'intégralité du chapitre 2 et le début du suivant, le narrateur premier, double du mythique séducteur, s'attardait déjà à décrire le souper offert à son héros, éveillant ainsi la curiosité de son interlocutrice sur un décor et des circonstances qui ne seront finalement que le cadre du récit de Ravila : le sujet annoncé par le titre devait encore se faire attendre. Le schéma page suivante tente de rendre compte de la place et de l'importance que prendra, finalement, l'histoire elle-même (le dernier rectangle à droite) au sein du récit-discours dont se compose la nouvelle.

Sur quelque vingt-cinq pages, à peine un paragraphe est consacré, en toute fin de nouvelle, à la révélation d'une histoire… qui n'en est même pas une !

Un simulacre d'histoire

En fin de compte, il ne s'est rien passé, si ce n'est dans l'esprit d'une adolescente. Et encore n'en saura-t-on rien de plus que la vingtaine de mots qu'elle en dit, la bien nommée « petite masque » restant à jamais muette sur l'univers mental où s'est fabriquée l'illusion d'être enceinte. Toute la nouvelle est construite autour d'un trou d'ombre. Le récit, gonflé des attentes fébriles de l'auditoire, débouche sur une méprise. Rien d'un spectaculaire qui soit à la mesure du Sardanapale devant lequel les « amphitryonnes » se drapent de leur dernière flamme (p. 134) : rien

RÉCIT PREMIER	RÉCIT SECOND		
N1 ("Je") > n1 ("Madame")	N2 (Ravila) > n1 (les "amphitryonnes")	N3 (La Marquise) > n2 (Ravila)	
PROLOGUE N1 n1 (MADAME)	RÉCIT CONTEXTE (selon Ravila)	N4 (le prêtre) > n3 (la Marquise)	N5 ("la petite Masque") > n4 (la Marquise)

Ch. I-III (129-141)	Ch. IV (142-148)	Ch. V (148-152)	Ch. V (152-154)	(154)

qu'une petite fille dont le physique, pas plus que l'esprit, ne brille d'aucun feu. Le dispendieux déploiement, en amont, de tant de détails discursifs, descriptifs et narratifs ressemble à un éléphant qui aurait accouché d'une souris, un rien, un simulacre d'histoire. La fille de la belle marquise n'a eu de relation avec Ravila que fantasmatique et, qui plus est, le Don Juan n'apprend l'histoire de cette méprise qu'à un moment où, l'intéressée étant décédée, cet amour secret n'a plus le moindre avenir.

Mise en scène de l'auditoire : le spectacle est dans la salle

Devant ce récit volontairement déceptif, l'auditoire manifeste son impatience. Barbey prend même un certain plaisir à en décrire les attitudes, mettant ainsi en scène les réactions attendues du lecteur. Lorsque Ravila glose sur le naturel de la marquise dont on croit qu'elle a été « le diamant de l'écrin » contenant toutes ses conquêtes, le narrateur dénonce lui-même la lenteur de son récit à travers l'intervention agacée d'une auditrice (p. 144) :

> – Était-elle brune ? interrompit tout à coup et à brûle-pourpoint la duchesse, impatientée de toute cette métaphysique.

Au moment où le cercle d'admiratrices apprend que ce « fabuleux diamant » est brun, « toutes les têtes blondes de cette table » font « un mouvement imperceptible ». Les attitudes de l'auditoire sont un miroir du talent du conteur et, en nonchalant séducteur sachant que « l'attente exaspère le désir », Ravila improvise son récit en fonction de celles qu'il suscite. « Frémissements de curiosité », « frissons », « yeux émerillonnés et inquisiteurs », « bouches attentives », autant d'indices d'un intérêt qu'il s'amuse à infléchir pour mieux le ranimer ensuite, jusqu'à ce que « fondant d'attention », son public féminin le boive et le mange des yeux (p. 148) :

> Il s'arrêta après cet éclair... comme s'il avait voulu l'éteindre et qu'il en eût trop dit... L'intérêt était revenu général, perceptible, tendu, à toutes les physionomies, et la comtesse avait dit même entre ses belles dents le mot de l'impatience éclairée : « Enfin ! »

L'histoire d'un récit

Connaissant toutes les ficelles de cet art, le narrateur en admire la maîtrise et en souligne les procédés. Ainsi, le terme d'imprudence que lâche habilement son héros « en homme qui sait que tout l'intérêt de son histoire ne tenait plus qu'au fil de ce mot-là ». Le porte-parole de Barbey outrepasse même son rôle de rapporteur pour anticiper la déception finale (p. 151) :

> ...car ces douze beaux visages de femmes s'étaient renflammés d'un sentiment aussi intense que les visages des Chérubins devant le trône de Dieu [...]. Lui, les regarda tous, ces visages [...], et les trouvant à point, sans doute, pour ce qu'il avait à leur dire, il reprit vite et ne s'arrêta plus.

Le beau parleur, comme tous les bonimenteurs de la séduction, sait jusqu'où il peut aller pour ne pas transformer le désir en lassitude. Mais le plus remarquable est ici la façon dont le narrateur premier se plaît – à travers ses descriptions de l'auditoire et ses interventions – à attirer l'attention du lecteur sur les procédures narratives mises en œuvre.

Intentionnellement frustrateur pour l'ensemble de ses auditrices (« Madame », « la marquise Guy de Ruy » et surtout les « amphitryonnes » qui sont, elles, véritablement impliquées), le récit peint surtout l'activité narrative elle-même. Le récit de l'aventure promise par le titre, celui d'une aventure dont on a constaté qu'elle n'avait pas d'histoire, devient alors l'histoire d'un récit.

À l'origine, la conversation

Cette métamorphose, très moderne, paraît assez conforme au projet aurevillien de mettre en évidence les lois de la « conversation ». Encore que, dans cette nouvelle, le récit se constitue moins à travers l'échange de « coups de raquette » verbaux qu'à travers l'intervention cumulée de narrateurs soucieux (surtout pour les deux principaux) de conserver la parole. « La conversation générale [...], partie de volant où chacun avait allongé son coup de raquette » (p. 138) s'est déjà « fragmentée » lorsque Ravila entreprend son récit et, dans le récit premier, l'interlocutrice du narrateur n'intervient que fort peu. « Le Plus Bel Amour de Don Juan » tiendrait donc plutôt d'un récit constitué par le moyen de ce qu'on appelle couramment le « téléphone arabe » : la « petite masque » a fait un aveu à son confesseur, qui l'a raconté à sa mère, qui l'a raconté à Ravila, qui l'a raconté à la tablée de ses amphitryonnes et également au narrateur, qui l'a raconté à la marquise Guy de Ruy avant de le raconter à une anonyme « Madame ». Les particularités de ce type de transmission sont ordinairement la déperdition et la transformation d'informations. Dans la nouvelle de Barbey, rien de tel : les anecdotes comme les descriptions, rapportées par des « causeurs » hors pair, semblent conserver toute leur fraîcheur et leur intégrité initiales... Car, plus que la mise en scène des multiples échanges qui ont conduit à la création de la nouvelle, c'est leur qualité qui importe ; une qualité dont témoigne ce brillant résultat.

Le langage des attitudes

Bien qu'en arrière-plan, la conversation est partout dans cette *Diabolique*. Et surtout dans les réactions des devisants*, réduits pour un temps au simple rôle d'auditeurs. À travers leurs attitudes, le lecteur voit ainsi, comme projetés à l'intérieur du récit, les sentiments qu'il pourrait éprouver lui-même en en découvrant l'histoire : moments d'impatience, agacement, puis curiosité, attente fébrile, accaparement... et, peut-être, déception et consternation, enfin, devant l'apparente banalité du pot aux roses... Les mouvements de l'auditoire dessinent également sous ses yeux une courbe où se lit – à un geste, à un regard baissé – une subtile évolution des personnages. Après audition du « petit tonnerre inattendu [que Ravila] fit passer sur tous ces fronts écoutants » (p. 141), les hôtes du Don Juan ne songent point à rire et affichent toutes un air pensif qui en dit long sur leur soudaine gravité méditative. Conçoivent-elles, devant la naïveté passionnée de « la petite masque », la légèreté de leur ancien attachement ? S'accusent-elles d'une frivolité qu'à l'évidence Don Juan prise moins qu'elles ne l'auraient pensé ? En tout état de cause, l'anecdote rapportée par leur ancien amant a, sur elles, l'effet d'une leçon et les incite à une réflexion rêveuse. « La comtesse de Chiffrevas regard[e] attentivement dans le fond d'un verre de vin du Rhin, en cristal émeraude, mystérieux comme sa pensée » et la nouvelle se termine sur une formule inachevée de la duchesse, aussi allusive qu'explicite (p. 156) :

> « – Et la petite masque ? demanda-t-elle.
> – Oh, elle était morte, bien jeune et mariée en province, quand sa mère me raconta cette histoire, répondit Ravila.
> – Sans cela !... » fit la duchesse songeuse.

Sans cela... cet amour avorté aurait probablement eu une suite, en dépit du manque de charmes de cette « enfant chétive, parfaitement indigne du moule splendide d'où elle était sortie ». La beauté et l'esprit trouvent une bien redoutable rivale en la sincérité de la passion qui s'accuse !

Un Don Juan de la narration

On l'a dit entre les lignes : à travers son porte-parole de narrateur, l'écrivain âgé qui compose ses *Diaboliques* se rêve en Don Juan de la narration. N'est-ce pas là une souveraine consolation, pour un homme qui a passé la ligne des aventures galantes, que de mesurer sa séduction de narrateur à l'adoration qui illumine le visage d'une femme à son écoute ? Voilà qui donne probablement le sentiment d'une puissance érotique retrouvée. À plus forte raison si ce pouvoir parvient à maintenir sous sa coupe jusqu'à une douzaine de femmes ! La transposition littéraire d'un secret désir aurevillien de renouer avec des plaisirs perdus ne fait aucun doute. La meilleure preuve en réside dans les prénoms dont il gratifie son personnage de séducteur. «Jules-Amédée-Hector» sont, en effet, les prénoms de Barbey lui-même et il n'y a rien d'innocent à ce qu'il les offre fictivement au comte «Ravis-la de Ravis-les», ainsi que pourrait s'orthographier son «providentiel» patronyme. L'auteur, par narrateur interposé, déplore que «les coquines» du souper ne soient pas les siennes (p. 130) et, outre sa légendaire séduction, le héros présente, avec lui, bien des points communs.

On citera, bien entendu, son talent de conteur mais aussi son âge. Comme Barbey, Ravila a atteint le cinquième acte de sa vie. C'est d'ailleurs pour tenter de dissiper l'amertume du vieillissement que ses maîtresses lui offrent ce dernier souper de «la jeunesse revenue». La mention de l'âge de Ravila revient dans le texte avec insistance. Le «vieux serpent», «le vieux sultan» (p. 141) n'a pourtant rien perdu de sa beauté «insolente, joyeuse, impériale, *juanesque*, enfin». Ravila, «incarnation de tous les séducteurs dont il est parlé dans les romans et dans l'histoire», jouit d'une beauté aussi intemporelle qu'éternelle : celle de la race *Juan*, «cette mystérieuse race qui ne procède pas de père en fils, comme les autres, mais qui apparaît çà et là, à de certaines distances, dans les familles de l'humanité» (p. 133). Barbey se plaît à des mises en scène narcissiques où il compense, à travers la fiction, les blessures d'une réalité injuste qui ne l'a pas pourvu d'autant d'atouts.

Un érotisme complaisant

L'évocation du mythe de Don Juan est pour lui l'occasion de plaider en faveur d'un type de femmes. Non pas des «épluchettes» «vert tendre» dont parlait Byron avec mépris et qui serviront peut-être de prototypes à la création de la «petite masque», mais des femmes à la Rubens, aux formes épanouies et qui, sous leurs charmes voluptueux de fruits mûrs, ne dédaignent pas de montrer une force martiale de Sabines. Dans la description physique de femmes du monde, qui valent aussi par leur naissance et la saveur de leur esprit, se dévoile un érotisme complaisant dont la puissance n'a pas pu manquer d'effaroucher les contemporains de Barbey. À ce vieux catholique militant, il fallait bien un personnage de Don Juan capable de justifier un attrait si manifeste et persistant pour les sortilèges féminins ! Celui de la nouvelle, amateur de ce que l'interlocutrice du narrateur appelle des «coquines», est, certes, crédité d'un spiritualisme qui le racheta peut-être aux yeux des puritains (p. 136) :

> C'est qu'au fond, et malgré tout ce qui pourrait empêcher de le croire, c'est un rude spiritualiste que Don Juan !

Ne le prouve-t-il pas, d'ailleurs, en élisant la pieuse «petite masque» plus bel amour de sa vie ? Pourtant, et c'est là que sans doute s'arrête l'identification de Barbey à son personnage, le spiritualisme de Don Juan n'a rien d'angélique. La suite de la citation ci-dessus le dit expressément, faisant écho à la phrase qui sert d'épigraphe à la nouvelle (p. 136) :

> Il l'est [spiritualiste] comme le démon lui-même, qui aime les âmes encore plus que les corps, et qui fait même cette traite-là de préférence à l'autre, le négrier infernal !

Cette précision rappelle le lecteur à la dimension satanique du personnage mythique de Don Juan. Traditionnellement, en effet, celui-ci incarne une aspiration impie à la liberté individuelle par laquelle il défie non seulement les codes sociaux mais aussi la morale chrétienne et Dieu lui-même.

Don Juan, grand blasphémateur

Lors de sa présentation de Ravila, le narrateur se réfère au livret du *Don Giovanni* de Mozart et, partant, au *Dom Juan* de Molière. C'est là chose fort imprudente pour un catholique, car la mémoire publique du XIXe siècle, ravivée par les versions romantiques du mythe, garde trace de la satire des faux vertueux proférée par le «grand seigneur méchant homme» de Molière. Mais Barbey n'en est pas à une imprudence près. Dès les premières pages du récit, son narrateur fait preuve d'une humeur blasphématrice qui appelle le commentaire réprobateur de sa dévote interlocutrice (p. 130) : «Pour un catholique, je vous trouve profanant...» L'association des Bénédictines aux coquines de Don Juan ne constitue pas, loin de là, le seul de ses blasphèmes de «causeur». Juste avant, le double de Barbey faisait mention de l'hérétique Arnaud de Brescia supposé s'être repu du sang des âmes. Plus loin, il cite la Napolitaine de Stendhal exigeant que son sorbet ait le goût du péché pour le trouver meilleur (p. 137). Il n'hésite pas encore à assimiler Ravila à Dieu (p. 139) et à poser une équivalence d'intensité entre la curiosité féminine et le sentiment d'adoration chez les anges (p. 151). Le comble, cependant, est à mettre au crédit de Ravila qui, évoquant sa splendide marquise, précise qu'elle n'avait connu jusqu'à lui qu'un amour d'essai platonique, comparable «à la messe blanche que disent les jeunes prêtres pour s'exercer à dire, sans se tromper, la vraie messe...» Et il poursuit (p. 143) :

> Lorsque j'arrivai dans sa vie, elle n'en était encore qu'à la messe blanche. C'est moi qui fus la véritable messe, et elle la dit alors avec toutes les cérémonies de la chose et somptueusement, comme un cardinal.

Peut-on manifester signe plus évident d'irréligiosité que de comparer l'acte sexuel à la messe consacrée – tout en suggérant d'ailleurs, sans la nommer, la seule messe qui puisse, dans la logique des couleurs, s'opposer à la «blanche», c'est-à-dire la noire? La parole sacrilège ne se trouve pas ici pour le simple plaisir de choquer les bourgeois, les «douairières du commérage», ni même les dévots «à bec et à ongles» du genre de la marquise Guy de Ruy. Elle préfigure la profanation suprême du dénouement, celle d'une «innocence» dont on dit que le diable s'en régale, comme le souligne l'épigraphe de la nouvelle. La récurrence des provocations blasphématoires, image de la spirale dans laquelle s'enferme le Don Juan mythique, rapproche Ravila et le narrateur, son complice, du Faust révolté dépeint par les romantiques.

Des relents de satanisme ?

Une question posée par le narrateur invite d'ailleurs à ce rapprochement : Ravila « avait-il fait un pacte avec le diable » pour conserver sa beauté ? (p. 133) La figure satanique fait de multiples apparitions dans la nouvelle, comme elle envahit le texte de l'ensemble des *Diaboliques*. Elle est certes rarement menaçante, plutôt « trivialisée », et réduite à une sorte de banale marionnette qu'on agiterait pour faire mine d'effrayer les enfants. Nombre d'expressions du langage courant sont ainsi convoquées pour « costumer » le texte des cornes et des ongles griffus de l'imagerie populaire : combien de « diable d'homme », de « diablesse », de « diablement », de « flammes » et de « feu », de « bûcher » et de « brûlure » ne viennent-ils pas colorer les récits d'une « plaisante » nuance infernale ? Barbey se divertit de tous ces jeux de langage parodiant la vision plébéienne du Mal à fourche et à chaudrons bouillonnants.

Pourtant, derrière ce badinage, se profile une image tragique du péché et de la damnation. Ne serait-ce déjà qu'à travers la vaste galerie de portraits d'antéchrists qui viennent étirer sur les récits leurs ombres d'autant plus menaçantes qu'elles ont, pour la plupart, appartenu au réel. La nouvelle du « Rideau cramoisi » était marquée par un défilé de combattants héroïques compensant l'apparition de sinistres créatures mythologiques (Méduse, Sphinx). Celle du « Plus Bel Amour de Don Juan » est, elle, traversée par un cortège de personnalités violentes ou sulfureuses : Arnaud de Brescia et son maître Abélard, suspectés d'hérésie ; Sardanapale et son tragique et sacrilège suicide ; l'idolâtre roi babylonien Nabuchodonosor, auteur de terribles massacres au royaume d'Israël selon le *Nabucco* de Verdi (1842) ; César Borgia et son zélateur Machiavel ; la diabolique Mme Putiphar de la Genèse et, à travers l'évocation du poète Byron, le satanique Don Juan de sa composition.

Le satanisme en littérature

Pour certains critiques actuels, Barbey d'Aurevilly, dans ses *Diaboliques*, et surtout dans « Le Plus Bel Amour de Don Juan », développerait des thèmes sataniques, s'inscrivant ainsi dans un courant romantique qui impliqua des auteurs comme Byron et Blake, en Angleterre, Lautréamont et Baudelaire, en France. Le terme de « satanisme » renvoie dans son acception littéraire à une magnification de Satan ou au modelage, à son image, de héros révoltés, protestant contre un ordre social inique, une morale et une religion hypocrites et oppressives. Le premier des réprouvés, banni du ciel pour s'être opposé au tyran d'en haut, apparaît, sous la plume des écrivains satanistes, comme un héros prométhéen, porteur du flambeau de la liberté humaine et du progrès. Malédictions, blasphèmes, crimes sont, chez eux, de mise, comme une inversion nécessaire des manifestations et symboles du Bien et du Mal. Baudelaire incrimine Dieu d'avoir créé « un monde où l'action n'est pas la sœur du rêve » et célèbre, dans *L'Art romantique* (1869), la libération spirituelle qui permettra aux artistes de projeter « des rayons splendides, éblouissants, sur le Lucifer latent qui est installé en tout cœur humain ». Avec l'intention de faire offense au Créateur, Pétrus Borel dépeint dans sa *Madame Putiphar* (1839) le triomphe des méchants dans un monde où le mal règne sans partage.

Empressons-nous de souligner que les tenants du satanisme littéraire se sont toujours tenus à l'écart du satanisme « vécu » des authentiques zélateurs de l'ange des ténèbres. Nul recours effectif, chez eux, aux messes noires ou aux pactes diaboliques. Pour eux, Satan est plus un symbole et un emblème qu'une entité aux pouvoirs réels de laquelle ils croiraient et pourraient penser à se soumettre.

Barbey sur le gril

Mais revenons à Barbey d'Aurevilly. Il n'est pas douteux qu'il se soit appliqué à diffuser dans ses *Diaboliques* un parfum de satanisme littéraire accordé aux choix immoraux de certains de ses personnages. Il paraît néanmoins assez hasardeux de lui prêter une connivence plus intime avec une forme de pensée qui contredirait ses convictions religieuses. Le thème de la profanation n'est, en ce sens, si présent dans

« Le Plus Bel Amour de Don Juan » que parce qu'il convient à la personnalité du noble libertin dont Ravila actualise le mythe. Il est vrai que l'inversion des valeurs chrétiennes est à l'œuvre dans ce souper pécheur au cours duquel le roi, le sultan, le dieu Ravila s'entoure de douze disciples femelles comme la Cène réunissait les douze apôtres autour de Jésus. Il est vrai, encore, que la fécondation hallucinatoire du corps de « la petite masque » par la seule force de son désir s'apparente au viol criminel d'une jeune âme innocente et évoque une sacrilège inversion du dogme catholique de l'Immaculée Conception. Mais Barbey n'a-t-il pas proclamé, dans sa préface, vouloir dépeindre avec hardiesse la domination du malin sur certaines âmes ? L'inversion est un mécanisme mental spontané chez un penseur pour qui « le Manichéisme n'est pas si bête » et « l'enfer est un ciel en creux ». Si Barbey s'applique à démontrer la permanence des manifestations du Diable, c'est pour ranimer la flamme du sacré en un siècle qui l'a laissée s'éteindre. Car, selon sa logique de la dualité, les contraires (Bien et Mal) ne peuvent exister isolément et ce sont ces manifestations diaboliques qui attestent, « en creux », l'existence de Dieu.

La mère, l'enfant, l'amant : un trio infernal

La rivalité amoureuse – « Le Plus Bel Amour de Don Juan » illustre, à sa façon bien particulière, le thème de la rivalité amoureuse. Non pas, comme dans le comique vaudevillesque, entre le mari, la femme et l'amant mais, tragiquement, entre la mère, l'amant et l'enfant. Le recueil des *Diaboliques* est marqué par la présence obsédante de ce troisième personnage, objet de désir et de haine, que les adultes soumettent aux pires atrocités. Les mères n'ont pas la fibre maternelle dans ces récits où la femme se montre entièrement accaparée par ses rapports à l'homme. Et, en dépit de signes d'affection rarement manifestés dans l'ouvrage, la mère de la « petite masque » ne fait pas exception. En face d'elle, la fillette du « Plus Bel Amour de Don Juan » n'a cependant rien d'une pauvre victime innocente et, malgré ce qu'il pourrait sembler de prime abord, elle joue un rôle actif dans la séduction et la déstabilisation de son Don Juan de « beau-père ».

Une anti-lolita – La « petite masque », *a priori*, n'a rien d'une lolita de treize ans, aux yeux de Ravila, qui ne voit en elle qu'une « enfant chétive », « petite topaze brûlée » dépourvue, même, du charme de la conversation. Rien en cette adolescente au physique ingrat ne préfigure la grâce opulente des ex-maîtresses du Don Juan, encore moins la « colossale beauté » de sa mère dont elle paraît « parfaitement indigne ». La femme n'est pas visible dans l'enfant et le portrait qu'en dresse Ravila pour ses convives en fait l'exact envers de la marquise. Le « beau-père » finit d'ailleurs par se désintéresser de ce « vrai masque ridé de cariatide humiliée » qui s'obstine au silence et se rétracte comme un animal sauvage à l'approche du moindre geste affectueux. « Cette sensitive, couleur de souci » sera pourtant celle qui laissera l'empreinte la plus forte dans le cœur du grand maître de la séduction.

L'insultante condescendance maternelle – Sa mère serait sans doute fort étonnée de l'apprendre et aussi blessée que les amphitryonnes de Ravila qui ne peuvent manquer de reconnaître en cette rivale inattendue l'exact contraire de ce qu'elles ont été pour leur amant. Car dans le rire déplacé que suscite chez elle la confession de sa fillette, il y a comme une insultante condescendance qui confine à la compassion. Comment son petit laideron de fille (sortie, laide, du moule parfait de son corps) a-t-elle eu l'audace d'imaginer la moindre possibilité d'échange amoureux avec cet amateur de belles femmes ? Ce ne peut être là qu'un stupide et naïf mot d'enfant, qu'elle ne songe pas même à avoir la prudence de taire à son involontaire inspirateur. Ravila le remarque, non sans étonnement (p. 151) :

> Sa mère, qui était jalouse de toutes les femmes de son salon, ne fut pas plus jalouse que je n'étais fat avec cette petite fille, qui finit par se révéler dans un de ces faits que la marquise, l'expansion même dans l'intimité, pâle encore de la terreur qu'elle avait ressentie, et riant aux éclats de l'avoir éprouvée, eut l'imprudence de me raconter.

Mais c'est la marquise, non sa fille, qui fait preuve là de naïveté. Que cette jalouse ne l'ait pas été en cette circonstance souligne son peu d'estime pour le potentiel de séduction de son enfant. Péché d'orgueil, qui la rend insouciante des préoccupations intimes de la fillette et indifférente au malaise que ne doit pas manquer de produire sur elle l'exhibition de ses irrépressibles émois d'amante. Vigilant, Ravila dit s'en être inquiété (p. 147-148) :

> La marquise, qui n'était pourtant pas une observatrice, me disait sans cesse : « Il faut prendre garde, mon ami. Je crois ma fille jalouse de vous... »
> J'y prenais garde beaucoup plus qu'elle.
> Cette petite aurait été le diable en personne, je l'aurais bien défiée de lire dans mon jeu... Mais le jeu de sa mère était transparent. Tout se voyait dans le miroir pourpre de ce visage, si souvent troublé ! À l'espèce de haine de la fille, je ne pouvais m'empêcher de penser qu'elle avait surpris le secret de sa mère à quelque émotion exprimée, dans quelque regard trop noyé, involontairement, de tendresse.

Tout à son sentiment amoureux et peu observatrice de ce qui ne regarde pas son amant, la marquise reste inconsciente du secret tourment de celle qui demeurera, pour elle aussi, une « petite masque ». Comment pourrait-elle se douter que les yeux de cette enfant hostile (« des yeux noirs... Une magie ! », s'émerveille Ravila) épient son amant à la dérobée ?

Le viol de Don Juan

Du « Plus Bel Amour de Don Juan », le fin mot de l'histoire tient en quelques lignes (p. 155) :

> Mère, c'était un soir. Il était dans le grand fauteuil qui est au coin de la cheminée, en face de la causeuse. Il y resta longtemps, puis il se leva, et moi j'eus le malheur d'aller m'asseoir après lui dans ce fauteuil qu'il avait quitté. Oh ! maman !... c'est comme si j'étais tombée dans du feu. Je voulais me lever, je ne pus pas... le cœur me manqua ! et je sentis... tiens ! là, maman, que ce que j'avais... c'était un enfant !...

Lorsque Ravila a entendu cette affabulation, il n'a pas dû rire, pas plus qu'il ne rit lorsqu'il la raconte à son auditoire féminin. Il a bien saisi toute l'implication sexuelle cachée derrière cet aveu arraché, quand la marquise n'y a vu qu'une méconnaissance enfantine des lois de la procréation. Fruit d'une imagination exaltée sujette aux élans mystiques, cette étreinte de feu témoigne d'un secret désir qui ne veut pas dire son nom. L'adolescente masquait sous sa morosité agressive une trouble convoitise de la sensualité puissante du Don Juan, et la chaleur ignifère qu'elle prête à l'assise du fauteuil n'est que le signe de son propre embrasement sexuel. Le fantasme de viol *in absentia** évoque la scélératesse des incubes de la croyance médiévale, démons mâles censés abuser les femmes pendant leur sommeil. Il constitue une version satanique du mystère de l'Immaculée Conception. Selon son confesseur, l'innocente « petite masque », « ange de pureté et de piété », aurait d'ailleurs l'étoffe spirituelle d'une Vierge Marie (p. 153) :

> **Je sais à fond cette enfant. Elle ignore tout de la vie et du péché...**

Pourquoi, en ce cas, cette victime se sentirait-elle coupable d'un crime qui la vouerait à la damnation éternelle : « car elle se croit damnée, la pauvre fille ! » ? Cette présumée « Céleste » serait-elle donc moins égarée qu'il n'y paraît au royaume des Diaboliques ? Il est, en effet, troublant que cette chaste adolescente de treize ans se précipite, de son propre aveu, sur le siège d'un homme dont elle se montre effrayée jusqu'à fuir ses regards. Et bien plus troublant encore qu'elle ne puisse s'en arracher, comme subjuguée par la sensation étourdissante qu'elle éprouve au contact de son empreinte thermique. Le cauchemar vécu semble avoir eu pour elle un si irrésistible attrait qu'elle ne peut même l'imaginer sans conséquence réelle : la voilà enceinte, grosse d'un désir coupable, et Ravila, père malgré lui.

Le penser capable d'une telle puissance érotique, voilà qui est bien propre à flatter l'ego blasé du prince des séducteurs. Comme pour le diable lui-même, « le meilleur régal » de tous les Don Juan est bien « une innocence ». Qu'on pense, dans *Les Liaisons dangereuses* de Choderlos de Laclos (1741-1803), au suprême défi que se lance Valmont de vaincre l'exemplaire dévotion de Mme de Tourvel et à la satisfaction orgueilleuse qu'il compte en retirer. Néanmoins, ce n'est pas de la fatuité que semble éprouver Ravila au souvenir, mélancolique, de cette conquête. Car ce que raconte l'histoire de cette séduction involontaire le dépossède de son habituel rôle de maître. Comme Brassard devant l'audace entreprenante d'Alberte, « Ravis-la » perd l'initiative de la conquête et se retrouve plus ravi que ravisseur. Le grand abuseur devient l'abusé, lui qui, en dépit du talent d'observateur dont il se targue, n'a rien suspecté de la passion secrète qu'il a inspirée. Le violeur présumé se révèle violé, le mythique dominateur dominé, et c'est probablement cette victoire sur Don Juan qui fait, à ses yeux subjugués, la puissance rémanente de cette maîtresse (au sens fort du mot) imaginaire. Depuis le fauteuil de Ravila, la « petite masque » a définitivement *détrôné* sa mère (malhabile aux caresses) dont elle se révèle l'opposée jusque dans son potentiel érotique.

Texte à l'appui : *À rebours*

Dans *À rebours* (1884) de Huysmans, le personnage, des Esseintes, se livre à une analyse du satanisme des *Diaboliques* :

« Dans *Les Diaboliques*, l'auteur avait cédé au Diable qu'il célébrait, et alors apparaissait le sadisme, ce bâtard du catholicisme, que cette religion a, sous toutes ses formes, poursuivi de ses exorcismes et de ses bûchers, pendant des siècles.

Cet état si curieux et si mal défini ne peut, en effet, prendre naissance dans l'âme d'un mécréant ; il ne consiste point, seulement à se vautrer parmi les excès de la chair, aiguisés par de sanglants sévices, car il ne serait alors qu'un écart des sens génésiques, qu'un cas de satyriasis[1] arrivé à son point de maturité suprême ; il consiste avant tout dans une pratique sacrilège, dans une rébellion morale, dans une débauche spirituelle, dans une aberration toute idéale, toute chrétienne ; il réside aussi dans une joie tempérée par la crainte, dans une joie analogue à cette satisfaction mauvaise des enfants qui désobéissent et jouent avec des matières défendues, par ce seul motif que leurs parents leur en ont expressément interdit l'approche.

En effet, s'il ne comportait point un sacrilège, le sadisme n'aurait pas de raison d'être ; d'autre part, le sacrilège qui découle de l'existence même d'une religion ne peut être intentionnellement et pertinemment

---

1. Satyriasis : exagération morbide des désirs sexuels chez l'homme.

accompli que par un croyant, car l'homme n'éprouverait aucune allégresse à profaner une foi qui lui serait ou indifférente ou inconnue.

La force du sadisme, l'attrait qu'il représente, gît donc tout entier dans la jouissance prohibée de transférer à Satan les hommages et les prières qu'on doit à Dieu; il gît donc dans l'inobservance des préceptes catholiques qu'on suit même à rebours, en commettant, afin de bafouer plus gravement le Christ, les péchés qu'il a le plus expressément maudits : la pollution du culte et l'orgie charnelle.

[…]

Cet état psychique, Barbey d'Aurevilly le côtoyait. S'il n'allait pas aussi loin que de Sade, en proférant d'atroces malédictions contre le Sauveur; si, plus prudent ou plus craintif, il prétendait toujours honorer l'Église, il n'en adressait pas moins, comme au Moyen Âge, ses postulations au Diable et il glissait, lui aussi, afin d'affronter Dieu, à l'érotomanie démoniaque, forgeant des monstruosités sensuelles, empruntant même à *La Philosophie dans le boudoir* [1] un certain épisode qu'il assaisonnait de nouveaux condiments, lorsqu'il écrivait ce conte : Le Dîner d'un athée [2].

Ce livre excessif délectait des Esseintes... »

à vous...

1 – Le portrait de la «petite masque», tel qu'il est brossé par Ravila, vous paraît-il très féminin? Justifiez votre position.

2 – De votre point de vue, pourquoi la marquise, par ailleurs si imprudente, ne révèle-t-elle le secret de la «petite masque» qu'une fois celle-ci décédée?

3 – Relevez, dans la description et le récit du dîner, des indices du caractère menaçant des amphitryonnes envers Ravila. Que peut signifier cette agressivité et comment Don Juan y répond-il?

---

1. Ouvrage du marquis de Sade.
2. En fait, il s'agit de « À un dîner d'athées ».

4 – **Analyses comparées de personnages : Ravila et le Dom Juan de Molière et/ou Ravila et le Don Juan de Byron.**

5 – **Suggestion : peut-être pourriez-vous visionner la fin de l'opéra *Don Giovanni* filmé par Joseph Losey et la partie du film *Amadeus* de Miloš Forman consacrée à la confrontation de Mozart avec la figure paternelle.**

- Analyse: comparer les personnages Shaviz et le don Juan de Molière, ainsi que le Don Juan de Byron.

- Suggestion: pour être honnête, vous visionnez la fin de l'opéra Don Giovanni (Mme von Joseph Losey et la partie ou film Amadeus de Milos Forman consacrée à la confrontation de Mozart avec la figure éternelle.

Le bonheur dans le crime

> Dans ce temps délicieux, quand on raconte une histoire vraie, c'est à croire que le Diable a dicté…

J'étais un des matins de l'automne dernier à me promener au Jardin des Plantes, en compagnie du docteur Torty, certainement une de mes plus vieilles connaissances. Lorsque je n'étais qu'un enfant, le docteur Torty exerçait la médecine dans la ville de V…; mais après environ trente ans de cet agréable exercice, et *ses* malades étant morts – ses *fermiers* comme il les appelait, lesquels lui avaient rapporté plus que bien des fermiers ne rapportent à leurs maîtres, sur les meilleures terres de Normandie –, il n'en avait pas repris d'autres; et déjà sur l'âge et fou d'indépendance, comme un animal qui a toujours marché sur son bridon[1] et qui finit par le casser, il était venu s'engloutir dans Paris – là même, dans le voisinage du Jardin des Plantes, rue Cuvier, je crois –, ne faisant plus la médecine que pour son plaisir personnel, qui, d'ailleurs, était grand à en faire, car il était médecin dans le sang et jusqu'aux ongles, et fort médecin,

---

1. Bridon : petite bride.

et grand observateur, en plus, de bien d'autres cas que de cas simplement physiologiques et pathologiques...

L'avez-vous quelquefois rencontré, le docteur Torty? C'était un de ces esprits hardis et vigoureux qui ne chaussent point de mitaines, par la très bonne et proverbiale raison que : «chat ganté ne prend pas de souris», et qu'il en avait immensément pris, et qu'il en voulait toujours prendre, ce matois de fine et forte race; espèce d'homme qui me plaisait beaucoup à moi, et je crois bien (je me connais!) par les côtés surtout qui déplaisaient le plus aux autres. En effet, il déplaisait assez généralement quand on se portait bien, ce brusque original de docteur Torty; mais ceux à qui il déplaisait le plus, une fois malades, lui faisaient des salamalecs[1], comme les sauvages en faisaient au fusil de Robinson qui pouvait les tuer, non pour les mêmes raisons que les sauvages, mais spécialement pour les raisons contraires : il pouvait les sauver! Sans cette considération prépondérante, le docteur n'aurait jamais gagné vingt mille livres de rente dans une petite ville aristocratique, dévote et bégueule, qui l'aurait parfaitement mis à la porte cochère de ses hôtels, si elle n'avait écouté que ses opinions et ses antipathies. Il s'en rendait compte, du reste, avec beaucoup de sang-froid, et il en plaisantait. «Il fallait, disait-il railleusement pendant le bail de trente ans qu'il avait fait à V..., qu'ils choisissent entre moi et l'Extrême-Onction[2], et, tout dévots qu'ils étaient, ils me prenaient encore de préférence aux Saintes Huiles.» Comme vous voyez, il ne se gênait pas, le docteur. Il avait la plaisanterie légèrement sacrilège. Franc disciple de Cabanis[3] en philosophie médicale, il était,

---

1. Salamalecs : politesses excessives.
2. Extrême-Onction : sacrement administré aux mourants par un prêtre.
3. Cabanis : médecin et philosophe français (1757-1808), disciple de Condillac et adepte du matérialisme.

comme son vieux camarade Chaussier[1], de l'école de ces médecins terribles par un matérialisme absolu, et comme Dubois[2] – le premier des Dubois – par un cynisme qui descend toutes choses et tutoierait des duchesses et des dames d'honneur d'impératrice et les appellerait «mes petites mères», ni plus ni moins que des marchandes de poisson. Pour vous donner une simple idée du cynisme du docteur Torty, c'est lui qui me disait un soir, au cercle des Ganaches, en embrassant somptueusement d'un regard de propriétaire le quadrilatère éblouissant de la table ornée de ses cent vingt convives : «C'est moi qui les fais tous!... » Moïse n'eût pas été plus fier, en montrant la baguette avec laquelle il changeait des rochers en fontaines. Que voulez-vous, Madame ? Il n'avait pas la bosse du respect, et même il prétendait que là où elle est sur le crâne des autres hommes, il y avait un trou sur le sien. Vieux, ayant passé la soixante-dizaine, mais carré, robuste et noueux comme son nom, d'un visage sardonique et, sous sa perruque châtain clair, très lisse, très lustrée et à cheveux très courts, d'un œil pénétrant, vierge de lunettes, vêtu presque toujours en habit gris ou de ce brun qu'on appela longtemps *fumée de Moscou*, il ne ressemblait ni de tenue ni d'allure à messieurs les médecins de Paris, corrects, cravatés de blanc, comme du suaire de leurs morts ! C'était un autre homme. Il avait, avec ses gants de daim, ses bottes à forte semelle et à gros talons qu'il faisait retentir sous son pas très ferme, quelque chose d'alerte et de cavalier, et cavalier est bien le mot, car il était resté (combien d'années sur trente !), le *charivari*[3] boutonné sur la cuisse, et à cheval, dans des chemins à casser en deux des

---

1. Chaussier : célèbre professeur d'anatomie et de physiologie (1746-1828).
2. Dubois : célèbre médecin accoucheur (1756-1837).
3. Charivari : pantalon pour monter à cheval.

Centaures[1], – et on devinait bien tout cela à la manière dont il cambrait encore son large buste, vissé sur des reins qui n'avaient pas bougé, et qui se balançait sur de fortes jambes sans rhumatismes, arquées comme celles d'un ancien postillon. Le docteur Torty avait été une espèce de Bas-de-Cuir équestre, qui avait vécu dans les fondrières[2] du Cotentin, comme le Bas-de-Cuir[3] de Cooper dans les forêts de l'Amérique. Naturaliste qui se moquait, comme le héros de Cooper, des lois sociales, mais qui, comme l'homme de Fenimore, ne les avait pas remplacées par l'idée de Dieu, il était devenu un de ces impitoyables observateurs qui ne peuvent pas ne point être des misanthropes. C'est fatal. Aussi l'était-il. Seulement il avait eu le temps, pendant qu'il faisait boire la boue des mauvais chemins au ventre sanglé de son cheval, de se blaser sur les autres fanges de la vie. Ce n'était nullement un misanthrope à l'Alceste[4]. Il ne s'indignait pas vertueusement. Il ne s'encolérait pas. Non ! il méprisait l'homme aussi tranquillement qu'il prenait sa prise de tabac, et même il avait autant de plaisir à le mépriser qu'à la prendre.

Tel exactement il était, ce docteur Torty, avec lequel je me promenais.

Il faisait, ce jour-là, un de ces temps d'automne, gais et clairs, à arrêter les hirondelles qui vont partir. Midi sonnait à Notre-Dame, et son grave bourdon semblait verser, par-dessus la rivière verte et moirée aux piles des ponts, et jusque par-dessus nos têtes, tant l'air ébranlé était pur ! de

---

1. Centaures : créatures mythologiques, moitié hommes, moitié chevaux.
2. Fondrières : trous emplis d'eau ou de boue dans un chemin défoncé.
3. Bas-de-Cuir : surnom d'un personnage du romancier américain James Fenimore Cooper (1789-1851). Blanc élevé chez les Indiens, c'est un solitaire amoureux des contrées sauvages.
4. Alceste : personnage principal du *Misanthrope* de Molière.

longs frémissements lumineux. Le feuillage roux des arbres du jardin s'était, par degrés, essuyé du brouillard bleu qui les noie en ces vaporeuses matinées d'octobre, et un joli soleil d'arrière-saison nous chauffait agréablement le dos, dans sa ouate d'or, au docteur et à moi, pendant que nous étions arrêtés, à regarder la fameuse panthère noire, qui est morte, l'hiver d'après, comme une jeune fille, de la poitrine. Il y avait çà et là, autour de nous, le public ordinaire du Jardin des Plantes, ce public spécial de gens du peuple, de soldats et de bonnes d'enfants, qui aiment à badauder devant la grille des cages et qui s'amusent beaucoup à jeter des coquilles de noix et des pelures de marrons aux bêtes engourdies ou dormant derrière leurs barreaux. La panthère devant laquelle nous étions, en rôdant, arrivés, était, si vous vous en souvenez, de cette espèce particulière à l'île de Java, le pays du monde où la nature est le plus intense et semble elle-même quelque grande tigresse, inapprivoisable à l'homme, qui le fascine et qui le mord dans toutes les productions de son sol terrible et splendide. À Java, les fleurs ont plus d'éclat et plus de parfum, les fruits plus de goût, les animaux plus de beauté et plus de force que dans aucun autre pays de la terre, et rien ne peut donner une idée de cette violence de vie à qui n'a pas reçu les poignantes et mortelles sensations d'une contrée tout à la fois enchantante et empoisonnante, tout ensemble Armide[1] et Locuste[2] ! Étalée nonchalamment sur ses élégantes pattes allongées devant elle, la tête droite, ses yeux d'émeraude immobiles, la panthère était un magnifique échantillon des redoutables

---

1. Armide : personnage féminin de *La Jérusalem délivrée* (1580) du poète italien Le Tasse (1544-1595). Cette magicienne tente de conquérir le chevalier Renaud par des sortilèges.
2. Locuste : empoisonneuse romaine qui assassina l'empereur Claude Ier à la demande d'Agrippine, et Britannicus à la demande de Néron.

productions de son pays. Nulle tache fauve n'étoilait sa fourrure de velours noir, d'un noir si profond et si mat que la lumière, en y glissant, ne la lustrait même pas, mais s'y absorbait, comme l'eau s'absorbe dans l'éponge qui la boit... Quand on se retournait de cette forme idéale de beauté souple, de force terrible au repos, de dédain impassible et royal, vers les créatures humaines qui la regardaient timidement, qui la contemplaient, yeux ronds et bouche béante, ce n'était pas l'humanité qui avait le beau rôle, c'était la bête. Et elle était si supérieure, que c'en était presque humiliant! J'en faisais la réflexion tout bas au docteur, quand deux personnes scindèrent tout à coup le groupe amoncelé devant la panthère et se plantèrent justement en face d'elle: «Oui, me répondit le docteur, mais voyez maintenant! Voici l'équilibre rétabli entre les espèces!»

C'étaient un homme et une femme, tous deux de haute taille, et qui, dès le premier regard que je leur jetai, me firent l'effet d'appartenir aux rangs élevés du monde parisien. Ils n'étaient jeunes ni l'un ni l'autre, mais néanmoins parfaitement beaux. L'homme devait s'en aller vers quarante-sept ans et davantage, et la femme vers quarante et plus... Ils avaient donc, comme disent les marins revenus de la Terre de Feu, *passé la ligne*, la ligne fatale, plus formidable que celle de l'équateur, qu'une fois passée on ne repasse plus sur les mers de la vie! Mais ils paraissaient peu se soucier de cette circonstance. Ils n'avaient au front, ni nulle part, de mélancolie... L'homme, élancé et aussi patricien[1] dans sa redingote noire strictement boutonnée, comme celle d'un officier de cavalerie, que s'il avait porté

---

1. Patricien: noble et distingué comme un patricien romain, représentant de la classe supérieure des citoyens.

un de ces costumes que le Titien[1] donne à ses portraits, ressemblait par sa tournure brusquée, son air efféminé et hautain, ses moustaches aiguës comme celles d'un chat et qui à la pointe commençaient à blanchir, à un mignon[2] du temps de Henri III ; et pour que la ressemblance fût plus complète, il portait des cheveux courts, qui n'empêchaient nullement de voir briller à ses oreilles deux saphirs d'un bleu sombre, qui me rappelèrent les deux émeraudes que Sbogar[3] portait à la même place... Excepté ce détail *ridicule* (comme aurait dit le monde) et qui montrait assez de dédain pour les goûts et les idées du jour, tout était simple et *dandy* comme l'entendait Brummell, c'est-à-dire *irremarquable*, dans la tenue de cet homme qui n'attirait l'attention que par lui-même, et qui l'aurait confisquée tout entière, s'il n'avait pas eu au bras la femme, qu'en ce moment, il y avait... Cette femme, en effet, prenait encore plus le regard que l'homme qui l'accompagnait, et elle le captivait plus longtemps. Elle était grande comme lui. Sa tête atteignait presque à la sienne. Et, comme elle était aussi tout en noir, elle faisait penser à la grande Isis[4] noire du Musée Égyptien, par l'ampleur de ses formes, la fierté mystérieuse et la force. Chose étrange ! dans le rapprochement de ce beau couple, c'était la femme qui avait les muscles, et l'homme qui avait les nerfs... Je ne la voyais alors que de profil ; mais, le profil, c'est l'écueil de la beauté ou son attestation la plus éclatante. Jamais, je crois, je n'en avais vu de plus pur et de plus altier. Quant à ses yeux, je n'en pouvais juger, fixés qu'ils étaient sur la panthère, laquelle,

---

1. Titien : peintre vénitien (v. 1490-1576) qui réalisa de nombreux portraits de princes.
2. Mignon : favori du roi de France homosexuel Henri III (1551-1589).
3. Sbogar : héros éponyme d'une nouvelle de Charles Nodier (1780-1844). Il porte deux petites émeraudes à ses oreilles.
4. Isis : déesse égyptienne de la Fertilité et de la Maternité.

sans doute, en recevait une impression magnétique et désagréable, car, immobile déjà, elle sembla s'enfoncer de plus en plus dans cette immobilité rigide, à mesure que la femme, venue pour la voir, la regardait; et – comme les chats à la lumière qui les éblouit – sans que sa tête bougeât d'une ligne, sans que la fine extrémité de sa moustache, seulement, frémît, la panthère, après avoir clignoté quelque temps, et comme n'en pouvant pas supporter davantage, rentra lentement, sous les coulisses tirées de ses paupières, les deux étoiles vertes de ses regards. Elle se claquemurait.

« Eh! eh! panthère contre panthère! fit le docteur à mon oreille; mais le satin est plus fort que le velours. »

Le satin, c'était la femme, qui avait une robe de cette étoffe miroitante – une robe à longue traîne. Et il avait vu juste, le docteur! Noire, souple, d'articulation aussi puissante, aussi royale d'attitude – dans son espèce, d'une beauté égale, et d'un charme encore plus inquiétant –, la femme, l'inconnue, était comme une panthère humaine, dressée devant la panthère animale qu'elle éclipsait; et la bête venait de le sentir, sans doute, quand elle avait fermé les yeux. Mais la femme – si c'en était un – ne se contenta pas de ce triomphe. Elle manqua de générosité. Elle voulut que sa rivale la vît qui l'humiliait, et rouvrît les yeux pour la voir. Aussi, défaisant sans mot dire les douze boutons du gant violet qui moulait son magnifique avant-bras, elle ôta ce gant, et, passant audacieusement sa main entre les barreaux de la cage, elle en fouetta le museau court de la panthère, qui ne fit qu'un mouvement... mais quel mouvement!... et d'un coup de dents, rapide comme l'éclair!... Un cri partit du groupe où nous étions. Nous avions cru le poignet emporté : ce n'était que le gant. La panthère l'avait englouti. La formidable bête outragée avait rouvert des yeux affreusement dilatés, et ses naseaux froncés vibraient encore...

« Folle ! » dit l'homme, en saisissant ce beau poignet, qui venait d'échapper à la plus coupante des morsures.

Vous savez comme parfois on dit : « Folle !... » Il le dit ainsi ; et il le baisa, ce poignet, avec emportement.

Et, comme il était de notre côté, elle se retourna de trois quarts pour le regarder baisant son poignet nu, et je vis ses yeux, à elle... ces yeux qui fascinaient des tigres, et qui étaient à présent fascinés par un homme ; ses yeux, deux larges diamants noirs, taillés pour toutes les fiertés de la vie, et qui n'exprimaient plus en le regardant que toutes les adorations de l'amour !

Ces yeux-là étaient et disaient tout un poème. L'homme n'avait pas lâché le bras, qui avait dû sentir l'haleine fiévreuse de la panthère, et, le tenant replié sur son cœur, il entraîna la femme dans la grande allée du jardin, indifférent aux murmures et aux exclamations du groupe populaire – encore ému du danger que l'imprudente venait de courir –, et qu'il retraversa tranquillement. Ils passèrent auprès de nous, le docteur et moi, mais leurs visages tournés l'un vers l'autre, se serrant flanc contre flanc, comme s'ils avaient voulu se pénétrer, entrer, lui dans elle, elle dans lui, et ne faire qu'un seul corps à eux deux, en ne regardant rien qu'eux-mêmes. C'étaient, aurait-on cru à les voir ainsi passer, des créatures supérieures, qui n'apercevaient pas même à leurs orteils la terre sur laquelle ils marchaient, et qui traversaient le monde dans leur nuage, comme, dans Homère, les Immortels !

De telles choses sont rares à Paris, et, pour cette raison, nous restâmes à le voir filer, ce maître-couple, la femme étalant sa traîne noire dans la poussière du jardin, comme un paon, dédaigneux jusque de son plumage.

Ils étaient superbes, en s'éloignant ainsi, sous les rayons du soleil de midi, dans la majesté de leur entrelacement, ces deux êtres… Et voilà comme ils regagnèrent l'entrée de la grille du jardin et remontèrent dans un coupé, étincelant de cuivres et d'attelage, qui les attendait.

«Ils oublient l'univers! fis-je au docteur, qui comprit ma pensée.

– Ah! ils s'en soucient bien de l'univers! répondit-il, de sa voix mordante. Ils ne voient rien du tout dans la création, et, ce qui est bien plus fort, ils passent même auprès de leur médecin sans le voir.

– Quoi, c'est vous, docteur! m'écriai-je, mais alors vous allez me dire ce qu'ils sont, mon cher docteur.»

Le docteur fit ce qu'on appelle un temps, voulant faire un effet, car en tout il était rusé, le compère!

«Eh bien, c'est Philémon et Baucis[1], me dit-il simplement. Voilà!

– Peste! fis-je, un Philémon et une Baucis d'une fière tournure et ressemblant peu à l'antique. Mais, docteur, ce n'est pas leur nom… Comment les appelez-vous?

– Comment! répondit le docteur, dans votre monde, où je ne vais point, vous n'avez jamais entendu parler du comte et de la comtesse Serlon de Savigny comme d'un modèle fabuleux d'amour conjugal?

– Ma foi, non, dis-je; on parle peu d'amour conjugal dans le monde où je vais, docteur.

---

1. Philémon et Baucis : (voir Arrêt sur lecture 4, p. 248) dans la mythologie romaine, couple de paysans, célèbres pour leur amour mutuel. Pour les remercier de leur hospitalité, Jupiter changea leur modeste chaumière en temple et promit de satisfaire tous leurs désirs. Mais insensibles aux attraits de la richesse, ils ne demandèrent que de devenir prêtre et prêtresse de son temple. Arrivés à un âge très avancé, ils furent changés par Jupiter en chêne et en tilleul qui avaient le même tronc pour qu'ils ne soient jamais séparés. Cet arbre merveilleux resta de nombreuses années devant le temple et était vénéré par le peuple.

– Hum! hum! c'est bien possible, fit le docteur, répondant bien plus à sa pensée qu'à la mienne. Dans ce monde-là, qui est aussi le leur, on se passe beaucoup de choses plus ou moins correctes. Mais, outre qu'ils ont une raison pour ne pas y aller, et qu'ils habitent presque toute l'année leur vieux château de Savigny, dans le Cotentin, il a couru autrefois de tels bruits sur eux, qu'au faubourg Saint-Germain, où l'on a encore un reste de solidarité nobiliaire, on aime mieux se taire que d'en parler.

– Et quels étaient ces bruits?... Ah! voilà que vous m'intéressez, docteur! Vous devez en savoir quelque chose. Le château de Savigny n'est pas très loin de la ville de V..., où vous avez été médecin.

– Eh! ces bruits... dit le docteur (il prit pensivement une prise de tabac). Enfin, on les a crus faux! Tout ça est passé... Mais, malgré tout, quoique les mariages d'inclination et les bonheurs qu'ils donnent soient en province l'idéal de toutes les mères de famille, romanesques et vertueuses, elles n'ont pas pu beaucoup, celles que j'ai connues, parler à mesdemoiselles leurs filles de celui-là!

– Et, cependant, Philémon et Baucis, disiez-vous, docteur?...

– Baucis! Baucis! Hum! Monsieur... interrompit le docteur Torty, en passant brusquement son index en crochet sur toute la longueur de son nez de perroquet (un de ses gestes), ne trouvez-vous pas, voyons, qu'elle a moins l'air d'une Baucis que d'une lady Macbeth[1], cette gaillarde-là?...

– Docteur, mon cher et adorable docteur, repris-je, avec toutes sortes de câlineries dans la voix, vous allez me dire

---

1. Lady Macbeth : personnage de la pièce *Macbeth* (1606) du dramaturge anglais Shakespeare (1564-1616). Ambitieuse incarnant une féminité glaciale, effrayante et fascinante à la fois, elle aida son mari à s'approprier le royaume d'Écosse en assassinant le roi en titre.

tout ce que vous savez du comte et de la comtesse de Savigny?...

— Le médecin est le confesseur des temps modernes, fit le docteur, avec un ton solennellement goguenard. Il a remplacé le prêtre, monsieur, et il est obligé au secret de la confession comme le prêtre...»

Il me regarda malicieusement, car il connaissait mon respect et mon amour pour les choses du catholicisme, dont il était l'ennemi. Il cligna l'œil. Il me crut attrapé.

«Et il va le tenir... comme le prêtre! ajouta-t-il, avec éclat, et en riant de son rire le plus cynique. Venez par ici. Nous allons causer.»

Et il m'emmena dans la grande allée d'arbres qui borde, par ce côté, le Jardin des Plantes et le boulevard de l'Hôpital... Là, nous nous assîmes sur un banc à dossier vert, et il commença :

«Mon cher, c'est là une histoire qu'il faut aller chercher déjà loin, comme une balle perdue sous des chairs revenues; car l'oubli, c'est comme une chair de choses vivantes qui se reforme par-dessus les événements et qui empêche d'en voir rien, d'en soupçonner rien au bout d'un certain temps, même la place. C'était dans les premières années qui suivirent la Restauration. Un régiment de la Garde passa par la ville de V...; et, ayant été obligés d'y rester deux jours pour je ne sais quelle raison militaire, les officiers de ce régiment s'avisèrent de donner un assaut d'armes, en l'honneur de la ville. La ville, en effet, avait bien tout ce qu'il fallait pour que ces officiers de la Garde lui fissent honneur et fête. Elle était, comme on disait alors, plus royaliste que le Roi. Proportion gardée avec sa dimension (ce n'est guère qu'une ville de cinq à six mille âmes), elle foisonnait de noblesse. Plus de trente jeunes gens de ses

LE BONHEUR DANS LE CRIME

meilleures familles servaient alors, soit aux Gardes-du-Corps, soit à ceux de Monsieur[1], et les officiers du régiment en passage à V... les connaissaient presque tous. Mais, la principale raison qui décida de cette martiale fête d'un assaut fut la réputation d'une ville qui s'était appelée "*la bretteuse*[2]" et qui était encore, dans ce moment-là, la ville la plus bretteuse de France. La Révolution de 1789 avait eu beau enlever aux nobles le droit de porter l'épée, à V... ils prouvaient que s'ils ne la portaient plus, ils pouvaient toujours s'en servir. L'assaut donné par les officiers fut très brillant. On y vit accourir toutes les fortes lames du pays, et même tous les amateurs, plus jeunes d'une génération, qui n'avaient pas cultivé, comme on le cultivait autrefois, un art aussi compliqué et aussi difficile que l'escrime ; et tous montrèrent un tel enthousiasme pour ce maniement de l'épée, la gloire de nos pères, qu'un ancien prévôt du régiment, qui avait fait trois ou quatre fois son temps et dont le bras était couvert de chevrons, s'imagina que ce serait une bonne place pour y finir ses jours qu'une salle d'armes qu'on ouvrirait à V... ; et le colonel, à qui il communiqua et qui approuva son dessein, lui délivra son congé et l'y laissa. Ce prévôt, qui s'appelait Stassin en son nom de famille, et *La Pointe-au-corps* en son surnom de guerre, avait eu là tout simplement une idée de génie. Depuis longtemps, il n'y avait plus à V... de salle d'armes correctement tenue ; et c'était même une de ces choses dont on ne parlait qu'avec mélancolie entre ces nobles, obligés de donner eux-mêmes des leçons à leurs fils ou de les leur faire donner par quelque compagnon revenu du service, qui savait à peine ou qui

---

1. Monsieur : nom donné à l'aîné des frères du roi. Ici, Charles, comte d'Artois et futur Charles X.
2. Bretteuse : qui aime se battre à l'épée.

savait mal ce qu'il enseignait. Les habitants de V... se piquaient d'être difficiles. Ils avaient réellement le feu sacré. Il ne leur suffisait pas de tuer leur homme ; ils voulaient le tuer savamment et artistement, par principes. Il fallait, avant tout, pour eux, qu'un homme, comme ils le disaient, fût beau sous les armes, et ils n'avaient qu'un profond mépris pour ces robustes maladroits, qui peuvent être très dangereux sur le terrain, mais qui ne sont pas, au strict et vrai mot, ce qu'on appelle «des tireurs». *La Pointe-au-corps*, qui avait été un très bel homme dans sa jeunesse, et qui l'était encore – qui, au camp de Hollande, et bien jeune alors, avait battu à plate couture tous les autres prévôts et remporté un prix de deux fleurets et deux masques montés en argent –, était, lui, justement un de ces tireurs comme les écoles n'en peuvent produire, si la nature ne leur a préparé d'exceptionnelles organisations. Naturellement, il fut l'admiration de V..., et bientôt mieux. Rien n'égalise comme l'épée. Sous l'ancienne monarchie, les rois anoblissaient les hommes qui leur apprenaient à la tenir. Louis XV, si je m'en souviens bien, n'avait-il pas donné à Danet, son maître, qui nous a laissé un livre sur l'escrime, quatre de ses fleurs de lys, entre deux épées croisées, pour mettre dans son écusson ?... Ces gentilshommes de province, qui sentaient encore à plein nez leur monarchie, furent en peu de temps de pair à compagnon avec le vieux prévôt, comme s'il eût été l'un des leurs.

» Jusque-là, c'était bien, et il n'y avait qu'à féliciter Stassin, dit *La Pointe-au-corps,* de sa bonne fortune ; mais, malheureusement, ce vieux prévôt n'avait pas qu'un cœur de maroquin rouge sur le plastron capitonné de peau blanche dont il couvrait sa poitrine, quand il donnait magistralement sa leçon... Il se trouva qu'il en avait un autre par-dessous, lequel se mit à faire des siennes dans cette ville de V…, où il était venu chercher le havre de grâce de sa vie. Il paraît que le cœur d'un soldat est toujours fait avec de la poudre. Or, quand le temps a séché la poudre, elle n'en prend que mieux. À V…, les femmes sont si généralement jolies, que l'étincelle était partout pour la poudre séchée de mon vieux prévôt. Aussi, son histoire se termina-t-elle comme celle d'un grand nombre de vieux soldats. Après avoir roulé dans toutes les contrées de l'Europe, et pris le menton et la taille de toutes les filles que le diable avait mises sur son chemin, l'ancien soldat du premier Empire consomma sa dernière fredaine en épousant, à cinquante ans passés, avec toutes les formalités et les sacrements de la chose – à la municipalité et à l'église –, une grisette de V…; laquelle, bien entendu, – je connais les grisettes de ce pays-là; j'en ai assez accouché pour les connaître! – lui campa un enfant, bel et bien au bout de ses neuf mois, jour pour jour; et cet enfant, qui était une fille, n'est rien moins, mon cher, que la femme à l'air de déesse qui vient de passer, en nous frisant insolemment du vent de sa robe, et sans prendre plus garde à nous que si nous n'avions pas été là!

– La comtesse de Savigny! m'écriai-je.

– Oui, la comtesse de Savigny, tout au long, elle-même! Ah! il ne faut pas regarder aux origines, pas plus pour les femmes que pour les nations; il ne faut regarder au berceau de personne. Je me rappelle avoir vu à Stockholm celui de Charles XII, qui ressemblait à une mangeoire de cheval grossièrement coloriée en rouge, et qui n'était pas même d'aplomb sur ses quatre piquets. C'est de là qu'il était sorti, cette tempête! Au fond, tous les berceaux sont des cloaques dont on est obligé de changer le linge plusieurs fois par jour; et cela n'est jamais poétique, pour ceux qui croient à la poésie, que lorsque l'enfant n'y est plus.»

Et, pour appuyer son axiome, le docteur, à cette place de son récit, frappa sa cuisse d'un de ses gants de daim, qu'il tenait par le doigt du milieu; et le daim claqua sur la cuisse, de manière à prouver à ceux qui comprennent la musique que le bonhomme était encore rudement musclé.

Il attendit. Je n'avais pas à le contrarier dans sa philosophie. Voyant que je ne disais rien, il continua :

«Comme tous les vieux soldats, du reste, qui aiment jusqu'aux enfants des autres, *La Pointe-au-corps* dut raffoler du sien. Rien d'étonnant à cela. Quand un homme déjà sur l'âge a un enfant, il l'aime mieux que s'il était jeune, car la vanité, qui double tout, double aussi le sentiment paternel. Tous les vieux roquentins[1] que j'ai vus, dans ma vie, avoir tardivement un enfant, adoraient leur progéniture, et ils en étaient comiquement fiers comme d'une action d'éclat. Persuasion de jeunesse, que la nature, qui se moquait d'eux, leur coulait au cœur! Je ne connais qu'un bonheur plus grisant et une fierté plus drôle : c'est quand, au lieu d'un enfant, un vieillard, d'un coup, en fait deux! *La Pointe-au-corps* n'eut pas cet orgueil paternel de deux jumeaux; mais il est vrai de dire qu'il y avait de quoi tailler deux enfants dans le sien. Sa fille – vous venez de la voir; vous savez donc si elle a tenu ses promesses! – était un merveilleux enfant pour la force et la beauté. Le premier soin du vieux prévôt fut de lui chercher un parrain parmi tous ces nobles, qui hantaient perpétuellement sa salle d'armes; et il choisit, entre tous, le comte d'Avice, le doyen

---

1. Roquentins : vieillards ridicules qui veulent jouer aux jeunes hommes.

de tous ces batteurs de fer et de pavé, qui, pendant l'émigration[1], avait été lui-même prévôt à Londres, à plusieurs guinées la leçon. Le comte d'Avice de Sortôville-en-Beaumont, déjà chevalier de Saint-Louis et capitaine de dragons[2] avant la Révolution – pour le moins, alors, septuagénaire –, *boutonnait*[3] encore les jeunes gens et leur donnait ce qu'on appelle, en termes de salle, "de superbes *capotes*[4]". C'était un vieux narquois, qui avait des railleries en action féroces. Ainsi, par exemple, il aimait à passer son carrelet[5] à la flamme d'une bougie, et quand il en avait, de cette façon, durci la lame, il appelait ce dur fleuret – qui ne pliait plus et vous cassait le sternum ou les côtes, lorsqu'il vous touchait –, du nom insolent de "chasse-coquin". Il prisait beaucoup *La Pointe-au-corps*, qu'il tutoyait. "La fille d'un homme comme toi – lui disait-il – ne doit se nommer que comme l'épée d'un preux. Appelons-la Haute-Claire[6] !" Et ce fut le nom qu'il lui donna. Le curé de V... fit bien un peu la grimace à ce nom inaccoutumé, que n'avaient jamais entendu les fonts[7] de son église ; mais, comme le parrain était monsieur le comte d'Avice et qu'il y aura toujours, malgré les libéraux et leurs piailleries, des accointances indestructibles entre la noblesse et le clergé ; comme, d'un autre côté, on voit dans le calendrier romain une sainte nommée Claire, le nom de l'épée d'Olivier passa à l'enfant, sans que la ville de V... s'en émût beaucoup. Un tel nom semblait annoncer

---

1. L'émigration : il s'agit de l'émigration des opposants au nouveau régime, généralement nobles, et qui, pendant la Révolution, s'expatrièrent dans d'autres pays d'Europe.
2. Dragon : soldat de cavalerie.
3. Boutonner : terme d'escrime signifiant toucher du fleuret.
4. Donner une capote : empêcher son adversaire de faire la moindre touche.
5. Carrelet : épée dotée d'une lame à trois faces.
6. Haute-Claire : nom de l'épée d'Olivier, compagnon de Roland dans *La Chanson de Roland*.
7. Fonts : les fonts baptismaux, bassins où le baptême est pratiqué.

une destinée. L'ancien prévôt, qui aimait son métier presque autant que sa fille, résolut de lui apprendre et de lui laisser son talent pour dot. Triste dot! maigre pitance! avec les mœurs modernes, que le pauvre diable de maître d'armes ne prévoyait pas! Dès que l'enfant put donc se tenir debout, il commença de la plier aux exercices de l'escrime; et comme c'était un marmot solide que cette fillette, avec des attaches et des articulations d'acier fin, il la développa d'une si étrange manière, qu'à dix ans elle semblait en avoir déjà quinze, et qu'elle faisait admirablement sa partie avec son père et les plus forts tireurs de la ville de V... On ne parlait partout que de la petite Hauteclaire Stassin, qui, plus tard, devait devenir *Mademoiselle Hauteclaire Stassin*. C'était surtout, comme vous vous en doutez, de la part des jeunes demoiselles de la ville, dans la société de laquelle, tout bien qu'il fût avec les pères, la fille de Stassin, dit *La Pointe-au-corps*, ne pouvait décemment aller, une incroyable, ou plutôt une très croyable curiosité, mêlée de dépit et d'envie. Leurs pères et leurs frères en parlaient avec étonnement et admiration devant elles, et elles auraient voulu voir de près cette Saint Georges[1] femelle, dont la beauté, disaient-ils, égalait le talent d'escrime. Elles ne la voyaient que de loin et à distance. J'arrivais alors à V..., et j'ai été souvent le témoin de ces curiosités ardentes. *La Pointe-au-corps*, qui avait, sous l'Empire, servi dans les hussards, et qui, avec sa salle d'armes, gagnait gros d'argent, s'était permis d'acheter un cheval pour donner des leçons d'équitation à sa fille; et comme il dressait aussi à l'année de jeunes chevaux pour les habitués de sa salle, il se promenait souvent à cheval, avec Hauteclaire, dans les

---

1. Saint Georges : martyr chrétien du IVe siècle, vainqueur du dragon auquel allait être sacrifiée une princesse.

routes qui rayonnent de la ville et qui l'environnent. Je les y ai rencontrés maintes fois, en revenant de mes visites de médecin, et c'est dans ces rencontres que je pus surtout juger de l'intérêt, prodigieusement enflammé, que cette grande jeune fille, si hâtivement développée, excitait dans les autres jeunes filles du pays. J'étais toujours par voies et chemins en ce temps-là, et je m'y croisais fréquemment avec les voitures de leurs parents, allant en visite, avec elles, à tous les châteaux d'alentour. Eh bien, vous ne pourrez jamais vous figurer avec quelle avidité, et même avec quelle impudence, je les voyais se pencher et se précipiter aux portières dès que Mlle Hauteclaire Stassin apparaissait, trottant ou galopant dans la perspective d'une route, brodequin à botte avec son père. Seulement, c'était à peu près inutile ; le lendemain, c'étaient presque toujours des déceptions et des regrets qu'elles m'exprimaient dans mes visites du matin à leurs mères, car elles n'avaient jamais bien vu que la tournure de cette fille, faite pour l'amazone, et qui la portait comme vous – qui venez de la voir – pouvez le supposer, mais dont le visage était toujours plus ou moins caché dans un voile gros bleu trop épais. Mlle Hauteclaire Stassin n'était guère connue que des hommes de la ville de V... Toute la journée le fleuret à la main, et la figure sous les mailles de son masque d'armes qu'elle n'ôtait pas beaucoup pour eux, elle ne sortait guère de la salle de son père, qui commençait à s'enrudir et qu'elle remplaçait souvent pour la leçon. Elle se montrait très rarement dans la rue, et les femmes comme il faut ne pouvaient la voir que là, ou encore le dimanche à la messe ; mais, le dimanche à la messe, comme dans la rue, elle était presque aussi masquée que dans la salle de son père, la dentelle de son voile noir étant encore plus sombre et plus serrée que les mailles de son masque de fer. Y avait-il de l'affectation dans cette manière de se montrer ou de se cacher, qui excitait les imaginations curieuses?... Cela était bien possible; mais qui le savait? qui pouvait le dire? Et cette jeune fille, qui continuait le masque par le voile, n'était-elle pas encore plus impénétrable de caractère que de visage, comme la suite ne l'a que trop prouvé?

» Il est bien entendu, mon très cher, que je suis obligé de passer rapidement sur tous les détails de cette époque, pour arriver plus vite au moment où réellement cette histoire commence. Mlle Hauteclaire avait environ dix-sept ans. L'ancien beau, *La Pointe-au-corps*, devenu tout à fait un bonhomme, veuf de sa femme, et tué moralement par la Révolution de Juillet, laquelle fit partir les nobles en deuil pour leurs châteaux et vida sa salle, tracassait vainement ses gouttes qui n'avaient pas peur de ses *appels* du pied, et s'en allait au grand trot vers le cimetière. Pour un médecin qui avait le diagnostic, c'était sûr... Cela se voyait. Je ne lui en promettais pas pour longtemps, quand, un matin, fut amené à sa salle d'armes – par le vicomte de Taillebois et le chevalier de Mesnilgrand[1] – un jeune homme du pays élevé au loin, et qui revenait habiter le château de son père, mort récemment. C'était le comte Serlon de Savigny, le *prétendu* (disait la ville de V... dans son langage de petit ville) de Mlle Delphine de Cantor. Le comte de Savigny était certainement un des plus brillants et des plus piaffants jeunes gens de cette époque de jeunes gens qui piaffaient tous, car il y avait (à V... comme ailleurs) de la vraie jeunesse, dans ce vieux monde. À présent, il n'y en a plus. On lui avait beaucoup parlé de la fameuse Hauteclaire Stassin, et il avait voulu voir ce miracle. Il la trouva ce qu'elle était, une admi-

---

1. Chevalier de Mesnilgrand : personnage d'une autre *Diabolique*, «À un dîner d'athées».

rable jeune fille, piquante et provocante en diable dans ses chausses de soie tricotées, qui mettaient en relief ses formes de Pallas[1] de Velletri, et dans son corsage de maroquin noir, qui pinçait, en craquant, sa taille robuste et découplée, une de ces tailles que les Circassiennes[2] n'obtiennent qu'en emprisonnant leurs jeunes filles dans une ceinture de cuir, que le développement seul de leur corps doit briser. Hauteclaire Stassin était sérieuse comme une Clorinde[3]. Il la regarda donner sa leçon, et il lui demanda de croiser le fer avec elle. Mais il ne fut point le Tancrède[4] de la situation, le comte de Savigny ! Mlle Hauteclaire Stassin plia à plusieurs reprises son épée en faucille sur le cœur du beau Serlon, et elle ne fut pas touchée une seule fois.

» – On ne peut pas vous toucher, mademoiselle, lui dit-il, avec beaucoup de grâce. Serait-ce un augure ?…

» L'amour-propre, dans ce jeune homme, était-il, dès ce soir-là, vaincu par l'amour ?

» C'est à partir de ce soir-là, du reste, que le comte de Savigny vint, tous les jours, prendre une leçon d'armes à salle de *La Pointe-au-corps*. Le château du comte n'était qu'à la distance de quelques lieues. Il les avait bientôt avalées, soit à cheval, soit en voiture, et personne ne le remarqua dans ce nid bavard d'une petite ville où l'on épinglait les plus petites choses du bout de la langue, mais où l'amour

---

1. Pallas : surnom de la déesse grecque Athéna, sortie tout armée du crâne de Zeus. Bien que possédant tous les attributs de la féminité, elle refuse de se marier pour se consacrer à la guerre. Une statue de Pallas, découverte dans l'ancienne ville romaine de Velletri, peut être admirée au Louvre.
2. Circassiennes : habitantes d'une ancienne région du nord du Caucase.
3. Clorinde : dans *La Jérusalem délivrée*, sarrasine d'une grande beauté, qui se livre dès l'enfance à des activités viriles telles que la lutte, la course, l'équitation et la chasse.
4. Tancrède : chevalier chrétien de *La Jérusalem délivrée*. Amoureux de Clorinde, il est amené à deux reprises à lutter contre elle sans la reconnaître et finit par la tuer.

de l'escrime expliquait tout. Savigny ne fit de confidences à personne. Il évita même de venir prendre sa leçon aux mêmes heures que les autres jeunes gens de la ville. C'était un garçon qui ne manquait pas de profondeur, ce Savigny... Ce qui se passa entre lui et Hauteclaire, s'il se passa quelque chose, aucun, à cette époque, ne l'a su ou ne s'en douta. Son mariage avec Mlle Delphine de Cantor, arrêté par les parents des deux familles, il y avait des années, et trop avancé pour ne pas se conclure, s'accomplit trois mois après le retour du comte de Savigny; et même ce fut là pour lui une occasion de vivre tout un mois à V..., près de sa fiancée, chez laquelle il passait, en coupe réglée, toutes les journées, mais d'où, le soir, il s'en allait très régulièrement prendre sa leçon...

»Comme tout le monde, Mlle Hauteclaire entendit, à l'église paroissiale de V..., proclamer les bans du comte de Savigny et de Mlle de Cantor; mais, ni son attitude, ni sa physionomie, ne révélèrent qu'elle prît à ces déclarations publiques un intérêt quelconque. Il est vrai que nul des assistants ne se mit à l'affût pour l'observer. Les observateurs n'étaient pas nés encore sur cette question, qui sommeillait, d'une liaison possible entre Savigny et la belle Hauteclaire. Le mariage célébré, la comtesse alla s'établir à son château, fort tranquillement, avec son mari, lequel ne renonça pas pour cela à ses habitudes citadines et vint à la ville tous les jours. Beaucoup de châtelains des environs faisaient comme lui, d'ailleurs. Le temps s'écoula. Le vieux *La Pointe-au-corps* mourut. Fermée quelques instants, sa salle se rouvrit. Mlle Hauteclaire Stassin annonça qu'elle continuerait les leçons de son père; et, loin d'avoir moins d'élèves par le fait de cette mort, elle en eut davantage. Les hommes sont tous les mêmes. L'étrangeté leur déplaît, d'homme à homme, et les blesse ; mais si l'étrangeté porte des jupes, ils en raffolent. Une femme qui fait ce que fait un homme, le ferait-elle beaucoup moins bien, aura toujours sur l'homme, en France, un avantage marqué. Or, Mlle Hauteclaire Stassin, pour ce qu'elle faisait, le faisait beaucoup mieux. Elle était devenue beaucoup plus forte que son père. Comme démonstratrice, à la leçon, elle était incomparable, et comme beauté de jeu, splendide. Elle avait des coups irrésistibles – de ces coups qui ne s'apprennent pas plus que le coup d'archet ou le démanché du violon, et qu'on ne peut mettre, par enseignement, dans la main de personne. Je ferraillais un peu dans ce temps, comme tout ce monde dont j'étais entouré, et j'avoue qu'en ma qualité d'amateur, elle me charmait avec de certaines passes. Elle avait, entre autres, un dégagé de quarte en tierce qui ressemblait à de la magie. Ce n'était plus là une épée qui vous frappait, c'était une balle ! L'homme le plus rapide à la parade ne fouettait que le vent, même quand elle l'avait prévenu qu'elle allait dégager, et la botte[1] lui arrivait, inévitable, au défaut de l'épaule et de la poitrine. On n'avait pas rencontré de fer ! J'ai vu des tireurs devenir fous de ce coup, qu'ils appelaient de l'escamotage, et ils en auraient avalé leur fleuret de fureur ! Si elle n'avait pas été femme, on lui aurait diablement cherché querelle pour ce coup-là. À un homme, il aurait rapporté vingt duels.

» Du reste, même à part ce talent phénoménal si peu fait pour une femme, et dont elle vivait noblement, c'était vraiment un être très intéressant que cette jeune fille pauvre, sans autre ressource que son fleuret, et qui, par le fait de son

---

1. Quarte, tierce, botte : termes d'escrime, désignant successivement une parade avec poignet en dehors (quarte), une attaque avec poignet en dedans (tierce) et un coup d'épée (botte).

état, se trouvait mêlée aux jeunes gens les plus riches de la ville, parmi lesquels il y en avait de très mauvais sujets et de très fats, sans que sa fleur de bonne renommée en souffrît. Pas plus à propos de Savigny qu'à propos de personne, la réputation de Mlle Hauteclaire Stassin ne fut effleurée… "Il paraît pourtant que c'est une honnête fille", disaient les femmes comme il faut – comme elles l'auraient dit d'une actrice. Et moi-même, puisque j'ai commencé à vous parler de moi, moi-même, qui me piquais d'observation, j'étais, sur le chapitre de la vertu de Hauteclaire, de la même opinion que toute la ville. J'allais quelquefois à la salle d'armes, et avant et après le mariage de M. de Savigny, je n'y avais jamais vu qu'une jeune fille grave, qui faisait sa fonction avec simplicité. Elle était, je dois le dire, très imposante, et elle avait mis tout le monde sur le pied du respect avec elle, n'étant, elle, ni familière, ni abandonnée avec qui que ce fût. Sa physionomie, extrêmement fière, et qui n'avait pas alors cette expression passionnée dont vous venez d'être si frappé, ne trahissait ni chagrin, ni préoccupation, ni rien enfin de nature à faire prévoir, même de la manière la plus lointaine, la chose étonnante qui, dans l'atmosphère d'une petite ville, tranquille et routinière, fit l'effet d'un coup de canon et cassa les vitres…

» "Mademoiselle Hauteclaire Stassin a disparu!"

» Elle avait disparu : pourquoi?… comment?… où était-elle allée? On ne savait. Mais, ce qu'il y avait de certain, c'est qu'elle avait disparu. Ce ne fut d'abord qu'un cri, suivi d'un silence, mais le silence ne dura pas longtemps. Les langues partirent. Les langues, longtemps retenues – comme l'eau dans une vanne et qui, l'écluse levée, se précipite et va faire tourner la roue du moulin avec furie –, se mirent à écumer et à bavarder sur cette disparition inattendue, subite, incroyable, que rien n'expliquait, car Mlle Hauteclaire avait disparu sans dire un mot ou laisser un mot à personne. Elle avait disparu, comme on disparaît quand on veut réellement disparaître – ce n'étant pas disparaître que de laisser derrière soi une chose quelconque, grosse comme rien, dont les autres peuvent s'emparer pour expliquer qu'on a disparu. Elle avait disparu de la plus radicale manière. Elle avait fait, non pas ce qu'on appelle *un trou à la lune,* car elle n'avait pas laissé plus une dette qu'autre chose derrière elle; mais elle avait fait ce qu'on peut très bien appeler un trou dans le vent. Le vent souffla, et ne la rendit pas. Le moulin des langues, pour tourner à vide, n'en tourna pas moins, et se mit à moudre cruellement cette réputation qui n'avait jamais donné barre sur elle. On la reprit alors, on l'éplucha, on la passa au crible, on la carda... Comment, et avec qui, cette fille si correcte et si fière s'en était-elle allée?... Qui l'avait enlevée? car, bien sûr, elle avait été enlevée... Nulle réponse à cela. C'était à rendre folle une petite ville de fureur, et, positivement, V... le devint. Que de motifs pour être en colère! D'abord, ce qu'on ne savait pas, on le perdait. Puis, on perdait l'esprit sur le compte d'une jeune fille qu'on croyait connaître et qu'on ne connaissait pas, puisqu'on l'avait jugée incapable de disparaître *comme ça*... Puis, encore, on perdait une jeune fille qu'on avait cru voir vieillir ou se marier, comme les autres jeunes filles de la ville – internées dans cette case d'échiquier d'une ville de province, comme des chevaux dans l'entrepôt d'un bâtiment. Enfin, on perdait, en perdant Mlle Stassin, qui n'était plus alors que *cette Stassin,* une salle d'armes célèbre à la ronde, qui était la distinction, l'ornement et l'honneur de la ville, sa cocarde sur l'oreille, son drapeau au clocher. Ah! c'était dur, que toutes ces pertes!

Et que de raisons, en une seule, pour faire passer sur la mémoire de cette irréprochable Hauteclaire, le torrent plus ou moins fangeux de toutes les suppositions! Aussi y passèrent-elles... Excepté quelques vieux hobereaux[1] à l'esprit grand seigneur, qui, comme son parrain, le comte d'Avice, l'avaient vue enfant, et qui, d'ailleurs, ne s'émouvant pas de grand-chose, regardaient comme tout simple qu'elle eût trouvé une chaussure meilleure à son pied que cette sandale de maître d'armes qu'elle y avait mise, Hauteclaire Stassin, en disparaissant, n'eut personne pour elle. Elle avait, en s'en allant, offensé l'amour-propre de tous; et même ce furent les jeunes gens qui lui gardèrent le plus rancune et s'acharnèrent le plus contre elle, parce qu'elle n'avait disparu avec aucun d'eux.

»Et ce fut longtemps leur grand grief et leur grande anxiété. Avec qui était-elle partie?... Plusieurs de ces jeunes gens allaient tous les ans vivre un mois ou deux d'hiver à Paris, et deux ou trois d'entre eux prétendirent l'y avoir vue et reconnue – au spectacle, ou aux Champs-Élysées, à cheval, accompagnée ou seule –, mais ils n'en étaient pas bien sûrs. Ils ne pouvaient l'affirmer. C'était elle, et ce pouvait bien n'être pas elle; mais la préoccupation y était... Tous, ils ne pouvaient s'empêcher de penser à cette fille, qu'ils avaient admirée et qui, en disparaissant, avait mis en deuil cette ville d'épée dont elle était la grande artiste, la *diva* spéciale, le rayon. Après que le rayon se fut éteint, c'est-à-dire en d'autres termes, après la disparition de cette fameuse Hauteclaire, la ville de V... tomba dans la langueur de vie et la pâleur de toutes les petites villes qui n'ont pas un centre d'activité dans lequel les passions et les goûts

---

1. Hobereaux : terme péjoratif qui désigne des gentilshommes campagnards de petite noblesse.

convergent... L'amour des armes s'y affaiblit. Animée naguère par toute cette martiale jeunesse, la ville de V... devint triste. Les jeunes gens qui, quand ils habitaient leurs châteaux, venaient tous les jours ferrailler, échangèrent le fleuret pour le fusil. Ils se firent chasseurs et restèrent sur leurs terres ou dans leurs bois, le comte de Savigny comme tous les autres. Il vint de moins en moins à V..., et si je l'y rencontrai quelquefois, ce fut dans la famille de sa femme, dont j'étais le médecin. Seulement, ne soupçonnant d'aucune façon, à cette époque, qu'il pût y avoir quelque chose entre lui et cette Hauteclaire qui avait si brusquement disparu, je n'avais nulle raison pour lui parler de cette disparition subite, sur laquelle le silence, fils des langues fatiguées, commençait de s'étendre ; et lui non plus ne me parlait jamais de Hauteclaire et des temps où nous nous étions rencontrés chez elle, et ne se permettait de faire à ces temps-là, même de loin, la moindre allusion.

– Je vous entends venir, avec vos *petits sabots de bois*, fis-je au docteur, en me servant d'une expression du pays dont il me parlait, et qui est le mien. C'était lui qui l'avait enlevée !

– Eh bien ! pas du tout, dit le docteur ; c'était mieux que cela ! Vous ne vous douteriez jamais de ce que c'était...

» Outre qu'en province, surtout, un enlèvement n'est pas chose facile au point de vue du secret, le comte de Savigny, depuis son mariage, n'avait pas bougé de son château de Savigny.

» Il y vivait, au su de tout le monde, dans l'intimité d'un mariage qui ressemblait à une lune de miel indéfiniment prolongée, et comme tout se cite et se cote en province, on le citait et on le cotait, Savigny, comme un de ces maris qu'il faut brûler, tant ils sont rares (plaisanterie de province), pour en jeter la cendre sur les autres. Dieu sait combien de temps j'aurais été dupe, moi-même, de cette réputation, si, un jour – plus d'un an après la disparition de Hauteclaire Stassin –, je n'avais été appelé, en termes pressants, au château de Savigny, dont la châtelaine était malade. Je partis immédiatement, et, dès mon arrivée, je fus introduit auprès de la comtesse, qui était effectivement très souffrante d'un mal vague et compliqué, plus dangereux qu'une maladie sévèrement caractérisée. C'était une de ces femmes de vieille race, épuisée, élégante, distinguée, hautaine, et qui, du fond de leur pâleur et de leur maigreur, semblent dire : "Je suis vaincue du temps, comme ma race ; je me meurs, mais je vous méprise !" et, le diable m'emporte, tout plébéien que je suis, et quoique ce soit peu philosophique, je ne puis m'empêcher de trouver cela beau. La comtesse était couchée sur un lit de repos, dans une espèce de parloir[1] à poutrelles noires et à murs blancs, très vaste, très élevé, et orné de choses d'art ancien qui faisaient le plus grand honneur au goût des comtes de Savigny. Une seule lampe éclairait cette grande pièce, et sa lumière, rendue plus mystérieuse par l'abat-jour vert qui la voilait, tombait sur le visage de la comtesse, aux pommettes incendiées par la fièvre. Il y avait quelques jours déjà qu'elle était malade, et Savigny – pour la veiller mieux – avait fait dresser un petit lit dans le parloir, auprès du lit de sa bien-aimée moitié. C'est quand la fièvre, plus tenace que tous ses soins, avait montré un acharnement sur lequel il ne comptait pas, qu'il avait pris le parti de m'envoyer chercher. Il était là, le dos au feu, debout, l'air sombre et inquiet, à me faire croire qu'il aimait passionnément sa femme et qu'il la croyait en

---

1. Parloir : salon où l'on reçoit pour la conversation.

danger. Mais l'inquiétude dont son front était chargé n'était pas pour elle, mais pour une autre, que je ne soupçonnais pas au château de Savigny, et dont la vue m'étonna jusqu'à l'éblouissement. C'était Hauteclaire !

– Diable ! voilà qui est osé ! dis-je au docteur.

– Si osé, reprit-il, que je crus rêver en la voyant ! La comtesse avait prié son mari de sonner sa femme de chambre, à qui elle avait demandé avant mon arrivée une potion que je venais précisément de lui conseiller ; et, quelques secondes après, la porte s'était ouverte :

» "Eulalie, et ma potion ? dit, d'un ton bref, la comtesse impatiente.

» – La voici, Madame !" fit une voix que je crus reconnaître, et qui n'eut pas plutôt frappé mon oreille que je vis émerger de l'ombre qui noyait le pourtour profond du parloir, et s'avancer au bord du cercle lumineux tracé par la lampe autour du lit, Hauteclaire Stassin ; – oui, Hauteclaire elle-même ! – tenant, dans ses belles mains, un plateau d'argent sur lequel fumait le bol demandé par la comtesse. C'était à couper la respiration qu'une telle vue ! Eulalie !... Heureusement, ce nom d'Eulalie prononcé si naturellement me dit tout, et fut comme le coup d'un marteau de glace qui me fit rentrer dans un sang-froid que j'allais perdre, et dans mon attitude passive de médecin et d'observateur. Hauteclaire, devenue Eulalie et la femme de chambre de la comtesse de Savigny !... Son déguisement – si tant est qu'une femme pareille pût se déguiser – était complet. Elle portait le costume des grisettes de la ville de V..., et leur coiffe qui ressemble à un casque, et leurs longs tire-bouchons de cheveux tombant le long des joues, ces espèces de tire-bouchons que les prédicateurs appelaient, dans ce temps-là, des serpents, pour en dégoûter les jolies filles, sans avoir jamais pu y parvenir. Et elle était là-dessous d'une beauté pleine de réserve, et d'une noblesse d'yeux baissés, qui prouvait qu'elles font bien tout ce qu'elles veulent de leurs satanés corps, ces couleuvres de femelles, quand elles ont le plus petit intérêt à cela… M'étant rattrapé du reste, et sûr de moi-même comme un homme qui venait de se mordre la langue pour ne pas laisser échapper un cri de surprise, j'eus cependant la petite faiblesse de vouloir lui montrer, à cette fille audacieuse, que je la reconnaissais ; et, pendant que la comtesse buvait sa potion, le front dans son bol, je lui plantai, à elle, mes deux yeux dans ses yeux, comme si j'y avais enfoncé deux pattefiches ; mais ses yeux – de biche, pour la douceur, ce soir-là – furent plus fermes que ceux de la panthère, qu'elle vient, il n'y a qu'un moment, de faire baisser. Elle ne sourcilla pas. Un petit tremblement, presque imperceptible, avait seulement passé dans les mains qui tenaient le plateau. La comtesse buvait très lentement, et quand elle eut fini :

» "C'est bien, dit-elle. Remportez cela."

» Et Hauteclaire-Eulalie se retourna, avec cette tournure que j'aurais reconnue entre les vingt mille tournures des filles d'Assuérus[1], et elle remporta le plateau. J'avoue que je demeurai un instant sans regarder le comte de Savigny, car je sentais ce que mon regard pouvait être pour lui dans un pareil moment ; mais quand je m'y risquai, je trouvai le sien fortement attaché sur moi, et qui passait alors de la plus horrible anxiété à l'expression de la délivrance. Il venait de voir que *j'avais vu*, mais il voyait aussi que *je ne voulais rien voir* de ce que j'avais vu, et il respirait. Il était sûr d'une impénétrable discrétion, qu'il expliquait probablement

---

1. Assuérus : roi de Perse, cité dans la Bible (Livre d'Esther) et assimilé à Xerxès Ier.

(mais cela m'était bien égal!) par l'intérêt du médecin qui ne se souciait pas de perdre un client comme lui, tandis qu'il n'y avait là que l'intérêt de l'observateur, qui ne voulait pas qu'on lui fermât la porte d'une maison où il y avait, à l'insu de toute la terre, de pareilles choses à observer.

»Et je m'en revins, le doigt sur ma bouche, bien résolu de ne souffler mot à personne de ce dont personne dans le pays ne se doutait. Ah! les plaisirs de l'observateur! ces plaisirs impersonnels et solitaires de l'observateur, que j'ai toujours mis au-dessus de tous les autres, j'allais pouvoir me les donner en plein, dans ce coin de campagne, en ce vieux château isolé, où, comme médecin, je pouvais venir quand il me plairait... – Heureux d'être délivré d'une inquiétude, Savigny m'avait dit : "Jusqu'à nouvel ordre, docteur, venez tous les jours." Je pourrais donc étudier, avec autant d'intérêt et de suite qu'une maladie, le mystère d'une situation qui, racontée à n'importe qui, aurait semblé impossible... Et comme déjà, dès le premier jour que je l'entrevis, ce mystère excita en moi la faculté ratiocinante, qui est le bâton d'aveugle du savant et surtout du médecin, dans la curiosité acharnée de leurs recherches, je commençai immédiatement de raisonner cette situation pour l'éclairer... Depuis combien de temps existait-elle?... Datait-elle de la disparition de Hauteclaire?... Y avait-il déjà plus d'un an que la chose durait et que Hauteclaire Stassin était femme de chambre chez la comtesse de Savigny? Comment, excepté moi, qu'il avait bien fallu faire venir, personne n'avait-il vu ce que j'avais vu, moi, si aisément et si vite?... Toutes questions qui montèrent à cheval et s'en vinrent en croupe à V... avec moi, accompagnées de bien d'autres qui se levèrent et que je ramassai sur ma route. Le comte et la comtesse de Savigny, qui passaient pour s'adorer, vivaient, il est vrai, assez retirés de toute espèce de monde. Mais, enfin, une visite pouvait, de temps en temps, tomber au château. Il est vrai encore que si c'était une visite d'hommes, Hauteclaire pouvait ne pas paraître. Et si c'était une visite de femmes, ces femmes de V..., pour la plupart, ne l'avaient jamais assez bien vue pour la reconnaître, cette fille bloquée, pendant des années, par ses leçons, au fond d'une salle d'armes, et qui, aperçue de loin à cheval, ou à l'église, portait des voiles qu'elle épaississait à dessein, – car Hauteclaire (je vous l'ai dit) avait toujours eu cette fierté des êtres très fiers, que trop de curiosité offense, et qui se cachent d'autant plus qu'ils se sentent la cible de plus de regards. Quant aux gens de M. de Savigny, avec lesquels elle était bien obligée de vivre, s'ils étaient de V... ils ne la connaissaient pas, et peut-être n'en étaient-ils point... Et c'est ainsi que je répondais, tout en trottant, à ces premières questions, qui, au bout d'un certain temps et d'un certain chemin, rencontraient leurs réponses, et qu'avant d'être descendu de la selle, j'avais déjà construit tout un édifice de suppositions, plus ou moins plausibles, pour expliquer ce qui, à un autre qu'un raisonneur comme moi, aurait été inexplicable. La seule chose peut-être que je n'expliquais pas si bien, c'est que l'éclatante beauté de Hauteclaire n'eût pas été un obstacle à son entrée dans le service de la comtesse de Savigny, qui aimait son mari et qui devait en être jalouse. Mais, outre que les patriciennes de V..., aussi fières pour le moins que les femmes des paladins[1] de Charlemagne, ne supposaient pas (grave erreur ; mais elles n'avaient pas lu *le Mariage de Figaro*[2]*!*) que la plus belle

---

1. Paladins : seigneurs escortant Charlemagne à la guerre.
2. *Le Mariage de Figaro* : pièce de Beaumarchais composée en 1874 et dans laquelle un maître entend exercer son droit de cuissage sur la fiancée de son valet Figaro.

fille de chambre fût plus pour leurs maris que le plus beau laquais n'était pour elles, je finis par me dire, en quittant l'étrier, que la comtesse de Savigny avait ses raisons pour se croire aimée, et qu'après tout ce sacripant de Savigny était bien de taille, si le doute la prenait, à ajouter à ces raisons-là.

— Hum! fis-je sceptiquement au docteur, que je ne pus m'empêcher d'interrompre, tout cela est bel et bon, mon cher docteur, mais n'ôtait pas à la situation son imprudence.

— Certes, non! répondit-il; mais, si c'était l'imprudence même qui fît la situation? ajouta ce grand connaisseur en nature humaine. Il est des passions que l'imprudence allume, et qui, sans le danger qu'elles provoquent, n'existeraient pas. Au XVIe siècle, qui fut un siècle aussi passionné que peut l'être une époque, la plus magnifique cause d'amour fut le danger même de l'amour. En sortant des bras d'une maîtresse, on risquait d'être poignardé; ou le mari vous empoisonnait dans le manchon de sa femme, baisé par vous et sur lequel vous aviez fait toutes les bêtises d'usage; et, bien loin d'épouvanter l'amour, ce danger incessant l'agaçait, l'allumait et le rendait irrésistible! Dans nos plates mœurs modernes, où la loi a remplacé la passion, il est évident que l'article du Code qui s'applique au mari coupable d'avoir — comme elle dit grossièrement, la loi — introduit "la concubine dans le domicile conjugal", est un danger assez ignoble; mais pour les âmes nobles, ce danger, de cela seul qu'il est ignoble, est d'autant plus grand; et Savigny, en s'y exposant, y trouvait peut-être la seule anxieuse volupté qui enivre vraiment les âmes fortes.

» Le lendemain, vous pouvez le croire, continua le docteur Torty, j'étais au château de bonne heure; mais ni ce jour, ni les suivants, je n'y vis rien qui ne fût le train de toutes les maisons où tout est normal et régulier. Ni du côté de la malade, ni du côté du comte, ni même du côté de la fausse Eulalie, qui faisait naturellement son service comme si elle avait été exclusivement élevée pour cela, je ne remarquai quoi que ce soit qui pût me renseigner sur le secret que j'avais surpris. Ce qu'il y avait de certain, c'est que le comte de Savigny et Hauteclaire Stassin jouaient la plus effroyablement impudente des comédies avec la simplicité d'acteurs consommés, et qu'ils s'entendaient pour la jouer. Mais ce qui n'était pas si certain, et ce que je voulais savoir d'abord, c'est si la comtesse était réellement leur dupe, et si, au cas où elle l'était, il serait possible qu'elle le fût longtemps. C'est donc sur la comtesse que je concentrai mon attention. J'eus d'autant moins de peine à la pénétrer qu'elle était ma malade, et, par le fait de sa maladie, le point de mire de mes observations. C'était, comme je vous l'ai dit, une vraie femme de V..., qui ne savait *rien de rien* que ceci : c'est qu'elle était noble, et qu'en dehors de la noblesse, le monde n'était pas digne d'un regard... Le sentiment de leur noblesse est la seule passion des femmes de V... dans la haute classe, dans toutes les classes, fort peu passionnées. Mlle Delphine de Cantor, élevée aux Bénédictines où, sans nulle vocation religieuse, elle s'était horriblement ennuyée, en était sortie pour s'ennuyer dans sa famille, jusqu'au moment où elle épousa le comte de Savigny, qu'elle aima, ou crut aimer, avec la facilité des jeunes filles ennuyées à aimer le premier venu qu'on leur présente. C'était une femme blanche, molle de tissus, mais dure d'os, au teint de lait dans lequel eût surnagé du son, car les petites taches de rousseur dont il était semé étaient certainement plus foncées que ses cheveux, d'un roux très doux. Quand elle me tendit son bras pâle, veiné comme une nacre bleuâtre, un poignet fin et de race, où le pouls à l'état normal battait languissamment, elle me fit l'effet d'être mise au monde et créée pour être victime... pour être broyée sous les pieds de cette fière Hauteclaire, qui s'était courbée devant elle jusqu'au rôle de servante. Seulement, cette idée, qui naissait d'abord en la regardant, était contrariée par un menton qui se relevait, à l'extrémité de ce mince visage, un menton de Fulvie[1] sur les médailles romaines, égaré au bas de ce minois chiffonné, et aussi par un front obstinément bombé, sous ces cheveux sans rutilance. Tout cela finissait par embarrasser le jugement. Pour les pieds de Hauteclaire, c'était peut-être *de là* que viendrait l'obstacle ; – étant impossible qu'une situation comme celle que j'entrevoyais dans cette maison – de présent, tranquille – n'aboutît pas à quelque éclat affreux... En vue de cet éclat futur, je me mis donc à ausculter doublement cette petite femme, qui ne pouvait pas rester lettre close pour son médecin bien longtemps. Qui confesse le corps tient vite le cœur. S'il y avait des causes morales ou immorales à la souffrance actuelle de la comtesse, elle aurait beau se rouler en boule avec moi, et rentrer en elle ses impressions et ses pensées, il faudrait bien qu'elle les allongeât. Voilà ce que je me disais ; mais, vous pouvez vous fier à moi, je la tournai et la retournai vainement avec ma serre de médecin. Il me fut évident, au bout de quelques jours, qu'elle n'avait pas le moindre soupçon de la complicité de son mari et de Hauteclaire dans le crime domestique dont sa maison était le silencieux et discret théâtre... Était-ce, de sa part, défaut de sagacité ? mutisme de sentiments jaloux ? Qu'était-ce ?... Elle avait une réserve un peu hautaine avec tout le monde, excepté avec son mari.

---

1. Fulvie : patricienne romaine qui joua un rôle politique important au Ier siècle av. J.-C.

Avec cette fausse Eulalie qui la servait, elle était impérieuse, mais douce. Cela peut sembler contradictoire. Cela ne l'est point. Cela n'est que vrai. Elle avait le commandement bref, mais qui n'élève jamais la voix, d'une femme faite pour être obéie et qui est sûre de l'être... Elle l'était admirablement. Eulalie, cette effrayante Eulalie, insinuée, glissée chez elle, je ne savais comment, l'enveloppait de ces soins qui s'arrêtent juste à temps avant d'être une fatigue pour qui les reçoit, et montrait dans les détails de son service une souplesse et une entente du caractère de sa maîtresse qui tenait autant du génie de la volonté que du génie de l'intelligence... Je finis même par parler à la comtesse de cette Eulalie, que je voyais si naturellement circuler autour d'elle pendant mes visites, et qui me donnait le froid dans le dos que donnerait un serpent qu'on verrait se dérouler et s'étendre, sans faire le moindre bruit, en s'approchant du lit d'une femme endormie... Un soir que la comtesse lui demanda d'aller chercher je ne sais plus quoi, je pris occasion de sa sortie et de la rapidité, à pas légers, avec laquelle elle l'exécuta, pour risquer un mot qui fît peut-être jour :

» "Quels pas de velours ! dis-je, en la regardant sortir. Vous avez là, madame la comtesse, une femme de chambre d'un bien agréable service, à ce que je crois. Me permettez-vous de vous demander où vous l'avez prise ? Est-ce qu'elle est de V..., par hasard, cette fille-là ?...

» – Oui, elle me sert fort bien, répondit indifféremment la comtesse, qui se regardait alors dans un petit miroir à main, encadré dans du velours vert et entouré de plumes de paon, avec cet air impertinent qu'on a toujours quand on s'occupe de tout autre chose que de ce qu'on vous dit. J'en suis on ne peut plus contente. Elle n'est pas de V...; mais vous dire d'où elle est, je n'en sais plus rien. Demandez à M. de Savigny, si vous tenez à le savoir, docteur, car c'est lui qui me l'a amenée quelque temps après notre mariage. Elle avait servi, me dit-il en me la présentant, chez une vieille cousine à lui, qui venait de mourir, et elle était restée sans place. Je l'ai prise de confiance, et j'ai bien fait. C'est une perfection de femme de chambre. Je ne crois pas qu'elle ait un défaut.

» – Moi, je lui en connais un, madame la comtesse, dis-je en affectant la gravité.

» – Ah! et lequel? fit-elle languissamment, avec le désintérêt de ce qu'elle disait, et en regardant toujours dans sa petite glace, où elle étudiait attentivement ses lèvres pâles.

» – Elle est trop belle, dis-je; elle est réellement trop belle pour une femme de chambre. Un de ces jours, on vous l'enlèvera.

» – Vous croyez? fit-elle, toujours se regardant, et toujours distraite de ce que je disais.

» – Et ce sera, peut-être, un homme comme il faut et de votre monde qui s'en amourachera, madame la comtesse! Elle est assez belle pour tourner la tête à un duc."

» Je prenais la mesure de mes paroles tout en les prononçant. C'était là un coup de sonde; mais si je ne rencontrais rien, je ne pouvais pas en donner un de plus.

"Il n'y a pas de duc à V..., répondit la comtesse, dont le front resta aussi poli que la glace qu'elle tenait à la main. Et, d'ailleurs, toutes ces filles-là, docteur, ajouta-t-elle en lissant un de ses sourcils, quand elles veulent partir, ce n'est pas l'affection que vous avez pour elles qui les en empêche. Eulalie a le service charmant, mais elle abuserait comme les autres de l'affection que l'on aurait pour elle, et je me garde bien de m'y attacher."

» Et il ne fut plus question d'Eulalie ce jour-là. La comtesse était absolument abusée. Qui ne l'aurait été, du reste? Moi-même – qui de prime abord l'avais reconnue, cette Hauteclaire vue tant de fois, à une simple longueur d'épée, dans la salle d'armes de son père –, il y avait des moments où j'étais tenté de croire à Eulalie. Savigny avait beaucoup moins qu'elle, lui qui aurait dû l'avoir davantage, la liberté, l'aisance, le naturel dans le mensonge; mais elle! ah! elle s'y mouvait et elle y vivait comme le plus flexible des poissons vit et se meut dans l'eau. Il fallait, certes, qu'elle l'aimât, et l'aimât étrangement, pour faire ce qu'elle faisait, pour avoir tout planté là d'une existence exceptionnelle, qui pouvait flatter sa vanité en fixant sur elle les regards d'une petite ville – pour elle l'univers –, où plus tard elle pouvait trouver, parmi les jeunes gens, ses admirateurs et ses adorateurs, quelqu'un qui l'épouserait par amour et la ferait entrer dans cette société plus élevée, dont elle ne connaissait que les hommes. Lui, l'aimant, jouait certainement moins gros jeu qu'elle. Il avait, en dévouement, la position inférieure. Sa fierté d'homme devait souffrir de ne pouvoir épargner à sa maîtresse l'indignité d'une situation humiliante. Il y avait même, dans tout cela, une inconséquence avec le caractère impétueux qu'on attribuait à Savigny. S'il aimait Hauteclaire au point de lui sacrifier sa jeune femme, il aurait pu l'enlever et aller vivre avec elle en Italie – cela se faisait déjà très bien en ce temps-là! – sans passer par les abominations d'un concubinage honteux et caché. Était-ce donc lui qui aimait le moins?... Se laissait-il plutôt aimer par Hauteclaire, plus aimer par elle qu'il ne l'aimait?... Était-ce elle qui, d'elle-même, était venue le forcer jusque dans les gardes du domicile conjugal? Et lui, trouvant la chose audacieuse et piquante, laissait-il faire cette Putiphar d'une espèce nouvelle, qui, à toute heure, lui avivait la tentation?... Ce que je voyais ne me renseignait pas beaucoup sur Savigny et Hauteclaire… Complices – ils l'étaient bien, parbleu! – dans un adultère quelconque; mais les sentiments qu'il y avait au fond de cet adultère, quels étaient-ils?… Quelle était la situation respective de ces deux êtres l'un vis-à-vis de l'autre?… Cette inconnue de mon algèbre, je tenais à la dégager. Savigny était irréprochable pour sa femme; mais lorsque Hauteclaire-Eulalie était là, il avait, pour moi qui l'ajustais du coin de l'œil, des précautions qui attestaient un esprit bien peu tranquille. Quand, dans le tous-les-jours de la vie, il demandait un livre, un journal, un objet quelconque à la femme de chambre de sa femme, il avait des manières de prendre cet objet qui eussent tout révélé à une autre femme que cette petite pensionnaire, élevée aux Bénédictines, et qu'il avait épousée… On voyait que sa main avait peur de rencontrer celle de Hauteclaire, comme si, la touchant par hasard, il lui eût été impossible de ne pas la prendre. Hauteclaire n'avait point de ces embarras, de ces précautions épouvantées… Tentatrice comme elles le sont toutes, qui tenteraient Dieu dans son ciel, s'il y en avait un, et le Diable dans son enfer, elle semblait vouloir agacer, tout ensemble, et le désir et le danger. Je la vis une ou deux fois, le jour où ma visite tombait pendant le dîner, que Savigny faisait pieusement auprès du lit de sa femme. C'était elle qui servait, les autres domestiques n'entrant point dans l'appartement de la comtesse. Pour mettre les plats sur la table, il fallait se pencher un peu par-dessus l'épaule de Savigny, et je la surpris qui, en les y mettant, frottait des pointes de son corsage la nuque et les oreilles du comte, qui devenait tout pâle… et qui regardait si sa femme ne le regardait pas. Ma foi! j'étais jeune encore dans ce temps, et le tapage des molécules dans l'organisation, qu'on appelle la violence des sensations, me semblait la seule chose qui valût la peine de vivre. Aussi m'imaginais-je qu'il devait y avoir de fameuses jouissances dans ce concubinage caché avec une fausse servante, sous les yeux affrontés d'une femme qui pouvait tout deviner. Oui, le concubinage dans la maison conjugale, comme dit ce vieux Prudhomme[1] de Code, c'est à ce moment-là que je le compris !

» Mais, excepté les pâleurs et les transes réprimées de Savigny, je ne voyais rien du roman qu'ils faisaient entre eux, en attendant le drame et la catastrophe... selon moi inévitable. Où en étaient-ils tous les deux ? C'était là le secret de leur roman, que je voulais arracher. Cela me prenait la pensée comme la griffe de sphinx d'un problème, et cela devint si fort que, de l'observation, je tombai dans l'espionnage, qui n'est que de l'observation à tout prix. Hé ! hé ! un goût vif bientôt nous déprave... Pour savoir ce que j'ignorais, je me permis bien de petites bassesses, très indignes de moi, et que je jugeais telles, et que je me permis néanmoins. Ah ! l'habitude de la sonde, mon cher ! Je la jetais partout. Lorsque, dans mes visites au château, je mettais mon cheval à l'écurie, je faisais jaser les domestiques sur les maîtres, sans avoir l'air d'y toucher. Je mouchardais (oh ! je ne m'épargne pas le mot) pour le compte de ma propre curiosité. Mais les domestiques étaient tout aussi trompés que la comtesse. Ils prenaient Hauteclaire de très bonne foi pour une des leurs, et j'en aurais été pour mes frais de curiosité sans un hasard qui, comme toujours, en fit plus, en une fois, que toutes mes combinaisons, et m'en apprit plus que tous mes espionnages.

---

1. Prudhomme : allusion ironique à Joseph Prudhomme, personnage de bourgeois stupide imaginé par l'écrivain Henri Monnier (1799-1877).

» Il y avait plus de deux mois que j'allais voir la comtesse, dont la santé ne s'améliorait pas et présentait de plus en plus les symptômes de cette débilitation si commune maintenant, et que les médecins de ce temps énervé ont appelée du nom d'anémie. Savigny et Hauteclaire continuaient de jouer, avec la même perfection, la très difficile comédie que mon arrivée et ma présence en ce château n'avaient pas déconcertée. Néanmoins, on eût dit qu'il y avait un peu de fatigue dans les acteurs. Serlon avait maigri, et j'avais entendu dire à V... : "Quel bon mari que ce M. de Savigny ! Il est déjà tout changé de la maladie de sa femme. Quelle belle chose donc que de s'aimer !" Hauteclaire, à la beauté immobile, avait les yeux battus, pas battus comme on les a quand ils ont pleuré, car ces yeux-là n'ont peut-être jamais pleuré de leur vie; mais ils l'étaient comme quand on a beaucoup veillé, et n'en brillaient que plus ardents, du fond de leur cercle violâtre. Cette maigreur de Savigny, du reste, et ces yeux cernés de Hauteclaire, pouvaient venir d'autre chose que de la vie compressive qu'ils s'étaient imposée. Ils pouvaient venir de tant de choses, dans ce milieu souterrainement volcanisé ! J'en étais à regarder ces marques trahissantes à leurs visages, m'interrogeant tout bas et ne sachant trop que me répondre, quand un jour, étant allé faire ma tournée de médecin dans les alentours, je revins le soir par Savigny. Mon intention était d'entrer au château, comme à l'ordinaire; mais un accouchement très laborieux d'une femme de la campagne m'avait retenu fort tard, et, quand je passai par le château, l'heure était beaucoup trop avancée pour que j'y pusse entrer. Je ne savais pas même l'heure qu'il était. Ma montre de chasse s'était arrêtée. Mais la lune, qui avait commencé de descendre de l'autre côté de sa courbe dans le ciel, marquait, à ce vaste cadran bleu, un peu plus de minuit, et touchait presque, de la pointe inférieure de son croissant, la pointe des hauts sapins de Savigny, derrière lesquels elle allait disparaître…

» … Êtes-vous allé parfois à Savigny ? fit le docteur, en s'interrompant tout à coup et en se tournant vers moi. Oui, reprit-il, à mon signe de tête. Eh bien ! vous savez qu'on est obligé d'entrer dans ce bois de sapins et de passer le long des murs du château, qu'il faut doubler comme un cap, pour prendre la route qui mène directement à V… Tout à coup, dans l'épaisseur de ce bois noir où je ne voyais goutte de lumière ni n'entendais goutte de bruit, voilà qu'il m'en arriva un à l'oreille que je pris pour celui d'un battoir, – le battoir de quelque pauvre femme, occupée le jour aux champs, et qui profitait du clair de lune pour laver son linge à quelque lavoir ou à quelque fossé… Ce ne fut qu'en avançant vers le château, qu'à ce claquement régulier se mêla un autre bruit qui m'éclaira sur la nature du premier. C'était un cliquetis d'épées qui se croisent, et se frottent, et s'agacent. Vous savez comme on entend tout dans le silence et l'air fin des nuits, comme les moindres bruits y prennent des précisions de distinctibilité singulière ! J'entendais, à ne pouvoir m'y méprendre, le froissement animé du fer. Une idée me passa dans l'esprit ; mais, quand je débouchai du bois de sapins du château, blêmi par la lune, et dont une fenêtre était ouverte :

«"Tiens ! fis-je, admirant la force des goûts et des habitudes, voilà donc toujours leur manière de faire l'amour !"

» Il était évident que c'était Serlon et Hauteclaire qui faisaient des armes à cette heure. On entendait les épées comme si on les avait vues. Ce que j'avais pris pour le bruit des battoirs c'étaient les *appels du pied* des tireurs. La fenêtre ouverte l'était dans le pavillon le plus éloigné, des quatre pavillons, de celui où se trouvait la chambre de la comtesse. Le château endormi, morne et blanc sous la lune, était comme une chose morte… Partout ailleurs que dans ce pavillon, choisi à dessein, et dont la porte-fenêtre, ornée d'un balcon, donnait sous des persiennes à moitié fermées, tout était silence et obscurité; mais c'était de ces persiennes, à moitié fermées et zébrées de lumière sur le balcon, que venait ce double bruit des appels du pied et du grincement des fleurets. Il était si clair, il arrivait si net à l'oreille, que je préjugeai avec raison, comme vous allez voir, qu'ayant très chaud (on était en juillet), ils avaient ouvert la porte du balcon sous les persiennes. J'avais arrêté mon cheval sur le bord du bois, écoutant leur engagement qui paraissait très vif, intéressé par cet assaut d'armes entre amants qui s'étaient aimés les armes à la main et qui continuaient de s'aimer ainsi, quand, au bout d'un certain temps, le cliquetis des fleurets et le claquement des appels du pied cessèrent. Les persiennes de la porte vitrée du balcon furent poussées et s'ouvrirent, et je n'eus que le temps, pour ne pas être aperçu dans cette nuit claire, de faire reculer mon cheval dans l'ombre du bois de sapins. Serlon et Hauteclaire vinrent s'accouder sur la rampe en fer du balcon. Je les discernais à merveille. La lune tomba derrière le petit bois, mais la lumière d'un candélabre, que je voyais derrière eux dans l'appartement, mettait en relief leur double silhouette. Hauteclaire était vêtue, si cela s'appelle vêtue, comme je l'avais vue tant de fois, donnant ses leçons à V…, lacée dans ce gilet d'armes de peau de chamois qui lui faisait comme une cuirasse, et les jambes moulées par ces chausses en soie qui en prenaient si juste le contour musclé. Savigny portait à peu près le même costume. Sveltes et robustes tous deux, ils apparaissaient sur le fond lumineux, qui les encadrait, comme deux belles statues de la Jeunesse et de la Force. Vous venez tout à l'heure d'admirer dans ce jardin l'orgueilleuse beauté de l'un et de l'autre, que les années n'ont pas détruite encore. Eh bien! aidez-vous de cela pour vous faire une idée de la magnificence du couple que j'apercevais alors, à ce balcon, dans ces vêtements serrés qui ressemblaient à une nudité. Ils parlaient, appuyés à la rampe, mais trop bas pour que j'entendisse leurs paroles; mais les attitudes de leurs corps les disaient pour eux. Il y eut un moment où Savigny laissa tomber passionnément son bras autour de cette taille d'amazone qui semblait faite pour toutes les résistances et qui n'en fit pas... Et, la fière Hauteclaire se suspendant presque en même temps au cou de Serlon, ils formèrent, à eux deux, ce fameux et voluptueux groupe de Canova[1] qui est dans toutes les mémoires, et ils restèrent ainsi sculptés bouche à bouche le temps, ma foi, de boire, sans s'interrompre et sans reprendre, au moins une bouteille de baisers! Cela dura bien soixante pulsations comptées à ce pouls qui allait plus vite qu'à présent, et que ce spectacle fit aller plus vite encore...

»"Oh! oh! fis-je, quand je débusquai de mon bois et qu'ils furent rentrés, toujours enlacés l'un à l'autre, dans l'appartement dont ils abaissèrent les rideaux, de grands rideaux sombres. Il faudra bien qu'un de ces matins ils se confient à moi. Ce n'est pas seulement eux qu'ils auront à cacher." En voyant ces caresses et cette intimité qui me révélaient tout, j'en tirais, en médecin, les conséquences. Mais leur ardeur devait tromper mes prévisions. Vous savez comme moi que les êtres qui s'aiment trop (le cynique docteur dit un autre mot) ne font pas d'enfants. Le lendemain

---

1. Groupe de Canova : allusion à la *Psyché ranimée par le baiser de l'Amour* du sculpteur italien Antonio Canova (1757-1822).

matin, j'allai à Savigny. Je trouvai Hauteclaire redevenue Eulalie, assise dans l'embrasure d'une des fenêtres du long corridor qui aboutissait à la chambre de sa maîtresse, une masse de linge et de chiffons sur une chaise devant elle, occupée à coudre et à tailler là-dedans, elle, la tireuse d'épée de la nuit! S'en douterait-on? pensai-je, en l'apercevant avec son tablier blanc et ces formes que j'avais vues, comme si elles avaient été nues, dans le cadre éclairé du balcon, noyées alors dans les plis d'une jupe qui ne pouvait pas les engloutir... Je passai, mais sans lui parler, car je ne lui parlais que le moins possible, ne voulant pas avoir avec elle l'air de savoir ce que je savais et ce qui aurait peut-être filtré à travers ma voix ou mon regard. Je me sentais bien moins comédien qu'elle, et je me craignais... D'ordinaire, lorsque je passais le long de ce corridor où elle travaillait toujours, quand elle n'était pas de service auprès de la comtesse, elle m'entendait si bien venir, elle était si sûre que c'était moi, qu'elle ne relevait jamais la tête. Elle restait inclinée sous son casque de batiste empesée, ou sous cette autre coiffe normande qu'elle portait aussi à certains jours, et qui ressemble au hennin d'Isabeau de Bavière[1], les yeux sur son travail et les joues voilées par ces longs tire-bouchons d'un noir bleu qui pendaient sur leur ovale pâle, n'offrant à ma vue que la courbe d'une nuque estompée par d'épais frisons, qui s'y tordaient comme les désirs qu'ils faisaient naître. Chez Hauteclaire, c'est surtout l'animal qui est superbe. Nulle femme plus qu'elle n'eut peut-être ce genre de beauté-là... Les hommes, qui, entre eux, se disent tout, l'avaient bien souvent remarquée. À V..., quand elle y donnait des leçons d'armes, les hommes l'appelaient entre

---

1. Isabeau de Bavière : reine de France (1371-1435) qui lança la mode du hennin, coiffe à deux cornes surmontée d'un voile.

eux : Mademoiselle Esaü[1]... Le Diable apprend aux femmes ce qu'elles sont, ou plutôt elles l'apprendraient au Diable, s'il pouvait l'ignorer... Hauteclaire, si peu coquette pourtant, avait en écoutant, quand on lui parlait, des façons de prendre et d'enrouler autour de ses doigts les longs cheveux frisés et tassés à cette place du cou, ces rebelles au peigne qui avait lissé le chignon, et dont un seul suffit pour *troubler l'âme*, nous dit la Bible[2]. Elle savait bien les idées que ce jeu faisait naître ! Mais à présent, depuis qu'elle était femme de chambre, je ne l'avais pas vue, une seule fois, se permettre ce geste de la puissance jouant avec la flamme, même en regardant Savigny.

» Mon cher, ma parenthèse est longue ; mais tout ce qui vous fera bien connaître ce qu'était Hauteclaire Stassin importe à mon histoire... Ce jour-là, elle fut bien obligée de se déranger et de venir me montrer son visage, car la comtesse la sonna et lui commanda de me donner de l'encre et du papier dont j'avais besoin pour une ordonnance, et elle vint. Elle vint, le dé d'acier au doigt, qu'elle ne prit pas le temps d'ôter, ayant piqué l'aiguille enfilée sur sa provocante poitrine, où elle en avait piqué une masse d'autres pressées les unes contre les autres et l'embellissant de leur acier. Même l'acier des aiguilles allait bien à cette diablesse de fille, faite pour l'acier, et qui, au Moyen Âge, aurait porté la cuirasse. Elle se tint debout devant moi pendant que j'écrivais, m'offrant l'écritoire avec ce noble et moelleux mouvement dans les avant-bras que l'habitude de faire des armes lui avait donné plus qu'à personne. Quand j'eus fini, je levai les yeux et je la regardai, pour ne rien affecter, et je

---

1. Ésaü : personnage biblique, fils d'Isaac et grand chasseur.
2. Allusion à ce passage du *Cantique des Cantiques* : « Tu as blessé mon cœur [...] par un seul cheveu de ton cou. »

lui trouvai le visage fatigué de sa nuit. Savigny, qui n'était pas là quand j'étais arrivé, entra tout à coup. Il était bien plus fatigué qu'elle… Il me parla de l'état de la comtesse, qui ne guérissait pas. Il m'en parla comme un homme impatienté qu'elle ne guérît pas. Il avait le ton amer, violent, contracté de l'homme impatienté. Il allait et venait en parlant. Je le regardais froidement, trouvant la chose trop forte pour le coup, et ce ton napoléonien avec moi un peu inconvenant. "Mais si je guérissais ta femme, pensai-je insolemment, tu ne ferais pas des armes et l'amour toute la nuit avec ta maîtresse." J'aurais pu le rappeler au sentiment de la réalité et de la politesse qu'il oubliait, lui planter sous le nez, si cela m'avait plu, les sels anglais d'une bonne réponse. Je me contentai de le regarder. Il devenait plus intéressant pour moi que jamais, car il m'était évident qu'il jouait plus que jamais la comédie.»

Et le docteur s'arrêta de nouveau. Il plongea son large pouce et son index dans sa boîte d'argent guilloché et aspira une prise de macoubac[1], comme il avait l'habitude d'appeler pompeusement son tabac. Il me parut si intéressant à son tour, que je ne lui fis aucune observation et qu'il reprit, après avoir absorbé sa prise et passé son doigt crochu sur la courbure de son avide nez en bec de corbin :

«Oh! pour impatienté, il l'était réellement; mais ce n'était point parce que sa femme ne guérissait pas, cette femme à laquelle il était si déterminément infidèle! Que diable! lui qui concubinait avec une servante dans sa propre maison, ne pouvait guère s'encolérer parce que sa femme ne guérissait pas! Est-ce que, elle guérie, l'adultère n'eût pas été plus difficile? Mais c'était vrai, pourtant, que la traîne-

---

1. Macoubac : tabac de Martinique.

rie de ce mal sans bout le lassait, lui portait sur les nerfs. Avait-il pensé que ce serait moins long ? Et, depuis, lorsque j'y ai songé, si l'idée d'en finir vint à lui ou à elle, ou à tous les deux, puisque la maladie ou le médecin n'en finissait pas, c'est peut-être de ce moment-là…

— Quoi ! docteur, ils auraient donc ?… »

Je n'achevai pas, tant cela me coupait la parole, l'idée qu'il me donnait !

Il baissa la tête en me regardant, aussi tragique que la statue du Commandeur[1], quand elle accepte de souper.

« Oui ! souffla-t-il lentement, d'une voix basse, répondant à ma pensée. Au moins, à quelques jours de là, tout le pays apprit avec terreur que la comtesse était morte empoisonnée…

— Empoisonnée ! m'écriai-je.

— … Par sa femme de chambre, Eulalie, qui avait pris une fiole l'une pour l'autre et qui, disait-on, avait fait avaler à sa maîtresse une bouteille d'encre double, au lieu d'une médecine que j'avais prescrite. C'était possible, après tout, qu'une pareille méprise. Mais je savais, moi, qu'Eulalie, c'était Hauteclaire ! Mais je les avais vus, tous deux, faire le groupe de Canova, au balcon ! Le monde n'avait pas vu ce que j'avais vu. Le monde n'eut d'abord que l'impression d'un accident terrible. Mais quand, deux ans après cette catastrophe, on apprit que le comte Serlon de Savigny épousait publiquement *la fille à Stassin* — car il fallut bien *déclencher* qui elle était, la fausse Eulalie —, et qu'il allait la coucher dans les draps chauds encore de sa première femme, Mlle Delphine de Cantor, oh ! alors, ce fut un gron-

---

1. Statue du Commandeur : allusion au *Dom Juan* de Molière. Quand, passant à côté de la tombe du Commandeur, Dom Juan invite la statue à dîner, celle-ci accepte en hochant la tête (III, 5).

dement de tonnerre de soupçons à voix basse, comme si on avait eu peur de ce qu'on disait et de ce qu'on pensait. Seulement, au fond, personne ne savait. On ne savait que la monstrueuse mésalliance, qui fit montrer au doigt le comte de Savigny et l'isola comme un pestiféré. Cela suffisait bien, du reste. Vous savez quel déshonneur c'est, ou plutôt c'était, car les choses ont bien changé aussi dans ce pays-là, que de dire d'un homme : Il a épousé sa servante ! Ce déshonneur s'étendit et resta sur Serlon comme une souillure. Quant à l'horrible bourdonnement du crime soupçonné qui avait couru, il s'engourdit bientôt comme celui d'un taon qui tombe lassé dans une ornière. Mais il y avait cependant quelqu'un qui savait et qui était sûr…

– Et ce ne pouvait être que vous, docteur ? interrompis-je.

– C'était moi, en effet, reprit-il, mais pas moi tout seul. Si j'avais été seul pour savoir, je n'aurais jamais eu que de vagues lueurs, pires que l'ignorance… Je n'aurais jamais été sûr, et, fit-il, en appuyant sur les mots avec l'aplomb de la sécurité complète : je le suis !

» Et, écoutez bien comme je le suis ! » ajouta-t-il, en me prenant le genou avec ses doigts noueux, comme avec une pince. Or, son histoire me pinçait encore plus que ce système d'articulations de crabe qui formait sa redoutable main.

«Vous vous doutez bien, continua-t-il, que je fus le premier à savoir l'empoisonnement de la comtesse. Coupables ou non, il fallait bien qu'ils m'envoyassent chercher, moi qui étais le médecin. On ne prit pas la peine de seller un cheval. Un garçon d'écurie vint *à poil*[1] et au grand galop me trouver à V…, d'où je le suivis, du même galop, à Savigny.

---

1. À poil : à cru, c'est-à-dire sans selle.

Quand j'arrivai, – cela avait-il été calculé? – il n'était plus possible d'arrêter les ravages de l'empoisonnement. Serlon, dévasté de physionomie, vint au-devant de moi dans la cour et me dit, au dégagé de l'étrier, comme s'il eût eu peur des mots dont il se servait :

«"Une domestique s'est trompée. (Il évitait de dire : Eulalie, que tout le monde nommait le lendemain.) Mais, docteur, ce n'est pas possible! est-ce que l'encre double serait un poison?...

» – Cela dépend des substances avec quoi elle est faite", repartis-je. Il m'introduisit chez la comtesse, épuisée de douleur, et dont le visage rétracté ressemblait à un peloton de fil blanc tombé dans la teinture verte... Elle était effrayante ainsi. Elle me sourit affreusement de ses lèvres noires et de ce sourire qui dit à un homme qui se tait : "Je sais bien ce que vous pensez..." D'un tour d'œil je cherchai dans la chambre si Eulalie ne s'y trouvait pas. J'aurais voulu voir sa contenance à pareil moment. Elle n'y était point. Toute brave qu'elle fût, avait-elle eu peur de moi?... Ah! je n'avais encore que d'incertaines données...

» La comtesse fit un effort en m'apercevant et s'était soulevée sur son coude.

«"Ah! vous voilà, docteur, dit-elle; mais vous venez trop tard. Je suis morte. Ce n'est pas le médecin qu'il fallait envoyer chercher, Serlon, c'était le prêtre. Allez! donnez des ordres pour qu'il vienne, et que tout le monde me laisse seule deux minutes avec le docteur. Je le veux!"

» Elle dit ce : *Je le veux*, comme je ne le lui avais jamais entendu dire, comme une femme qui avait ce front et ce menton dont je vous ai parlé.

» "Même moi? dit Savigny, faiblement.

» – Même vous, fit-elle. Et elle ajouta, presque caressante : Vous savez, mon ami, que les femmes ont surtout des pudeurs pour ceux qu'elles aiment."

» À peine fut-il sorti, qu'un atroce changement se produisit en elle. De douce, elle devint fauve.

«"Docteur, dit-elle d'une voix haineuse, ce n'est pas un accident que ma mort, c'est un crime. Serlon aime Eulalie, et elle m'a empoisonnée ! Je ne vous ai pas cru quand vous m'avez dit que cette fille était trop belle pour une femme de chambre. J'ai eu tort. Il aime cette scélérate, cette exécrable fille qui m'a tuée. Il est plus coupable qu'elle, puisqu'il l'aime et qu'il m'a trahie pour elle. Depuis quelques jours, les regards qu'ils se jetaient des deux côtés de mon lit m'ont bien avertie. Et encore plus le goût horrible de cette encre avec laquelle ils m'ont empoisonnée !!… Mais j'ai tout bu, j'ai tout pris, malgré cet affreux goût, parce que j'étais bien aise de mourir ! Ne me parlez pas de contre-poison. Je ne veux d'aucun de vos remèdes. Je veux mourir.

» – Alors, pourquoi m'avez-vous fait venir, madame la comtesse ?…

» – Eh bien ! voici pourquoi, reprit-elle haletante… C'est pour vous dire qu'ils m'ont empoisonnée, et pour que vous me donniez votre parole d'honneur de le cacher. Tout ceci va faire un éclat terrible. Il ne le faut pas. Vous êtes mon médecin, et on vous croira, vous, quand vous parlerez de cette méprise qu'ils ont inventée, quand vous direz que même je ne serais pas morte, que j'aurais pu être sauvée, si depuis longtemps ma santé n'avait été perdue. Voilà ce qu'il faut me jurer, docteur…"

» Et comme je ne répondais pas, elle vit ce qui s'élevait en moi. Je pensais qu'elle aimait son mari au point de vouloir le sauver. C'était l'idée qui m'était venue, l'idée naturelle et vulgaire, car il est des femmes tellement pétries pour l'amour et ses abnégations, qu'elles ne rendent pas le coup dont elles meurent. Mais la comtesse de Savigny ne m'avait jamais produit l'effet d'être une de ces femmes-là !

« "Ah ! ce n'est pas ce que vous croyez qui me fait vous demander de me jurer cela, docteur ! Oh ! non ! je hais trop Serlon en ce moment pour ne pas, malgré sa trahison, l'aimer encore... Mais je ne suis pas si lâche que de lui pardonner ! Je m'en irai de cette vie, jalouse de lui, et implacable. Mais il ne s'agit pas de Serlon, docteur, reprit-elle avec énergie, en me découvrant tout un côté de son caractère que j'avais entrevu, mais que je n'avais pas pénétré dans ce qu'il avait de plus profond. Il s'agit du comte de Savigny. Je ne veux pas, quand je serai morte, que le comte de Savigny passe pour l'assassin de sa femme. Je ne veux pas qu'on le traîne en cour d'assises, qu'on l'accuse de complicité avec une servante adultère et empoisonneuse ! Je ne veux pas que cette tache reste sur ce nom de Savigny, que j'ai porté. Oh ! s'il ne s'agissait que de lui, il est digne de tous les échafauds ! Mais lui, je lui mangerais le cœur ! Mais il s'agit de nous tous, les gens comme il faut du pays ! Si nous étions encore ce que nous devrions être, j'aurais fait jeter cette Eulalie dans une des oubliettes du château de Savigny, et il n'en aurait plus été question jamais ! Mais, à présent, nous ne sommes plus les maîtres chez nous. Nous n'avons plus notre justice expéditive et muette, et je ne veux pour rien des scandales et des publicités de la vôtre, docteur ; et j'aime mieux les laisser dans les bras l'un de l'autre, heureux et délivrés de moi, et mourir enragée comme je meurs, que de penser, en mourant, que la noblesse de V... aurait l'ignominie de compter un empoisonneur dans ses rangs."

» Elle parlait avec une vibration inouïe, malgré les tremblements saccadés de sa mâchoire qui claquait à briser ses dents. Je la reconnaissais, mais je l'apprenais encore ! C'était bien la fille noble qui n'était que cela, la fille noble plus forte, en mourant, que la femme jalouse. Elle mourait bien comme une fille de V..., la dernière ville noble de France ! Et touché de cela plus peut-être que je n'aurais dû l'être, je lui promis et je lui jurai, si je ne la sauvais pas, de faire ce qu'elle me demandait.

» Et je l'ai fait, mon cher. Je ne la sauvai pas. Je ne pus pas la sauver : elle refusa obstinément tout remède. Je dis ce qu'elle avait voulu, quand elle fut morte, et je persuadai... Il y a bien vingt-cinq ans de cela... À présent, tout est calmé, silencé, oublié, de cette épouvantable aventure. Beaucoup de contemporains sont morts. D'autres générations ignorantes, indifférentes, ont poussé sur leurs tombes, et la première parole que je dis de cette sinistre histoire, c'est à vous !

» Et encore, il a fallu ce que nous venons de voir pour vous la raconter. Il a fallu ces deux êtres, immuablement beaux malgré le temps, immuablement heureux malgré leur crime, puissants, passionnés, absorbés en eux, passant aussi superbement dans la vie que dans ce jardin, semblables à deux de ces Anges d'autel qui s'enlèvent, unis dans l'ombre d'or de leurs quatre ailes ! »

J'étais épouvanté... « Mais, fis-je, si c'est vrai ce que vous me contez là, docteur, c'est un effroyable désordre dans la création que le bonheur de ces gens-là.

— C'est un désordre ou c'est un ordre, comme il vous plaira, répondit le docteur Torty, cet athée absolu et tranquille aussi, comme ceux dont il parlait, mais c'est un fait. Ils sont heureux exceptionnellement, et insolemment heureux. Je suis bien vieux, et j'ai vu dans ma vie bien des bonheurs qui n'ont pas duré ; mais je n'ai vu que celui-là qui fût aussi profond, et qui dure toujours !

» Et croyez que je l'ai bien étudié, bien scruté, bien perscruté ! Croyez que j'ai bien cherché la petite bête dans ce bonheur-là ! Je vous demande pardon de l'expression, mais je puis dire que je l'ai pouillé... J'ai mis les deux pieds et les deux yeux aussi avant que j'ai pu dans la vie de ces deux êtres, pour voir s'il n'y avait pas à leur étonnant et révoltant bonheur un défaut, une cassure, si petite qu'elle fût, à quelque endroit caché ; mais je n'ai jamais rien trouvé qu'une félicité à faire envie, et qui serait une excellente et triomphante plaisanterie du Diable contre Dieu, s'il y avait un Dieu et un Diable ! Après la mort de la comtesse, je demeurai, comme vous le pensez bien, en bons termes avec Savigny. Puisque j'avais fait tant que de prêter l'appui de mon affirmation à la fable imaginée par eux pour expliquer l'empoisonnement, ils n'avaient pas d'intérêt à m'écarter, et moi j'en avais un très grand à connaître ce qui allait suivre, ce qu'ils allaient faire, ce qu'ils allaient devenir. J'étais horripilé, mais je bravais mes horripilations... Ce qui suivit, ce fut d'abord le deuil de Savigny, lequel dura les deux ans d'usage, et que Savigny porta de manière à confirmer l'idée publique qu'il était le plus excellent des maris, passés, présents et futurs... Pendant ces deux ans, il ne vit absolument personne. Il s'enterra dans son château avec une telle rigueur de solitude, que personne ne sut qu'il avait gardé à Savigny Eulalie, la cause involontaire de la mort de la comtesse et qu'il aurait dû, par convenance seule, mettre à la porte, même dans la certitude de son innocence. Cette imprudence de garder chez soi une telle fille, après une telle catastrophe, me prouvait la passion insensée que j'avais toujours soupçonnée dans Serlon. Aussi ne fus-je nullement surpris quand un jour, en revenant d'une de mes tournées de médecin, je rencontrai un domestique sur la route de Savigny, à qui je demandai des nouvelles de ce qui se passait au château, et qui m'apprit qu'Eulalie *y était toujours...* À l'indifférence avec laquelle il me dit cela, je vis que personne, parmi les gens du comte, ne se doutait qu'Eulalie fût sa maîtresse. "Ils jouent toujours serré, me dis-je. Mais pourquoi ne s'en vont-ils pas du pays ? Le comte est riche. Il peut vivre grandement partout. Pourquoi ne pas filer avec cette belle diablesse (en fait de diablesse, je croyais à celle-là), qui, pour le mieux crocheter, a préféré vivre dans la maison de son amant, au péril de tout, que d'être sa maîtresse à V..., dans quelque logement retiré où il serait allé bien tranquillement la voir en cachette ?" Il y avait là un dessous que je ne comprenais pas. Leur délire, leur dévorement d'eux-mêmes, étaient-ils donc si grands qu'ils ne voyaient plus rien des prudences et des précautions de la vie ?... Hauteclaire, que je supposais plus forte de caractère que Serlon, Hauteclaire, que je croyais l'homme des deux dans leurs rapports d'amants, voulait-elle rester dans ce château où on l'avait vue servante et où l'on devait la voir maîtresse, et en restant, si on l'apprenait et si cela faisait un scandale, préparer l'opinion à un autre scandale bien plus épouvantable, son mariage avec le comte de Savigny ? Cette idée ne m'était pas venue à moi, si elle lui était venue à elle, en cet instant de mon histoire. Hauteclaire Stassin, fille de ce vieux pilier de salle d'armes, *La Pointe-au-corps* – que nous avions tous vue, à V..., donner des leçons et se *fendre à fond* en pantalon collant –, comtesse de Savigny ! Allons donc ! Qui aurait cru à ce renversement, à cette fin du monde ? Oh !

pardieu, je croyais très bien, pour ma part, *in petto*[1], que le concubinage continuerait d'aller son train entre ces deux fiers animaux, qui avaient, au premier coup d'œil, reconnu qu'ils étaient de la même espèce et qui avaient osé l'adultère sous les yeux mêmes de la comtesse. Mais le mariage, le mariage effrontément accompli au nez de Dieu et des hommes, mais ce défi jeté à l'opinion de toute une contrée outragée dans ses sentiments et dans ses mœurs, j'en étais, d'honneur! à mille lieues, et si loin que quand, au bout des deux ans du deuil de Serlon, la chose se fit brusquement, le coup de foudre de la surprise me tomba sur la tête comme si j'avais été un de ces imbéciles qui ne s'attendent jamais à rien de ce qui arrive, et qui, dans le pays, se mirent alors à piauler comme les chiens, fouettés dans la nuit, piaulent aux carrefours.

» Du reste, en ces deux ans du deuil de Serlon, si strictement observé et qui fut, quand on en vit la fin, si furieusement taxé d'hypocrisie et de bassesse, je n'allai pas beaucoup au château de Savigny… Qu'y serais-je allé faire ?… On s'y portait très bien, et jusqu'au moment peu éloigné peut-être où l'on m'enverrait chercher nuitamment, pour quelque accouchement qu'il faudrait bien cacher encore, on n'y avait pas besoin de mes services. Néanmoins, entre-temps, je risquais une visite au comte. Politesse doublée de curiosité éternelle. Serlon me recevait ici ou là, selon l'occurrence et où il était, quand j'arrivais. Il n'avait pas le moindre embarras avec moi. Il avait repris sa bienveillance. Il était grave. J'avais déjà remarqué que les êtres heureux sont graves. Ils portent en eux attentivement leur cœur, comme un verre plein, que le moindre mouvement peut faire déborder ou briser… Malgré

---

[1]. *In petto* : signifie, en italien, « dans le secret du cœur, intérieurement ».

sa gravité et ses vêtements noirs, Serlon avait dans les yeux l'incoercible expression d'une immense félicité. Ce n'était plus l'expression du soulagement et de la délivrance qui y brillait comme le jour où, chez sa femme, il s'était aperçu que je reconnaissais Hauteclaire, mais que j'avais pris le parti de ne pas la reconnaître. Non, parbleu! c'était bel et bien du bonheur! Quoique, en ces visites cérémonieuses et rapides, nous ne nous entretinssions que de choses superficielles et extérieures, la voix du comte de Savigny, pour les dire, n'était pas la même voix qu'au temps de sa femme. Elle révélait à présent, par la plénitude presque chaude de ses intonations, qu'il avait peine à contenir des sentiments qui ne demandaient qu'à lui sortir de la poitrine. Quant à Hauteclaire (toujours Eulalie, et au château, ainsi que me l'avait dit le domestique), je fus assez longtemps sans la rencontrer. Elle n'était plus, quand je passais, dans le corridor où elle se tenait du temps de la comtesse, travaillant dans son embrasure. Et, pourtant, la pile de linge à la même place, et les ciseaux, et l'étui, et le dé sur le bord de la fenêtre, disaient qu'elle devait toujours travailler là, sur cette chaise vide et tiède peut-être, qu'elle avait quittée, m'entendant venir. Vous vous rappelez que j'avais la fatuité de croire qu'elle redoutait la pénétration de mon regard; mais, à présent, elle n'avait plus à la craindre. Elle ignorait que j'eusse reçu la terrible confidence de la comtesse. Avec la nature audacieuse et altière que je lui connaissais, elle devait même être contente de pouvoir braver la sagacité qui l'avait devinée. Et de fait, ce que je présumais était la vérité, car le jour où je la rencontrai enfin, elle avait son bonheur écrit sur son front d'une si radieuse manière, qu'en y répandant toute la bouteille d'encre double avec laquelle elle avait empoisonné la comtesse, on n'aurait pas pu l'effacer!

»C'est dans le grand escalier du château que je la rencontrai cette première fois. Elle le descendait et je le montais. Elle le descendait un peu vite; mais quand elle me vit, elle ralentit son mouvement, tenant sans doute à me montrer fastueusement son visage, et à me mettre bien au fond des yeux ses yeux qui peuvent faire fermer ceux des panthères, mais qui ne firent pas fermer les miens. En descendant les marches de son escalier, ses jupes flottant en arrière sous les souffles d'un mouvement rapide, elle semblait descendre du ciel. Elle était sublime d'air heureux. Ah! son air était à quinze mille lieues au-dessus de l'air de Serlon! Je n'en passai pas moins sans lui donner signe de politesse, car si Louis XIV saluait les femmes de chambre dans les escaliers, ce n'étaient pas des empoisonneuses! Femme de chambre, elle l'était encore ce jour-là, de tenue, de mise, de tablier blanc; mais l'air heureux de la plus triomphante et despotique maîtresse avait remplacé l'impassibilité de l'esclave. Cet air-là ne l'a point quittée. Je viens de le revoir, et vous avez pu en juger. Il est plus frappant que la beauté même du visage sur lequel il resplendit. Cet air surhumain de la fierté dans l'amour heureux, qu'elle a dû donner à Serlon, qui d'abord, lui, ne l'avait pas, elle continue, après vingt ans, de l'avoir encore, et je ne l'ai vu ni diminuer, ni se voiler un instant sur la face de ces deux étranges Privilégiés de la vie. C'est par cet air-là qu'ils ont toujours répondu victorieusement à tout, à l'abandon, aux mauvais propos, aux mépris de l'opinion indignée, et qu'ils ont fait croire à qui les rencontre que le crime dont ils ont été accusés quelques jours n'était qu'une atroce calomnie.

— Mais vous, docteur, interrompis-je, après tout ce que vous savez, vous ne pouvez pas vous laisser imposer par cet air-là? Vous ne les avez pas suivis partout? Vous ne les voyez pas à toute heure?

– Excepté dans leur chambre à coucher, le soir, et ce n'est pas là qu'ils le perdent, fit le docteur Torty, gaillard, mais profond, je les ai vus, je crois bien, à tous les moments de leur vie depuis leur mariage, qu'ils allèrent faire je ne sais où, pour éviter le charivari[1] que la populace de V..., aussi furieuse à sa façon que la Noblesse à la sienne, se promettait de leur donner. Quand ils revinrent mariés, elle, authentiquement comtesse de Savigny, et lui, absolument déshonoré par un mariage avec une servante, on les planta là, dans leur château de Savigny. On leur tourna le dos. On les laissa se repaître d'eux tant qu'ils voulurent... Seulement, ils ne s'en sont jamais repus, à ce qu'il paraît; encore tout à l'heure, leur faim d'eux-mêmes n'est pas assouvie. Pour moi, qui ne veux pas mourir, en ma qualité de médecin, sans avoir écrit un traité de tératologie[2], et qu'ils intéressaient... comme des monstres, je ne me mis point à la queue de ceux qui les fuirent. Lorsque je vis la fausse Eulalie parfaitement comtesse, elle me reçut comme si elle l'avait été toute sa vie. Elle se souciait bien que j'eusse dans la mémoire le souvenir de son tablier blanc et de son plateau! "Je ne suis plus Eulalie, me dit-elle; je suis Hauteclaire, Hauteclaire heureuse d'avoir été servante pour lui..." Je pensais qu'elle avait été bien autre chose; mais comme j'étais le seul du pays qui fût allé à Savigny, quand ils y revinrent, j'avais toute honte bue, et je finis par y aller beaucoup. Je puis dire que je continuai de m'acharner à regarder et à percer dans l'intimité de ces deux êtres, si

---
1. Charivari : concert grotesque de sifflets, de bruits de casseroles, donné en signe de désapprobation.
2. Tératologie : science des difformités et des monstruosités.

complètement heureux par l'amour. Eh bien ! vous me croirez si vous voulez, mon cher, la pureté de ce bonheur, souillé par un crime dont j'étais sûr, je ne l'ai pas vue, je ne dirai pas ternie, mais assombrie une seule minute dans un seul jour. Cette boue d'un crime lâche qui n'avait pas eu le courage d'être sanglant, je n'en ai pas une seule fois aperçu la tache sur l'azur de leur bonheur ! C'est à terrasser, n'est-il pas vrai ? tous les moralistes de la terre, qui ont inventé le bel axiome du vice puni et de la vertu récompensée ! Abandonnés et solitaires comme ils l'étaient, ne voyant que moi, avec lequel ils ne se gênaient pas plus qu'avec un médecin devenu presque un ami, à force de hantises, ils ne se surveillaient point. Ils m'oubliaient et vivaient très bien, moi présent, dans l'enivrement d'une passion à laquelle je n'ai rien à comparer, voyez-vous, dans tous les souvenirs de ma vie... Vous venez d'en être le témoin il n'y a qu'un moment : ils sont passés là, et ils ne m'ont pas même aperçu, et j'étais à leur coude ! Une partie de ma vie avec eux, ils ne m'ont pas vu davantage... Polis, aimables, mais le plus souvent distraits, leur manière d'être avec moi était telle que je ne serais pas revenu à Savigny si je n'avais tenu à étudier microscopiquement leur incroyable bonheur, et à y surprendre, pour mon édification personnelle, le grain de sable d'une lassitude, d'une souffrance, et, disons le grand mot : d'un remords. Mais rien ! rien ! L'amour prenait tout, emplissait tout, bouchait tout en eux, le sens moral et la conscience, comme vous dites, vous autres ; et c'est en les regardant, ces heureux, que j'ai compris le sérieux de la plaisanterie de mon vieux camarade Broussais[1], quand il disait de la conscience : "Voilà trente ans que je dissèque,

---

1. Broussais : médecin français (1772-1838), père de la médecine physiologiste.

et je n'ai pas seulement découvert une oreille de ce petit animal-là!"

» Et ne vous imaginez point, continua ce vieux diable de docteur Torty, comme s'il eût lu dans ma pensée, que ce que je vous dis là, c'est une thèse... la preuve d'une doctrine que je crois vraie, et qui nie carrément la conscience comme la niait Broussais. Il n'y a pas de thèse ici. Je ne prétends point entamer vos opinions... Il n'y a que des faits, qui m'ont étonné autant que vous. Il y a le phénomène d'un bonheur continu, d'une bulle de savon qui grandit toujours et qui ne crève jamais! Quand le bonheur est continu, c'est déjà une surprise; mais ce bonheur dans le crime, c'est une stupéfaction, et voilà vingt ans que je ne reviens pas de cette stupéfaction-là. Le vieux médecin, le vieux observateur, le vieux moraliste... ou *immoraliste* – (reprit-il, voyant mon sourire) – est déconcerté par le spectacle auquel il assiste depuis tant d'années, et qu'il ne peut pas vous faire voir en détail, car s'il y a un mot traînaillé partout, tant il est vrai! c'est que le bonheur n'a pas d'histoire. Il n'a pas plus de description. On ne peint pas plus le bonheur, cette infusion d'une vie supérieure dans la vie, qu'on ne saurait peindre la circulation du sang dans les veines. On s'atteste, aux battements des artères, qu'il y circule, et c'est ainsi que je m'atteste le bonheur de ces deux êtres que vous venez de voir, ce bonheur incompréhensible auquel je tâte le pouls depuis si longtemps. Le comte et la comtesse de Savigny refont tous les jours, sans y penser, le magnifique chapitre de *l'Amour dans le mariage* de Mme de Staël[1], ou les vers plus magnifiques encore du

---

1. Mme de Staël : femme de lettres française (1766-1817), dont l'œuvre a exercé une profonde influence sur la littérature romantique. Son essai *De l'Allemagne* paraît en 1813.

Paradis perdu dans Milton[1]. Pour mon compte, à moi, je n'ai jamais été bien sentimental ni bien poétique ; mais ils m'ont, avec cet idéal réalisé par eux, et que je croyais impossible, dégoûté des meilleurs mariages que j'aie connus, et que le monde appelle charmants. Je les ai toujours trouvés si inférieurs au leur, si décolorés et si froids ! La destinée, leur étoile, le hasard, qu'est-ce que je sais ? a fait qu'ils ont pu vivre pour eux-mêmes. Riches, ils ont eu ce don de l'oisiveté sans laquelle il n'y a pas d'amour, mais qui tue aussi souvent l'amour qu'elle est nécessaire pour qu'il naisse... Par exception, l'oisiveté n'a pas tué le leur. L'amour, qui simplifie tout, a fait de leur vie une simplification sublime. Il n'y a point de ces grosses choses qu'on appelle des événements dans l'existence de ces deux mariés, qui ont vécu, en apparence, comme tous les châtelains de la terre, loin du monde auquel ils n'ont rien à demander, se souciant aussi peu de son estime que de son mépris. Ils ne se sont jamais quittés. Où l'un va, l'autre l'accompagne. Les routes des environs de V... revoient Hauteclaire à cheval, comme du temps du vieux *La Pointe-au-corps* ; mais c'est le comte de Savigny qui est avec elle, et les femmes du pays, qui, comme autrefois, passent en voiture, la dévisagent plus encore peut-être que quand elle était la grande et mystérieuse jeune fille au voile bleu sombre, et qu'on ne voyait pas. Maintenant, elle lève son voile, et leur montre hardiment le visage de servante qui a su se faire épouser, et elles rentrent indignées, mais rêveuses... Le comte et la comtesse de Savigny ne voyagent point ; ils viennent quelquefois à Paris, mais ils n'y restent que quelques

---

1. John Milton : poète et prosateur anglais (1608-1674), auteur du *Paradis perdu* (1667), poème en douze chants, qui raconte la chute d'Adam. Il influença fortement les poètes romantiques.

jours. Leur vie se concentre donc tout entière dans ce château de Savigny, qui fut le théâtre d'un crime dont ils ont peut-être perdu le souvenir, dans l'abîme sans fond de leurs cœurs...

— Et ils n'ont jamais eu d'enfants, docteur? lui dis-je.

— Ah! fit le docteur Torty, vous croyez que c'est là qu'est la fêlure, la revanche du Sort, et ce que vous appelez la vengeance ou la justice de Dieu? Non, ils n'ont jamais eu d'enfants. Souvenez-vous! Une fois, j'avais eu l'idée qu'ils n'en auraient pas. Ils s'aiment trop... Le feu, qui dévore, consume et ne produit pas. Un jour, je le dis à Hauteclaire :

«— Vous n'êtes donc pas triste de n'avoir pas d'enfant, madame la comtesse?

» — Je n'en veux pas! fit-elle impérieusement. J'aimerais moins Serlon. Les enfants, ajouta-t-elle avec une espèce de mépris, sont bons pour les femmes malheureuses!»

Et le docteur Torty finit brusquement son histoire sur ce mot, qu'il croyait profond.

Il m'avait intéressé, et je le lui dis : «Toute criminelle qu'elle soit, fis-je, on s'intéresse à cette Hauteclaire. Sans son crime, je comprendrais l'amour de Serlon.

— Et peut-être même avec son crime! dit le docteur. Et moi aussi!», ajouta-t-il, le hardi bonhomme.

Arrêt sur lecture 4

La nouvelle « Le Bonheur dans le crime » a été écrite en 1870, avec l'intention manifeste d'infliger un démenti à la morale naïve des *Misérables* de Victor Hugo contre laquelle Barbey s'était insurgé dans la presse. Elle figure significativement au centre du recueil des *Diaboliques* sur lequel elle jette la noire lumière d'un titre délibérément scandaleux et autrement plus provocateur que le « Entre adultères » initialement prévu. L'association de deux termes incompatibles pour la morale publique (teintée ou non de religion) constitue une déclaration de guerre à ce siècle qui, pétri d'illusions et de bons sentiments, se laisse attendrir par la fable d'un criminel repenti revenu dans le droit chemin. Guerrier, le récit, entièrement construit autour du thème du duel, l'est à tous les niveaux. Et il ne s'agit pas du traditionnel combat singulier entre le Bien et le Mal…

Le scandale de l'impénitence

Crime sans châtiment

Le 19 avril 1862, Barbey se servait comme d'une épée de sa plume de critique pour éreinter Victor Hugo et son Jean Valjean, figure improbable du criminel sentimental qui, condamné au mal par la société, finit par se changer en rassurant bienfaiteur.

« C'est un sophisme, en effet, un long sophisme que *Les Misérables*, et un sophisme d'autant plus spécieux qu'il s'adresse à la générosité du cœur. L'idée du livre [...] n'est pas nouvelle. C'est une idée qui roule, hélas! depuis longtemps dans la tête humaine affaiblie, qu'elle trouble un peu plus! à savoir : que toute législation pénale doit disparaître de nos codes civilisés et être remplacée par le sentiment de l'humanité [...] Le dessein du livre est de faire sauter toutes les institutions sociales, les unes après les autres [...] avec des larmes et de la pitié. »

À l'humanisme bêtifiant de la société de son temps, secouée d'élans vertueux, le « Connétable des lettres » oppose le scandale du bonheur d'un couple de criminels auxquels l'absence de remords tient lieu de bouclier contre l'usure de leur passion. La vie, scélérate, les a dotés l'un et l'autre d'une inaltérable beauté. Comble d'outrecuidance, ils ne dissimulent leur félicité que le temps de commettre leur forfait et trouvent une sereine délectation à l'afficher ensuite sous les yeux de l'opinion, médusée d'une si hautaine audace. Aucune médisance ni aucun scrupule ne vient peser sur une entente conjugale demeurée intacte après vingt-cinq ans de vie commune dans le péché. On croyait pourtant la chose impossible : le crime reste non seulement impuni mais leur profite encore au terme d'un quart de siècle. De quoi mettre au panier tous les lénifiants proverbes sur l'existence d'une justice immanente. « Cette boue d'un crime lâche [...], je n'en ai pas une seule fois aperçu la tache sur l'azur de leur bonheur ! » s'exclame le témoin-narrateur. « C'est à terrasser, n'est-il pas vrai ? tous les moralistes de la terre, qui ont inventé le bel axiome du vice puni et de la vertu récompensée ! » (p. 236).

Triple scandale
Le crime de l'empoisonnement n'est pas le seul à l'actif de ces fortunés assassins. Bien des scandales jalonnent leur route jusqu'au bonheur. Le concubinage sous le toit matrimonial, puni par « ce vieux Prudhomme de Code », ajoute encore de la noirceur – et du machiavélisme – à leur

crime atroce. Mais celui que ne leur pardonnera pas la population de l'aristocratique ville de V… (en ce domaine, aussi, « plus royaliste que le Roi »), c'est l'abominable mésalliance dont leur couple est issu. Voilà le véritable scandale pour une société repliée sur ses convenances et qui, n'ayant pas eu confirmation du forfait suspecté, voit dans ce mariage entre noble et roturière le pire défi lancé à des usages sacralisés. La stupéfaction et la colère publiques n'auront pourtant aucune prise sur ces deux révoltés. Le mépris hautain sera leur seule réponse jusqu'à ce que, lassée sans doute de les voir ainsi se suffire à eux-mêmes, l'aristocratie du Faubourg Saint-Germain finisse par taire les rumeurs et accepter en son sein cette « comtesse de Savigny » au titre usurpé. De cette guerre des nerfs où le nombre a cédé, le couple de criminels sort, là encore, victorieux.

Assassinat, « concubinage dans la maison familiale » et mésalliance : la coupe de l'infamie est pleine. Pourtant, la victime elle-même vient y ajouter – en aparté, il est vrai – cet autre défi à la morale chrétienne qu'est son refus catégorique du pardon. La mort tragique de Delphine de Cantor, première et légitime épouse de Serlon de Savigny, revient à un suicide. Elle a mis au jour le complot ourdi contre elle et sait qu'on l'a empoisonnée. Elle refuse pourtant d'y remédier, préférant, dans son orgueil, sacrifier sa vie plutôt que de voir le scandale salir le monde aristocratique auquel elle appartient. Le docteur Torty a beau insister, elle ne prendra pas d'antidote au poison. Sublime d'abnégation, la première comtesse de Savigny n'en remâche pas moins, au seuil de la mort, de sombres idées de vengeance (p. 228) :

> … je hais trop Serlon en ce moment pour ne pas, malgré sa trahison, l'aimer encore… Mais je ne suis pas si lâche que de lui pardonner ! Je m'en irai de cette vie, jalouse de lui, et implacable. […] Oh ! s'il ne s'agissait que de lui, il est digne de tous les échafauds ! Mais lui, je lui mangerais le cœur !…

Scandale des scandales, battant en brèche l'optimiste morale bourgeoise du siècle : l'innocente victime, impénitente et refusant son pardon, mourra elle-même dans le péché !

Une machine de guerre

À l'instar de l'escrimeuse de génie qu'elle se choisit pour héroïne, la nouvelle, tout entière construite autour du thème combat, met en place une redoutable machine de guerre où les instruments de la lutte contre l'«odieuse philanthropie» du siècle servent aussi de liens entre les protagonistes.

« Bretteuse » née – Hauteclaire naît au récit dans une salle d'armes, comme Athéna sort tout armée du front de Zeus. La ville entière tourne autour de cette enclave monarchiste où sont à nouveaux célébrés, sous l'égide de *La Pointe-au-corps*, les idéaux aristocratiques et les valeurs viriles du combat singulier. L'enfant du maître des lieux est initiée à l'escrime dès son plus jeune âge et hérite, en cet art, du talent conjugué de deux tireurs d'exception : son père et le comte d'Avice, son parrain. «Marmot solide, avec des attaches et des articulations d'acier fin», la fillette est taillée pour ce noble sport des temps monarchiques et, arrivée à l'adolescence, y atteint une telle excellence qu'elle en surpasse même son imbattable initiateur : «... cette diablesse de fille, faite pour l'acier, et qui, au Moyen Âge, aurait porté la cuirasse» (p. 222). Hauteclaire la bien nommée, symboliquement adoubée par le compagnon héroïque de Roland à Roncevaux, jouit déjà d'un statut mythique lorsqu'elle succède à son père. Cette légende vivante, réputée invulnérable, tient tous les hommes de la ville au bout de son épée experte. Personne, pourtant, ne l'imagine encore mener d'autres combats que dans la salle d'escrime où l'«honnête fille» martiale, «sérieuse comme une Clorinde», dissimule pudiquement une extraordinaire beauté sous la résille métallique de son masque.

La scène initiale : satin contre velours – C'est pourtant sous les traits d'une orgueilleuse femme du monde, jalouse de son pouvoir, que le duo de narrateurs la découvrira, des années plus tard, devant une cage du Jardin des Plantes. Cet épisode initial assume la fonction d'une scène fondatrice sur laquelle se calqueront tous les épisodes clés de la nouvelle. Car le belliqueux face-à-face de l'ex-Hauteclaire Stassin avec la panthère noire du Jardin des Plantes préfigure tous les duels futurs que livrera cette diabolique «saint Georges femelle».

Devant la cage du fauve, la comtesse de Savigny apparaît dépouillée des masques qui couvraient autrefois son visage et dissimulaient la noirceur de sa personnalité. La délicatesse du satin l'habille désormais d'une féminité éclatante et c'est sans autre arme que la puissance magnétique de son regard qu'elle défie les « yeux d'émeraude » de l'animal à fourrure de velours noir. Sauvage affrontement de femelles où, sous la luxueuse et trompeuse douceur des étoffes, cherche orgueilleusement à s'affirmer la domination humaine (p. 184) :

> Eh ! eh ! panthère contre panthère ! fit le docteur à mon oreille ; mais le satin est plus fort que le velours.

À l'issue de ce combat dont elle sort victorieuse sans avoir eu la noblesse de se montrer magnanime, l'héroïne perd définitivement toute humanité pour apparaître comme une créature inquiétante de cruauté, mi-animal, mi-divinité : Méduse pétrifiante de froideur hautaine, machine à humilier privée de compassion. La « fascination » qu'elle exerce sur tous ceux qui la regardent tient à cet air de supériorité glacial qu'elle affiche effrontément comme une déclaration de guerre.

Volupté du danger – La recherche du danger, comme celle du scandale, fait partie intégrante de cette personnalité belliqueuse. En passant la main à travers les barreaux de la cage pour frapper, de son gant, le museau de la bête, Hauteclaire accomplit le geste traditionnel de la provocation en duel. Jeter son dévolu sur le comte de Savigny supposera, pour elle, de jeter son gant à la face de la société. Et, elle le fera, avec la complicité de Serlon et… une délectation étrange sur laquelle le docteur Torty s'interroge (p. 216 ; p. 209) :

> Aussi m'imaginais-je qu'il devait y avoir de fameuses jouissances dans ce concubinage caché avec une fausse servante, sous les yeux affrontés d'une femme qui pouvait tout deviner.
> […] Il est des passions que l'imprudence allume, et qui, sans le danger qu'elles provoquent, n'existeraient pas.

C'est dire la complicité unissant les deux amoureux dans la quête d'une forme de volupté sans rapport avec les ordinaires plaisirs du couple. Provoquer, déplaire, choquer, voilà bien un trait de dandysme moral propre à distinguer une âme d'aristocrate du commun des mortels. Il n'y a qu'à constater quelle ostentation Hauteclaire met à se dévoiler, une fois son titre de comtesse acquis (p. 238) :

> Maintenant elle lève son voile, et leur montre hardiment le visage de servante qui a su se faire épouser, et elles rentrent indignées, mais rêveuses...

Devant l'énormité du scandale sur lequel se fonde la vie commune des deux réprouvés, on en vient même à se demander si dans la provocation perpétuelle ne réside pas le secret de leur pérennité amoureuse. Seuls et unis contre tous !

Serlon-Hauteclaire : un coup d'épée au cœur – Il est vrai que la rencontre de Serlon et d'Hauteclaire a été un rendez-vous armé. Le jeune homme « la regarda donner sa leçon et lui demanda de croiser le fer avec elle ». Contre Clorinde, Tancrède doit s'incliner, touché au cœur (p. 197) :

> Mlle Hauteclaire Stassin plia à plusieurs reprises son épée en faucille sur le cœur du beau Serlon, et elle ne fut pas touchée une seule fois. – On ne peut pas vous toucher, mademoiselle, lui dit-il, avec beaucoup de grâce. Serait-ce un augure ?...

Au terme d'« augure » qu'il emploie, on comprend que le vaincu se doute du rôle qu'il serait voué à tenir dans le couple. Serlon, en effet, n'aura pas le dessus et nous verrons plus tard se confirmer cette inversion des rôles, patente dans la scène du Jardin des Plantes où le narrateur insiste sur l'androgynie des deux personnages. Cette position d'infériorité dans la lutte n'a pas l'air, bien au contraire, de décourager le jeune homme qui rejouera régulièrement la scène de son échec armé face à Hauteclaire. Le docteur Torty sera d'ailleurs témoin d'une de ces répétitions à la faveur d'une visite nocturne imprévue et en découvrira, avec fascination, le caractère éminemment érotique (p. 218) :

> Tiens ! […] voilà donc toujours leur manière de faire l'amour !

Comme le goût du danger qu'il semble symboliquement confirmer, le duel, préambule à leurs ébats amoureux, est inscrit au cœur de la vie du couple.

Le centaure et l'amazone

Qui donc saura résister à la domination de la déesse en armure ? L'animal s'est retranché dans sa cage, sa rivale Delphine du Cantor – « créée [...] pour être broyée sous les pieds de cette fière Hauteclaire » – a préféré mourir, Serlon se soumet avec délice à la souveraineté de la maîtresse femme… Torty, peut-être, que son « matérialisme absolu » doublé d'irrévérence devrait mettre à l'abri de la fascination exercée par la séduisante Méduse. Tout semble le désigner pour ce rôle, son esprit « hardi et vigoureux » comme son robuste physique de Centaure (p. 180) :

> … et on devinait bien tout cela à la manière dont il cambrait encore son large buste, vissé sur des reins qui n'avaient pas bougé, et qui se balançait sur de fortes jambes…

Le sardonique Bas-de-Cuir s'essayera à ce duel, aidé de la rigueur toute scientifique de son talent d'observation. Deux rencontres capitales l'opposent à son adversaire. La première confrontation le surprend au chevet de la comtesse de Savigny où il reconnaît la disparue de la ville de V… sous les traits de la servante Eulalie. Malgré une attitude ostensiblement agressive (« …pendant que la comtesse buvait sa potion, le front dans son bol, je lui plantai, à elle, mes deux yeux dans ses yeux, comme si j'y avais enfoncé deux pattefiches »), il s'avoue vaincu (p. 206) :

> … mais ses yeux – de biche, pour la douceur, ce soir-là – furent plus fermes que ceux de la panthère qu'elle vient, il n'y a qu'un moment, de faire baisser. Elle ne sourcilla pas.

À peine a-t-il la satisfaction de détecter chez ce monstre d'impassibilité « un petit tremblement, presque imperceptible ».

La deuxième bataille se livre au pied d'un escalier : comme si elle descendait du ciel, Hauteclaire le domine de son air sublime de déesse, le réduisant à ne pouvoir utiliser que l'arme, bien inoffensive, du mépris affiché. Là encore, notre Centaure doit reconnaître la supériorité – cette fois clairement manifestée – de la comtesse de Savigny. Cette deuxième défaite annonce la reddition définitive de Torty, dont l'Isis noire a réussi à mettre la sagacité en défaut (p. 232) :

> Mais le mariage, le mariage effrontément accompli au nez de Dieu et des hommes, mais ce défi jeté à l'opinion de toute une contrée [...], j'en étais, d'honneur ! à mille lieues, et si loin que quand, au bout des deux ans du deuil de Serlon, la chose se fit brusquement, le coup de foudre de la surprise me tomba sur la tête comme si j'avais été un de ces imbéciles qui ne s'attendent jamais à rien de ce qui arrive...

Coup de foudre ? Le mot est lâché, qui explique sans doute l'échec du médecin. Comme les autres, Torty a succombé à la séduction décidément irrésistible de Hauteclaire. Il l'avoue à la fin de la nouvelle (p. 239) :

> Il m'avait intéressé, et je le lui dis : « Toute criminelle qu'elle soit, fis-je, on s'intéresse à cette Hauteclaire. Sans son crime, je comprendrais l'amour de Serlon.
> – Et peut-être même avec son crime ! dit le docteur. [...]

Loin de lui donner de ce tutoiement dont son cynisme gratifierait les duchesses, il lui fait acte d'allégeance. Lui qui a déjà renié sa mission de préserver la vie en se soumettant aux dernières volontés de sa patiente, il devient complice de l'empoisonneuse en respectant sa parole de taire la vérité. Le voilà ficelé à l'ensorceleuse, réduit à parasiter le couple pour satisfaire aux exigences d'une fascination indéracinable quand il pense ne faire qu'exercer, dans le silence, son talent d'observateur (p. 207) :

> Ah ! les plaisirs de l'observateur [...] que j'ai toujours mis au-dessus de tous les autres, j'allais pouvoir me les donner en plein, dans ce coin de campagne, en ce vieux château isolé, où, comme médecin, je pouvais venir quand il me plairait...

Sous l'apparence de la satisfaction, quelle frustration ! Mais il prendra sa revanche sur son interlocuteur à la curiosité duquel il opposera, de demi-secrets en demi-révélations, toutes les esquives que lui permet son habileté retorse (p. 186) :

> Le docteur fit ce qu'on appelle un temps, voulant faire un effet, car en tout il était rusé, le compère !

Narrateur-narrataire : le dernier duel

Le personnage de Torty aurait été inspiré à Barbey par la figure de son oncle maternel, Pontas-Duméril, avec qui il vécut durant ses années de lycée. Ce médecin libéral, maire de Valognes (la ville de V…), aurait initié le jeune homme aux plus secrets dessous de cartes de la commune et, sans doute aussi, à l'art d'en faire bon et politique usage. On ne peut que reconnaître ce talent de distillateur à son incarnation fictive, Torty s'appliquant, avec un luxe d'effets et quelques savantes chausse-trappes, à frustrer la curiosité de son interlocuteur. Malgré une tardive protestation (p. 196) :

> Il est bien entendu, mon très cher, que je suis obligé de passer rapidement sur tous les détails de cette époque, pour arriver plus vite au moment où réellement cette histoire commence.

Il ne craint pas d'interrompre le fil de son récit pour ménager un suspens à travers des jeux de scène de cabotin (p. 187) :

> – Eh ! ces bruits… dit le docteur (il prit pensivement une prise de tabac). Enfin, on les a crus faux ! Tout ça est passé…

Il ne dédaigne pas les détours par de sibyllines allusions littéraires (« Eh bien, c'est Philémon et Baucis », p. 186), quitte à les mettre ensuite en doute (« Ne trouvez-vous pas, voyons, qu'elle a moins l'air d'une Baucis que d'une lady Macbeth… ? », p. 187). Il provoque son auditeur au moyen de sous-entendus (« il a couru autrefois de tels bruits sur eux », p. 187) qu'il affectera ensuite de ne pas vouloir dévoiler et tarde à porter la botte de son implication de témoin… Aucune manœuvre rhétorique n'est épargnée à l'allocutaire qui subit les valses-hésitations et les lenteurs de Torty avec une résignation agacée (p. 203) :

> – Je vous entends venir, avec vos *petits sabots de bois*, fis-je au docteur […]. C'était [Serlon] qui l'avait enlevée !

Ce à quoi le médecin répond par une nouvelle dérobade :

> – Eh bien ! pas du tout, dit le docteur ; c'était mieux que cela ! Vous ne vous douteriez jamais de ce que c'était…

Ce ne sont là que de simples échantillons d'une tactique systématiquement appliquée aux moments clés de la révélation. Torty a-t-il bien cicatrisé les blessures de son combat singulier avec Hauteclaire, lui qui doit aller chercher les souvenirs « comme une balle perdue sous des chairs revenues » ?

Dissimulation et travestissements

Hauteclaire sait attendre son heure. Elle gravira l'échelle sociale continuellement masquée puis travestie jusqu'à ce que, le crime commis, la situation l'autorise à révéler à la fois son identité et sa vraie nature pour exhiber son nouveau titre de comtesse avec une fierté éhontée.

Mascarades – Torty l'observe : la capacité de dissimulation d'Hauteclaire atteint la perfection (p. 214) :

> Savigny avait beaucoup moins qu'elle, lui qui aurait dû l'avoir davantage, la liberté, l'aisance, le naturel dans le mensonge ; mais elle ! ah ! elle s'y mouvait et elle y vivait comme le plus flexible des poissons vit et se meut dans l'eau.

À peine introduite dans la vie, la jeune fille se présente masquée. Maillage métallique de sa protection d'escrimeuse, « voile gros bleu » de ses randonnées équestres ou dentelle noire de ses apparitions à la messe contribuent au mystère de celle que toute la ville rêve de voir à visage découvert. Seul son corps consent à dévoiler ses formes provocantes de Pallas de Velletri. La beauté légendaire d'Hauteclaire, déjà invisible, se dérobe même complètement aux regards le jour où la maîtresse d'armes quittant le pays sans prévenir, la population conclut à un enlèvement. On apprendra plus tard que la divine Athéna a troqué ses masques contre une grimace servile et que pour mieux s'introduire au château de Savigny, selon la tactique du cheval de Troie, elle est allée jusqu'à travestir son identité. « Son déguisement […] était complet. Elle portait le costume des grisettes de la ville de V…, et leur coiffe qui ressemble à un casque… » (p. 205). Casquée, encore et toujours, Hauteclaire s'est coiffée de ce « que les prédicateurs appelaient, dans ce temps-là, des serpents », la transformant en menaçante Méduse, alors même que derrière l'impassibilité de ses traits elle mime la plus parfaite servilité.

Un couple travesti – La véritable nature d'Hauteclaire ne révélera rien sur le mystère de ce couple d'androgynes qui, à de nombreux aspects tant physiques que psychologiques, semblent travestis l'un en l'autre.

La description initiale souligne la féminité de Serlon. Le «piaffant» jeune homme du début de son histoire – «un des plus brillants et des plus piaffants [...] de cette époque de jeunes gens qui piaffaient tous» – s'est transformé en dandy efféminé de quarante-sept ans ressemblant «à un mignon du temps de Henri III». Presque aussi grande que lui, Hauteclaire est, quant à elle, dotée d'une force virile qui fait dire à Torty (p. 183) :

> Chose étrange! dans le rapprochement de ce beau couple, c'était la femme qui avait les muscles, et l'homme qui avait les nerfs...

Et, plus loin (p. 231) :

> Hauteclaire, que je supposais plus forte de caractère que Serlon, Hauteclaire, que je croyais l'homme des deux dans leurs rapports d'amants...

Chat et panthère, le comte et la comtesse de Savigny sont de la même race féline, mais ont inversé les rôles de leurs sexes. Le «maître-couple» dans sa solitaire altitude semble être parvenu à réunir les deux moitiés parfaitement complémentaires de l'androgyne primordial pour vivre dans une ère édénique où le temps, pas plus que le péché, n'existe encore. Le pays mythique où ils abritent orgueilleusement leur amour inaltérable a sans doute la saveur, la beauté et la force de cette fabuleuse île de Java à la violence «à la fois enchantante et empoisonnante» (p. 181).

«Ah! ils s'en soucient bien de l'univers!»

Mis au ban de la société, libérés de ses carcans, les deux fauves dangereux se tracent dans la vie un chemin bien à eux, où les autres n'ont pas leur place. La foule des badauds du Jardin des Plantes les regarde passer, fascinée, comme un couple royal insoucieux du mouvement qui l'entoure (p. 185) :

> Ils passèrent auprès de nous, le docteur et moi, mais leurs visages tournés l'un vers l'autre, se serrant flanc contre flanc, comme s'ils avaient voulu se pénétrer, entrer, lui dans elle, elle dans lui, et ne faire qu'un seul corps à eux deux, en ne regardant rien qu'eux-mêmes. C'étaient, aurait-on cru à les voir ainsi passer, des créatures

supérieures, qui n'apercevaient pas même à leurs orteils la terre sur laquelle ils marchaient, et qui traversaient le monde dans leur nuage, comme, dans Homère, les Immortels!

Dans la sphère de leur bonheur autarcique, une tierce personne serait importune : «Le feu, qui dévore, consume et ne produit pas» (p. 239). «Les enfants sont bons pour les femmes malheureuses!» s'écrie Hauteclaire l'une des deux fois du récit où elle daigne rompre le silence qui l'enveloppe. «Je n'en veux pas! [...] J'aimerais moins Serlon.» Ce refus de la maternité creuse encore l'abîme insondable où s'exile le cœur des deux amants, «absorbés en eux», stériles Philémon et Baucis pour l'éternité.

à vous...

1 – Sauriez-vous réaliser, pour «Le Bonheur dans le crime», un schéma de composition sur le modèle de ceux proposés pour les deux autres nouvelles?

2 – Relevez tous les indices de l'androgynie de Hauteclaire et de sa domination sur Serlon.

3 – Quelles sont les notations qui, témoignant du passéisme de Barbey, viennent nourrir le bilan critique qu'il dresse de son époque?

4 – Serlon vous paraît-il aussi diabolique que Hauteclaire? Justifiez votre réponse.

Texte à l'appui : une lettre de Barbey à Trébutien

Dans une lettre à Trébutien (18 février 1854), Barbey raconte l'anecdote réelle qui servira de modèle à l'écriture de la scène de la panthère.

« Voici une anecdote – bien française – qui m'a été contée par le héros. C'est F... sceptique, railleur, indolent – mais gentilhomme.

Il était au Jardin des Plantes avec sa cousine Mlle de... âgée de dix-neuf ans. Ils se trouvaient devant la cage au lion, pour le moment tranquille et menaçant sur ses quatre pattes étendues. Mlle de... est de la race des Mathilde de la Môle, à ce qu'il paraît. Elle s'ennuyait. Elle ôta son gant, et plongeant sa main dans la cage du Roi des Déserts, elle se mit à caresser sa crinière et sa terrible face avec une langueur presque impertinente.

Cela dura quelque temps.

F... qui est froid comme un Basilic, moulé dans la lymphe d'un Dandy anglais, se prit à ricaner et dit : « Quelle folie ! » Et pourtant, il songeait que d'un seul coup de dent, ce poignet si aristocratique et si fin qui allait et venait sur le mufle du lion, pouvait être coupé et disparaître dans le gouffre vivant de ce gosier.

« Eh bien, dit-elle d'une voix légère et avec des yeux brillants de défi, à votre tour maintenant, mon cousin ! »

Ma foi, F... tout brave qu'il est, trouvait ce jeu-là parfaitement absurde, et il prétendait que ce qu'un lion souffre d'une femme, par galanterie, il ne le souffrirait pas d'un homme – d'un lion comme lui !

« Voilà donc un gentilhomme, reprit Mlle de..., qui n'ose pas faire ce que fait une fille de dix-neuf ans ! »

Le mot était de ceux-là avec lesquels on ferait casser toutes les figures des gentilshommes... On n'a qu'à leur rappeler ce qu'ils sont.

F... ôta son gant comme s'il allait entrer chez le Roi. Au fait il y entrait ! Et il passa sa main partout où Mlle de... avait passé la sienne. Mais il paraît que le lion – le Job des lions pour la patience – trouva que la main de F... (qui est très bien pourtant) différait trop de celle de Mlle de...

Il fronça le nez. F... n'eut que le temps de retirer sa main très vite. Le parement de son habit était enlevé !

Si F... avait été à la mode, on eût dit de cet habit à mi-manche : un F... comme on dit en Angleterre d'un habit sans basques, *un spencer*. »

Bilans

Questions de style

Barbey d'Aurevilly prétend écrire comme il parle et même parler mieux qu'il n'écrit. Nombreux sont pourtant ceux, critiques, écrivains, qui admirent le feu de son style, empreint de romantisme, qu'il voudra dandy, produit d'une écriture artiste. Voici l'analyse de trois auteurs, J.-K. Huysmans, Marcel Proust et Julien Gracq.

Huysmans : un style échevelé

« Avec Barbey d'Aurevilly, prenait fin la série des écrivains religieux ; à vrai dire, ce paria appartenait plus, à tous les points de vue, à la littérature séculière qu'à cette autre chez laquelle il revendiquait une place qu'on lui déniait ; sa langue d'un romantisme échevelé, pleine de locutions torses, de tournures inusitées, de comparaisons outrées, enlevait, à coups de fouet, ses phrases qui pétaradaient, en agitant de bruyantes sonnailles, tout le long du texte. En somme, d'Aurevilly apparaissait, ainsi qu'un étalon, parmi ces hongres qui peuplent les écuries ultramontaines.

Des Esseintes se faisait ses réflexions, en relisant, çà et là, quelques passages de ce livre et, comparant ce style nerveux et varié au style lymphatique et fixé de ses confrères, il songeait aussi à cette évolution de la langue qu'a si justement révélée Darwin.

Mêlé aux profanes, élevé au milieu de l'école romantique, au courant des œuvres nouvelles, habitué au commerce des publications modernes, Barbey était forcément en possession d'un dialecte qui avait supporté de nombreuses et profondes modifications, qui s'était renouvelé, depuis le grand siècle. »

À rebours

Marcel Proust : la marque du génie

« Cette qualité inconnue d'un monde unique et qu'aucun autre musicien ne nous avait fait voir, peut-être était-ce cela, disais-je à Albertine, qu'est la preuve la plus authentique du génie, bien plus que le contenu de l'œuvre elle-même. « Même en littérature ? » me demandait Albertine. – « Même en littérature. » Et repensant à la monotonie des œuvres de Vinteuil j'expliquais à Albertine que les grands littérateurs n'ont jamais fait qu'une seule œuvre, ou plutôt réfracté à travers des milieux divers une même beauté qu'ils apportent au monde. « S'il n'était pas si tard, ma petite, lui disais-je, je vous montrerais cela chez tous les écrivains que vous lisez pendant que je dors, je vous montrerais la même identité que chez Vinteuil. Ces phrases-types, que vous commencez à reconnaître comme moi, ma petite Albertine, les mêmes dans la Sonate, dans le septuor, dans les autres œuvres, ce serait par exemple si vous voulez chez Barbey d'Aurevilly une réalité cachée révélée par une trace matérielle, la rougeur physiologique de l'Ensorcelée, d'Aimée de Spens, de la Clotte, la main du *Rideau cramoisi*, les vieux usages, les vieilles coutumes, les vieux mots, les métiers anciens et singuliers derrière lesquels il y a le Passé, l'histoire orale faite par les pâtres au miroir, les nobles cités normandes parfumées d'Angleterre et jolies comme un village d'Écosse, des lanceurs de malédictions contre lesquelles on ne peut rien, la Vellini, le Berger, une même sensation d'anxiété dans un paysage, que ce soit la femme cherchant son mari dans *Une vieille maîtresse*, ou le mari de *L'Ensorcelée*, parcourant la lande et l'Ensorcelée elle-même au sortir de la messe. »

La Prisonnière, À la recherche du temps perdu.

Julien Gracq : de l'eau dans le vin de son style

« Ce sont bien ici, sans nul doute, des *ricochets de conversation*. Dans cette réunion de dîneurs triés sur le volet, dans cet auditoire mondain qui fait cercle, on est entre soi – on se connaît, et on connaît de longue date le conteur qui prend la parole : sa manière, ses effets, ses tics, sa légende. Il y a connivence, et il y a d'avance complicité. Tout ce qui soulignera la conformité du conteur à son type, déjà gravé d'avance dans l'esprit de l'auditeur, sera le bienvenu – l'attente, qui se creuse, se creuse, dans une certaine direction : on attend, si je puis dire, avant tout quelque chose qui soit plus *de lui* que nature, et lui-même sait d'avance jusqu'où, dans sa propre ressemblance, il ne risque pas de s'avancer trop loin. Il faut qu'il *joue son personnage*, avec le soupçon de griserie, d'outrance, que donne le sentiment, lu d'instant en instant sur les visages, que pourvu seulement que ce soit pour se ressembler davantage, il peut tout se permettre, ou presque tout. Quand Barbey d'Aurevilly va trop loin, quand il se permet des gentillesses de style comme celle-ci : « Ils formèrent, à eux deux, ce fameux et voluptueux groupe de Canova qui est dans toutes les mémoires, et ils restèrent ainsi sculptés bouche à bouche le temps, ma foi, de boire, sans interrompre et sans reprendre, au moins une bouteille de baisers » (*Le Bonheur dans le crime*), on comprend que le lecteur cueilli à froid se hérisse. Mais s'il est en train, si l'art de Barbey a agi sur lui comme il doit le faire, l'a fait entrer dans le jeu, lui a communiqué un peu de cette chaleur complaisante et complice de la foule du quatorze juillet devant le feu d'artifice, où l'esprit critique n'a que faire, il ne se formalise pas, il est ravi au contraire que le Connétable mette parfois dans son style une pointe de vin. Qu'on ne s'y trompe pas : Barbey d'Aurevilly a aussi ses nuances et ses délicatesses – et même ses litotes. Mais qui ne sait pas être à l'occasion *bon public* n'a que faire de le lire.

L'autre remarque est celle-ci. Dans le petit cercle ainsi suspendu pour un moment aux lèvres de celui qui prend la parole, il y a l'oreille qui écoute le conte, il y a l'œil qui suit l'action et guette l'effet produit sur l'auditoire, et il y a la mémoire, qui habille le conte de tout ce qu'elle sait d'avance du conteur. Pour lire Barbey d'Aurevilly avec tout le plaisir qu'on doit en tirer, il ne faut pas craindre de la laisser venir épauler lui-même ses livres de toute sa stature légendaire. Il y a peu de cas (il y a tout de même Jarry) où l'homme et ses livres entrent mieux en résonance, se prêtent l'un et l'autre un appui aussi efficace. Il y a ici un style tout court qui renvoie sans cesse à un style de vie, et qui constamment, on dirait, y puise son nerf et son étoffe – parce que le style de vie fut grandement littéraire, et que le style tout court a la vertu singulière d'évoquer l'homme (on dirait jusqu'à la cambrure célèbre et jusqu'au port de tête) intensément. *Les Diaboliques* ne passent vraiment comme elles doivent passer – mais alors merveilleusement – que rehaussées, avivées, enluminées par la présence comme en surimpression, oui, la présence réelle, énorme et continuelle, de leur auteur. »

« Ricochets de conversation »

Un savant mélange des registres

Le mélange des registres est une particularité de l'écriture aurevillienne. Parce qu'il a choisi d'épouser, dans *Les Diaboliques*, le mode capricieux de la conversation, Barbey en traduit la liberté d'inspiration, entremêlant passages narratifs et discursifs et appliquant à son texte les tonalités les plus variées. De l'ironie aux outrances romantiques d'un lyrisme facile, qualifiées de « gentillesses de style » par Julien Gracq (voir, p. 255), le Connétable des Lettres se plaît à procurer à ses lecteurs les émotions multiples, et parfois contradictoires, qu'un brillant causeur doit savoir communiquer à son auditoire.

Du blâme...

La virulence de ses positions politico-religieuses prédisposait le journaliste au polémique. Face à une assistance aristocratique acquise à ses idées politiques, le discoureur, qui n'a pas besoin de convaincre, emprunte plutôt les voies du blâme. Combien d'allusions grinçantes poursuivent, dans les trois premières nouvelles des *Diaboliques*, la lutte contre le siècle engagée dans ses articles ? La plume du conteur trahit souvent l'amertume du moraliste. « Ce soleil couchant d'une élégance grandiose et si longtemps radieuse, aurait fait paraître bien maigrelets et bien pâlots tous ces petits croissants de la mode, qui se lèvent maintenant à l'horizon ! » (p. 49-50), s'exclame, non sans lyrisme, le narrateur du *Rideau cramoisi* à propos de Brassard. L'époque haïe, décrite plus haut comme « un temps où la force, sous toutes ses formes, s'en va diminuant », se voit épingler plus loin comme une « génération à congrès de la paix et à pantalonnades philosophiques et humanitaires ». Parfois, le blâme s'exerce sur les particularités nationales, avec des accents satiriques qui rappelleraient étonnamment La Rochefoucauld si la trivialité du langage n'était appelée, en certains cas, à soutenir la charge :

> ...Car la vanité se fourre partout en France, même sur l'impériale des voitures.
>
> **Ne pas vouloir être un niais ! La grande raison française pour faire sans remords tout ce qu'il y a de pis.**

Sous le blâme à l'encontre du siècle, la colère est évidente et Barbey ne dispose pas, en ce domaine, du détachement nécessaire à instiller à sa critique sociale le froid venin de l'ironie. L'antiphrase, parce qu'elle génère une ambiguïté, en serait de toute façon bannie. Le sérieux et l'univocité sont ici de mise. Le sérieux convient aussi à l'éloge, qui sait difficilement se départir, chez l'auteur des *Diaboliques*, du lyrisme de l'enthousiasme.

... à l'éloge

C'est à Stendhal (très admiré de l'auteur) que l'on pense en tous les endroits où Barbey laisse entendre son admiration pour tel ou tel de ses personnages. En ces occasions, les comparaisons et les métaphores ne craignent pas l'hyperbole. Brassard est un « soleil couchant d'une élégance grandiose », Ravila un « dandy taillé dans le bronze de Michel-Ange », Serlon et Hauteclaire « des créatures supérieures [...] qui traversaient le monde dans leur nuage, comme, dans Homère, les Immortels ! » À comparer continûment leurs personnages à des héros, historiques ou mythologiques, *Les Diaboliques* semblent d'ailleurs chercher un ancrage dans le registre épique. L'éloge, chez Barbey, n'est jamais froid. Chaleureux et excessif, il porte la marque de l'enthousiasme et sait adapter son expression à la personnalité de son objet. Au mélange des registres du texte, Barbey ajoute ainsi le mélange des registres de la langue.

Le docteur Torty appartient aux héros positifs des *Diaboliques* mais ses origines populaires conduisent le narrateur à dresser son portrait selon le mode de références et avec le franc-parler de ce matérialiste dédaigneux des usages du monde :

> C'était un de ces esprits hardis et vigoureux qui ne chaussent point de mitaines, par la très bonne et proverbiale raison que : « chat ganté ne prend pas de souris », et qu'il en avait immensément pris, et qu'il en voulait toujours prendre, ce matois de fine et forte race... (p. 178).

> ... et le daim claqua sur la cuisse, de manière à prouver à ceux qui comprennent la musique que le bonhomme était encore rudement musclé (p. 192).

Quand il s'agit d'évoquer la misanthropie du vieux médecin, c'est non pas chez le distingué Alceste mais chez le populaire Bas-de-Cuir de Fenimore Cooper que Barbey trouve sa meilleure comparaison : « ...il méprisait l'homme aussi tranquillement qu'il prenait sa prise de tabac... » (p. 180). Cette contamination du discours du narrateur par les habitudes langagières des personnages contribue fortement à donner à ceux-ci une épaisseur palpable.

Une ironie sans cruauté

Déniée au registre de l'épidictique, l'ironie se glisse en tous endroits du texte où le narrateur s'autorise à badiner. Les victimes de son humour appartiennent à son auditoire ou lui ressemblent. La parfaite limpidité du propos n'est plus de circonstance. Seule une opacité maîtrisée permet ce jeu de salon où l'esprit s'illustre avec une cruauté souvent féroce. Chez le Barbey des *Diaboliques*, l'antiphrase est rarement assassine : ne faisant souvent qu'égratigner, elle semble témoigner d'une certaine indulgence moqueuse de l'auteur envers sa cible. Le causeur ne s'amuse ainsi à ironiser sur le beau monde du Faubourg Saint-Germain que parce qu'il éprouve pour lui quelques tendresses : « ...une douzaine de femmes du vertueux Faubourg Saint-Germain... ».

L'ironie ne se manifeste pas à travers le seul procédé de l'antiphrase. Dans *Le Plus Bel Amour de Don Juan*, le narrateur se moque ouvertement des prétentions vertueuses de son interlocutrice non seulement en entreprenant d'exciter sa curiosité pour des activités licencieuses (et y parvenant fort bien) mais aussi en se divertissant à jouer à ses dépens sur la polysémie* de l'adjectif « honnête », fort incongru dans l'évocation d'une situation tout ce qu'il y a de plus « déshonnête » (p. 130) :

> – Les *mille è trè*?... fit-elle, curieuse, se ravisant, presque revenue à l'amabilité.
> – Oh! pas toutes, Madame... Une douzaine seulement. C'est déjà, comme cela, bien assez honnête...

Ce jeu sur la polysémie, dont le Valmont des *Liaisons dangereuses* fait dans ses lettres un usage aussi systématique que pervers, n'apparaît ici que comme une plaisanterie, sans grand pouvoir de nuisance, à l'attention d'un auditoire complice, convié à sourire. À côté des sulfureux jeux de mots du narrateur sur la religion, ce genre de boutades semble bien inoffensif. De l'esprit satirique qui traverse de bout en bout *Les Diaboliques*, les femmes sont souvent les victimes, cibles idéales d'un narrateur un brin misogyne pour qui le diable est essentiellement femelle :

> Elle avait cependant l'amour, mais l'art de l'amour lui manquait... C'était le contraire de tant de femmes, qui n'en ont que l'art !

> Est-ce que le sentiment de la curiosité chez les femmes n'est pas aussi intense que le sentiment d'adoration chez les Anges ?...

Tragique contre pathos

En dépit de la légèreté dont témoignent certains jeux de mots, le tragique vient effacer, dans *Les Diaboliques*, tout sourire libertin et tout rictus cynique des visages. Le récit fait mine d'emprunter la légèreté de la conversation pour conduire peu à peu les auditeurs sur le chemin d'une réalité tragique qui n'appelle, chez eux, que gravité pensive. Là n'est pas le moins diabolique des pièges que leur tend la narration. Et le sentiment du tragique n'est pas complètement étranger au contraste entre les exploits verbaux d'une mondanité insouciante et la mise au jour d'une noire réalité cachée sous les dorures écaillées d'un univers de frivolités. Au cœur des récits, la séduction : un jeu pratiqué sereinement, en spécialistes, par des hommes convaincus de leur ascendant sur les femmes. Un glissement inattendu se produit qui précipite ces don Juan dans un inconnu où s'abîment leurs certitudes. Dans *Le Rideau cramoisi*, c'est l'horreur d'une mort inexpliquée au plus fort du plaisir. Dans *Le Plus Bel Amour de Don Juan*, la monstruosité de l'innocence secrètement travaillée par le désir. Dans *Le Bonheur dans le crime*, le scandale moral d'une félicité terrestre fondée sur un assassinat prémédité... Derrière tous ces drames, le tragique d'un monde investi par le mal, un mal contre lequel, dès qu'il s'agit de désir, la morale ne parvient à élever aucun rempart efficace.

Barbey ne cède jamais au pathos. Les tentatives désespérées du jeune Brassard pour ranimer sa maîtresse ne suscitent que l'effroi. La mort résignée de Delphine de Cantor, tout au plus, la révolte. Aucune complaisance sentimentaliste ne vient tirer des larmes à l'auditeur ni au lecteur. Le tragique ne saurait s'accommoder d'aucune sorte d'attendrissement : l'horreur qu'il inspire est glacée comme la mort. Le versant de la réalité qu'elle éclaire est cru, désertique, sans remède. Cette découverte n'appelle aucun commentaire et, au terme de la nouvelle, la parole, déesse tutélaire de l'assemblée au sein de laquelle officie le conteur, est réduite à un silence qu'on dirait éternel.

Annexes

De vous à nous

Arrêt sur lecture 1 (p. 39-40)

1 – Le texte ci-dessous, extrait d'*Un brelan d'excommuniés* publié par Léon Bloy en 1888, devrait vous aider à répondre à la question.

« Le belluaire* de ces vampires félins partant de ceci, que « les crimes de l'extrême civilisation sont certainement plus atroces que ceux de l'extrême barbarie par le fait de leur raffinement, de la corruption qu'ils supposent et de leur degré supérieur d'intellectualité… », fait observer que « si ces crimes parlent moins aux sens, ils parlent plus à la pensée ; et la pensée, en fin de compte, est ce qu'il y a de plus profond en nous. Il y a donc, pour le romancier, tout un genre de tragique inconnu à tirer de ces crimes, plus intellectuels que physiques, qui semblent moins des crimes à la superficialité des vieilles sociétés matérialistes, parce que le sang n'y coule pas et que le massacre ne s'y fait que dans l'ordre des sentiments et des mœurs ».

Ce genre de tragique, il l'a donc trouvé précisément où il le cherchait, dans le dénombrement des cancers occultes, des inexplorés sarcomes, des granulations peccamineuses de l'hypocrisie. »

3 – La réponse à cette question est contenue dans l'analyse de la préface.

Arrêt sur lecture 4 (p. 251)

1 – Voici le schéma : (page suivante)

Annexes

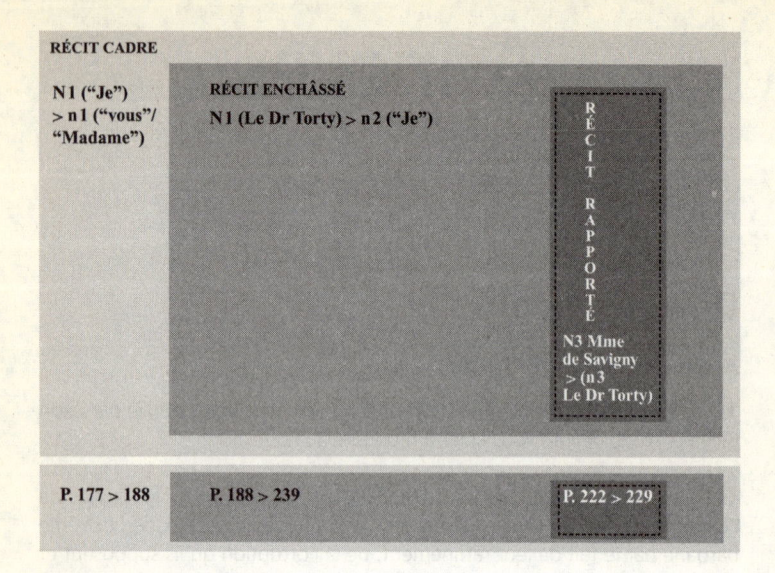

RÉCIT CADRE		
N1 ("Je") > n1 ("vous"/ "Madame")	RÉCIT ENCHÂSSÉ N1 (Le Dr Torty) > n2 ("Je")	RÉCIT RAPPORTÉ N3 Mme de Savigny > (n3 Le Dr Torty)
P. 177 > 188	P. 188 > 239	P. 222 > 229

Glossaire

Antiphrastique : de **antiphrase**, figure qui consiste à exprimer explicitement le contraire de ce que l'on veut dire en réalité.
Antithétique : diamétralement opposé.
Avatar : transformation, incarnation.
Belluaire : dompteur de bêtes féroces.
Champ sémantique : ensemble de mots ayant au moins un trait sémantique commun et renvoyant à des réalités semblables ou voisines.
Déictique : pronom, adverbe, déterminant dont le référent ne peut être trouvé qu'en prenant en considération la situation d'énonciation.
Devisant : celui qui *devise*, qui converse.
Diariste : (de l'anglais *diary*) rédacteur d'un journal intime.
Énonciation : acte par lequel un individu produit un discours dans des circonstances données de communication.
Épigraphe : courte citation qu'un auteur place en tête d'un livre ou d'un chapitre pour en indiquer l'esprit.

Ex abrupto : sans préambule.
Homonymie : identité phonique entre deux mots de sens différents.
In absentia : en l'absence du principal intéressé.
Intradiégétique : (de *diégèse*, histoire) à l'intérieur de l'histoire.
Liminaire : placé à la tête d'un ouvrage ou d'une section d'un ouvrage.
Métadiscours : discours traitant d'un autre discours ou énoncé.
Mise en abyme : récit dans un récit, par allusion à une expression appliquée en héraldique à un blason qui en représente un autre.
Oxymorique : de **oxymore**, figure de style qui consiste à réunir deux termes de sens contradictoire (ex : obscure clarté).
Paratextuel : de **paratexte**, ensemble des textes (titre, prière d'insérer, préface, exergue, note, quatrième de couverture) qui accompagnent le texte principal d'un ouvrage.
Polysémie : caractère d'un mot qui comporte plusieurs sens.
Préface allographe : préface rédigée par un autre que l'auteur de l'ouvrage.
Préface auctoriale : préface rédigée par l'auteur de l'ouvrage.

Bibliographie

Œuvres de Barbey d'Aurevilly

Œuvres romanesques complètes I et II. Textes présentés, établis et annotés par Jacques Petit, Gallimard, « Bibliothèque de la Pléiade », Paris, 1966.
Les Diaboliques, édition présentée, établie et annotée par Jacques Petit, Gallimard, « Folio », Paris, 2003.
Barbey d'Aurevilly, *Le Chevalier des Touches*, lecture accompagnée par Vigor Caillet, Gallimard, « La bibliothèque Gallimard n° 22 », Paris, 1999.

Ouvrages critiques

Collectif, *Cahiers Barbey d'Aurevilly*, Revue des lettres modernes, Paris, à partir de 1966.
Collectif, *Les Diaboliques de J. Barbey d'Aurevilly*, numéro coordonné par Pierre Tranouez, L'École des Lettres II, n° 7, 1990-1991.

Philippe Berthier, *L'Ensorcelée, Les Diaboliques de Barbey d'Aurevilly, une écriture du désir*, Champion, Paris, 1987.

Jean-Pierre Boucher, *Les Diaboliques de Barbey d'Aurevilly, une esthétique de la dissimulation et de la provocation*, P.U. de Québec, Montréal, 1976.

Julien Gracq, « Ricochets de conversation » in *Préférences*, Corti, Paris, 1961, pp. 219-228.

Pierre Tranouez, *Fascination et narration dans l'œuvre romanesque de Barbey d'Aurevilly, La scène capitale*, Bibliothèque des Lettres Modernes, Minard, Paris, 1987.

TABLE DES MATIÈRES

Ouvertures 5
   Les Diaboliques : une longue histoire 5
   Un auteur en rupture avec son siècle 8
   Des nouvelles du XIXe siècle 13
   Tableau chronologique 14-15

Préface 19

Arrêt sur lecture 1 22
   Pour un décryptage linéaire de la préface 22
   Texte à l'appui : Léon Bloy 39

Le rideau cramoisi 41

Arrêt sur lecture 2 105
   Really : de la réalité à la fiction 105
   Les secrets de la composition 106
   Huis clos 112
   Les personnages 120
   Textes à l'appui 125

Le plus bel amour de Don Juan 129

Arrêt sur lecture 3 157
   Une composition machiavélique 157
   Texte à l'appui : *À rebours* 173

Le bonheur dans le crime ... 177

Arrêt sur lecture 4 ... 240
Le scandale de l'impénitence ... 240
Texte à l'appui : une lettre de Barbey à Trébutien ... 251

Bilans ... 253
Questions de style ... 253
Un savant mélange des registres ... 256

Annexes ... 261
De vous à nous ... 261
Glossaire ... 262
Bibliographie ... 263

Dans la même collection

Collège
25 fabliaux (74)
50 poèmes en prose (anthologie) (113)
La Bible (textes choisis) (73)
La farce de maître Pathelin (117)
La poésie engagée (anthologie) (68)
La poésie lyrique (anthologie) (91)
Le ghetto de Varsovie (anthologie) (133)
Le roman de Renart (textes choisis) (114)
Lettres de 14-18 (anthologie) (156)
Rome (anthologie bilingue) (118)
Victor Hugo, une légende du 19e siècle (anthologie) (83)
Homère, Virgile, Ovide – **L'Antiquité** (textes choisis) (16)
Guillaume Apollinaire – **Calligrammes** (107)
Marcel Aymé – **Les contes du chat perché** (contes choisis) (55)
Honoré de Balzac – **La maison du Chat-qui-Pelote** (134)
Honoré de Balzac – **La vendetta** (69)
Pierre-Marie Beaude – **La maison des Lointains** (142)
Robert Bober – **Quoi de neuf sur la guerre?** (56)
Évelyne Brisou-Pellen – **Le fantôme de maître Guillemin** (18)
Blaise Cendrars – **L'or** (135)
Raymond Chandler – **Sur un air de navaja** (136)
Chrétien de Troyes – **Le chevalier au lion** (65)
Arthur Conan Doyle – **Le chien des Baskerville** (75)
Pierre Corneille – **La place royale** (124)
Pierre Corneille – **Le Cid** (7)
Jean-Louis Curtis, Harry Harrison, Kit Reed – **3 nouvelles de l'an 2000** (43)
Didier Daeninckx – **Meurtres pour mémoire** (35)
Roald Dahl – **Escadrille 80** (105)
Alphonse Daudet – **Lettres de mon moulin** (42)

Michel Déon – **Thomas et l'infini** (103)
Régine Detambel – **Les contes d'Apothicaire** (2)
André Dhôtel – **Un adieu, mille adieux** (111)
François Dimberton, Dominique Hé – **Coup de théâtre sur le Nil** (41)
Alexandre Dumas – **La femme au collier de velours** (57)
Georges Feydeau – **Feu la mère de Madame** (47)
Émile Gaboriau – **Le petit vieux des Batignolles** (80)
Romain Gary – **La vie devant soi** (102)
William Golding – **Sa Majesté des Mouches** (97)
Victor Hugo – **L'intervention** (119)
Franz Kafka – **La métamorphose** (128)
Eugène Labiche – **Un chapeau de paille d'Italie** (17)
Jean de La Fontaine – **Fables** (choix de fables) (52)
J.M.G. Le Clézio – **Pawana** (112)
Gaston Leroux – **Le cœur cambriolé** (115)
Marie de France – **Lais** (146)
Marivaux – **Arlequin poli par l'amour** et **La surprise de l'amour** (115)
Guy de Maupassant – **13 histoires vraies** (44)
Prosper Mérimée – **Mateo Falcone** et **La Vénus d'Ille** (76)
Molière – **George Dandin** (87)
Molière – **L'Avare** (66)
Molière – **Le bourgeois gentilhomme** (33)
Molière – **Le malade imaginaire** (110)
Molière – **Le médecin malgré lui** (3)
Molière – **Les femmes savantes** (34)
Molière – **Les fourberies de Scapin** (4)
James Morrow – **Cité de vérité** (6)
Arto Paasilinna – **Le lièvre de Vatanen** (138)
Charles Perrault – **Histoires ou contes du temps passé** (30)
Marco Polo – **Le devisement du monde** (textes choisis) (1)
Jules Romains – **Knock** (5)
Edmond Rostand – **Cyrano de Bergerac** (130)
Antoine de Saint-Exupéry – **Lettre à un otage** (123)
George Sand – **La petite Fadette** (51)

Jorge Semprun – **Le mort qu'il faut** (122)
Robert Louis Stevenson – **L'île au trésor** (32)
Jonathan Swift – **Voyage à Lilliput** (31)
Michel Tournier – **Les Rois mages** (106)
Paul Verlaine – **Romances sans paroles** (67)
Jules Verne – **Le château des Carpathes** (143)
Voltaire – **Zadig** (8)
Émile Zola – **J'accuse!** (109)

Lycée
128 poèmes composés en langue française, de Guillaume Apollinaire à 1968 (anthologie de Jacques Roubaud) (82)
3 questions de dramaturgie (anthologie) (129)
La photographie et l'(auto)biographie (anthologie) (132)
Le comique (registre) (99)
Le didactique (registre) (92)
L'épique (registre) (95)
Le satirique (registre) (93)
Le tragique (registre) (96)
Portraits et autoportraits (anthologie) (101)
Pratiques oulipiennes (anthologie) (147)
Guillaume Apollinaire – **Alcools** (21)
Louis Aragon – **Le paysan de Paris** (137)
Honoré de Balzac – **Ferragus** (10)
Honoré de Balzac – **Mémoires de deux jeunes mariées** (100)
Honoré de Balzac – **Le père Goriot** (59)
Jules Barbey d'Aurevilly – **Le chevalier des Touches** (22)
Charles Baudelaire – **Les Fleurs du Mal** (38)
Charles Baudelaire – **Le spleen de Paris** (64)
Beaumarchais – **Le mariage de Figaro** (28)
Béroul – **Tristan et Yseut** (mythe) (63)
Emmanuel Carrère – **L'Adversaire** (120)
Chrétien de Troyes – **Perceval ou Le Conte du Graal** (125)
Pierre Corneille – **L'illusion comique** (45)

Robert Desnos – **Corps et biens** (153)
Denis Diderot – **Jacques le fataliste et son maître** (149)
Denis Diderot – **Supplément au voyage de Bougainville** (104)
Annie Ernaux – **Une femme** (88)
Fénelon – **Les Aventures de Télémaque** (116)
Gustave Flaubert – **Un cœur simple** (58)
Jérôme Garcin – **La chute de cheval** (145)
Théophile Gautier – **Contes fantastiques** (36)
Jean Genet – **Les bonnes** (121)
André Gide – **La porte étroite** (50)
Jean Giono – **Un roi sans divertissement** (126)
Goethe – **Faust** (mythe) (94)
Nicolas Gogol – **Nouvelles de Saint-Pétersbourg** (14)
J.-C. Grumberg, P. Minyana, N. Renaude – **3 pièces contemporaines** (89)
E.T.A. Hoffmann – **L'homme au sable** (108)
Victor Hugo – **Les châtiments** (13)
Victor Hugo – **Le dernier jour d'un condamné** (46)
Eugène Ionesco – **La cantatrice chauve** (11)
Sébastien Japrisot – **Piège pour Cendrillon** (39)
Alfred Jarry – **Ubu roi** (60)
Thierry Jonquet – **La bête et la belle** (12)
Franz Kafka – **Le procès** (140)
Madame de Lafayette – **La princesse de Clèves** (86)
Jean Lorrain – **Princesses d'ivoire et d'ivresse** (98)
Naguib Mahfouz – **La belle du Caire** (148)
Marivaux – **Le jeu de l'amour et du hasard** (9)
Roger Martin du Gard – **Le cahier gris** (53)
Guy de Maupassant – **Bel-Ami** (27)
Guy de Maupassant – **Une vie** (26)
Henri Michaux – **La nuit remue** (90)
Patrick Modiano – **Dora Bruder** (144)
Molière – **Dom Juan** (mythe et réécritures) (84)
Molière – **L'école des femmes** (71)
Molière – **Le Misanthrope** (61)

Molière – **Le Tartuffe** (54)
Montaigne – **De l'expérience** (85)
Montesquieu – **Lettres persanes** (lettres choisies) (37)
Alfred de Musset – **On ne badine pas avec l'amour** (77)
Franck Pavloff – **Après moi, Hiroshima** (127)
Marcel Proust – **Combray** (131)
Raymond Queneau – **Les fleurs bleues** (29)
Raymond Queneau – **Loin de Rueil** (40)
Jean Racine – **Andromaque** (70)
Jean Racine – **Bérénice** (72)
Jean Racine – **Britannicus** (20)
Jean Racine – **Phèdre** (25)
Jean Renoir – **La règle du jeu** (15)
Shan Sa – **La joueuse de go** (150)
William Shakespeare – **Roméo et Juliette** (78)
Georges Simenon – **La vérité sur Bébé Donge** (23)
Catherine Simon – **Un baiser sans moustache** (81)
Sophocle – **Œdipe roi** (mythe) (62)
Stendhal – **Le rouge et le noir** (24)
Stendhal – **Vanina Vanini, Mina de Vanghel, Les Cenci** (141)
Anton Tchekhov – **La cerisaie** (151)
Villiers de l'Isle-Adam – **12 contes cruels** (79)
Voltaire – **Candide** (48)
Francis Walder – **Saint-Germain ou La négociation** (139)
Émile Zola – **La curée** (19)
Émile Zola – **Au Bonheur des Dames** (49)

Cet ouvrage a été composé
et mis en page par Dominique Guillaumin, Paris,
et achevé d'imprimer
sur les presses de l'imprimerie Hérissey
en avril 2005.
Imprimé en France.

Dépôt légal : avril 2005
N° d'imprimeur : 98835
N° d'éditeur : 133572
ISBN 2-07-030632-1

Pour plus d'informations :
http://www.gallimard.fr
ou
La bibliothèque Gallimard
5, rue Sébastien-Bottin – 75328 Paris cedex 07